重现经典

重现经典
编 委 会

主编　　陈众议

编委　[排名不分先后]

陆建德　　余中先
高　兴　　苏　玲
程　巍　　袁　伟
秦　岚　　杜新华

重现经典
编委会
推荐语

近世西风东渐,自林纾翻译外国作品算起,已逾百年。其间,被翻译成中文的外国作品,难以计数。几乎每一个受过教育的中国人,都受过外国文学作品的熏陶或浸润。其中许多人,就因为阅读外国文学作品而走上文学创作的道路,比如鲁迅,比如巴金,比如沈从文。翻译作品带给中国和中国人的影响,从文学领域渗透到社会生活的各个方面。从某种意义上可以说,是翻译作品所承载的思想内涵把中国从古老沉重的封建帝国,拉上了现代社会的轨道。

仅就文学而言,世界级的优秀作品已浩如烟海。有些作家在他们自己的时代大红大紫,但随着时间的流逝而湮没无闻,比如赛珍珠。另外一些作家活着的时候并未受到读者的青睐,但去世多年后则慢慢被读者接受、重视,其作品成为文学经典,比如卡夫卡。然而,终究还是有一些优秀作品未能进入普通读者的视野。当法国人编著的《理想藏书》1996年在中国出版时,很多资深外国文学读者发现,排在德语文学前十位的作品，竟有一多半连听都没有听说过。即使在中国读者最熟悉的英美文学里，仍有不少作品被我们遗漏。这其中既有时代变迁的原因，也有评论家和读者的趣味问题。除此之外，中国图书市场的巨大变迁，出版者和翻译者选择倾向的变化，译介者的信息与知识不足，时代条件的差异，等等，都会使大师之作与我们擦肩而过。

自2005年4月始，重庆出版社大力推出"重现经典"书系，旨在重新挖掘那些曾被中国忽略但在西方被公认为经典的文学作品。当时，我们的选择标准如下：从来没有在中国翻译出版过的作家的作品；虽在中国有译介，但并未得到应有重视的作家的作品；虽然在中国引起过关注，但由于近年来的商业化倾向而被出版界淡忘的名家作品。以这样的标准选纳作家和作品，自然不会愧对中国广大读者。

随着已出版书目的陆续增加，该书系已引起国内外读者的广泛关注。应许多中高端读者建议，本书系决定增加选纳标准，既把部分读者熟知但以往译本存在较多差误的经典作品，以高质量重新面世，同时也关注那些有思想内涵，曾经或正在影响着社会进步的不同时期的文学佳作，力争将本书系持续推进，以更多佳作满足不同层次读者的需求。

自然，经典作品也脱离不了它所处的时代背景，反映其时代的文化特征，其中难免有时代的局限性，但瑕不掩瑜，这些作品的文学价值和思想价值及其对一代代读者的影响丝毫没有减弱。鉴于此，我们相信这些优秀的文学作品能和中华文明继续交相辉映。

丛书编委会修订于2010年1月

Three Plays by Ayn Rand
Night of January 16th (originally titled Penthouse Legend) copyright © Ayn Rand, 1933;
Copyright renewed © Ayn Rand, 1960. Copyright © David Mckay Company, Inc., 1936;
Copyright renewal © Ayn Rand, 1964
Ideal and Think Twice copyright © Leonard Peikoff, Paul Gitlin, Eugene Winick,
Executors of the Estate of Ayn Rand, 1983
Prefaces copyright © Leonard Peikoff
Simplified Chinese translation copyright © 2024 by Beijing Alpha Books Co., Inc.
Published by arrangement with Curtis Brown Ltd.
through Bardon Chinese Creative Agency Limited
All Rights Reserved

版贸核渝字（2023）第148号

图书在版编目（CIP）数据

一月十六日夜 / (美) 安·兰德著；郑齐译. － 重庆：重庆出版社, 2024.3

书名原文: Three Plays

ISBN 978-7-229-18037-9

Ⅰ.①一⋯ Ⅱ.①安⋯ ②郑⋯ Ⅲ.①剧本－作品集－美国－现代 Ⅳ.①I712.35

中国国家版本馆CIP数据核字（2023）第209381号

一月十六日夜
YIYUE SHILIURI YE

[美] 安·兰德 著 郑齐 译

策　　划：华章同人
出版监制：徐宪江　秦 琥
责任编辑：彭圆琦
特约编辑：张晴晴
责任校对：王昌凤
责任印制：梁善池
营销编辑：史青苗　孟 闯
书籍设计：潘振宇 774038217@qq.com

重庆出版集团 出版
重庆出版社

（重庆市南岸区南滨路162号1幢）
北京毅峰迅捷印刷有限公司　印刷
重庆出版集团图书发行公司　发行
邮购电话：010-85869375
全国新华书店经销
开本：850mm×1168mm　1/32　印张：14.75　字数：242千
2024年3月第1版　2024年3月第1次印刷
定价：79.80元
如有印装问题，请致电023-61520678

版权所有　侵权必究

If this play's sense of life were to be verbalized, it would say, in effect: "Your life, your achievement, your happiness, your person are of paramount importance. Live up to your highest vision of yourself no matter what the circumstances you might encounter. An exalted view of self-esteem is a man's most admirable quality.

——Ayn Rand

from her Introduction to Night of January 16th

假若这部剧作表达的人生观要用语言表达出来,那么必定是:"你的人生,你的成就,你的幸福,你的'人',都至关重要。不论遇到什么情况,都要活出一个你所认为的最精彩的自我。崇高的自尊观是一个人最难能可贵的品质。

——安·兰德

摘自《一月十六日夜》序言

目录

编者的话 /014

一月十六日夜

序言 /017

致出品人 /036

来自安·兰德继承人的声明 /038

人物一览表（以及时间地点）/039

第一幕 /041

第二幕 /091

第三幕 /118

CONTENTS

Editor's Note

Night of January 16th

Introduction

Note to producer

A note from Ayn Rand's executor

List of characters (along with time and location)

Act I

Act II

Act III

理想

序言 /155

人物一览表（以及时间地点）/163

序幕 /166

第一幕 /193

第二幕 /257

三思

序言 /314

人物一览表（以及时间地点）/318

第一幕 /320

第二幕 /390

Ideal

Introduction

List of characters (along with time and location)

Prelude

Act I

Act II

Think Twice

Introduction

List of characters (along with time and location)

Act I

Act II

EDITOR'S NOTE

编者的话

本书收录了安·兰德全部的三个舞台剧剧本。《一月十六日夜》加入了她在之前的版本中作的自序。《理想》和《三思》是由《安·兰德早期作品集》再版而来，并且包括了伦纳德·佩科夫[1]在该作品集中为两个剧本作的序。

虽然安·兰德以她畅销的小说闻名于世，广大读者也许并没有注意到安·兰德的第一部舞台剧。《一月十六日夜》于一九三四年在好莱坞出品，并于次年登上了百老汇的舞台，在剧院一直颇受欢迎。这部剧作集出版的目的就是为了将安·兰德作为剧作家的辉煌成就展现给更多读者——并让更多的人享受安·兰德的创造力。

有关这些剧作的专业出品权，请联系以下地址详询：

Curtis Brown Ltd., Ten Astor Place, New York, NY 10003.

理查德·E.劳斯顿

二〇〇四年八月

---

[1] 安·兰德的指定继承人。他是客观主义的提倡者，并建立了安·兰德协会。——译注

NIGHT OF JANUARY 16TH

一月十六日夜

序言

如果必须把《一月十六日夜》划入一种传统的文学分类的话，我会说它属于浪漫象征主义而不是浪漫客观主义。我还可以给那些熟悉客观主义美学的人们一个更加准确的分类：《一月十六日夜》不是一个讨论哲学的剧本，而是一个讨论人生观的剧本。

人生观是形而上学的雏形，一种对人与存在之联系的潜意识的整体感性评价。我强调这个词是因为一个人对存在的态度构成了他潜意识哲学的核心和原动力。每一部小说(或者更广泛地，每一部艺术作品)都是其作者人生观的外在表达，但是作品中的人生观也可能被转换成概念化的观点，即哲学的观点，或者它可能仅仅表现为一个抽象的感性集合。《一月十六日夜》则是这样一个地道的不加转换的抽象作品。

这意味着《一月十六日夜》所描绘的事件不是真实的生活。这些事件夸张了特定的基本心理特征，蓄意地孤立并强调它们，以便传达出一个简单的抽象概念：人物对待存在的态度。

一系列事件都显示出人物的行为动机，无论是哪一种特定的行为。换句话说，就是关注动机而不关注具体的有形动作。这些事件显示了两个极端之间的对峙，两种面对生活的相反方式——易怒而野心勃勃、自信、无畏、独立、激烈、倔强的方式，以及墨守成规、屈从、嫉妒、憎恨、权利本位的方式——之间的冲突。

我不认为，甚至当我在写这个剧本时也不这么认为，骗子就是英雄人物，或者，值得尊敬的银行家就是反派角色。[1]但是为了夸张独立和顺从之间的冲突，一个罪犯——一个被社会逐出的人可以作为一个有说服力的代表。顺便提一句，这也是在空想中，人们竭力呼吁"骗子高尚的一面"的原因。无论他所反抗的是怎样的一个社会，对于大

---

[1] 在本剧本中，匪徒"虎胆"里根被塑造成了一个有种种优良品质的人，而银行家则被暗示为一个罪恶多端的人。——译注

多数人，他都代表了一种抗拒和叛变，代表了他们心中对于人的自尊概念的模糊的、不明确的、未被察觉的摸索。

事实上，犯罪的经历不能使一个人的自尊得到实现，把它作为人生观也很不恰当。根本上，人生观与自我意识有关，而不与生活或者一个人面对真实生活的意识有关；人生观与思想的基本框架有关，而不与引导的方式有关。

假若这部剧作表达的人生观要用语言表达出来，那么必定是："你的人生，你的成就，你的幸福，你的'人'，都至关重要。不论遇到什么情况，都要活出一个你所认为的最精彩的自我。崇高的自尊观是一个人最难能可贵的品质。"一个人如何达到他最精彩的自我——这种思维框架如何在行动上和现实上付诸实施——是一个人生观无法回答的问题，那是哲学的任务。[1]《一月十六日夜》不是一本有关道德的哲学专著，上述的基本思想框架（及其反面）才是我想传达的内容。

这个剧本写于一九三三年。它开始在我的脑子里萌生时，我是想写一部法庭剧，描写一起谋杀罪的审判。审判

---

[1] 欲求更完整的有关人生观的本质与功能的讨论，请阅读我的著作《浪漫主义宣言》中的文章《人生观的哲学》和《生活的艺术与意义》。

中陪审团应从观众中选出，并投票进行判决。很显然，证明被告有罪与无罪的事实证据必须保持均等，以使陪审团可能做出任何一种判决；但是，如陪审团对于某些不具决定性的事实意见不一，不可能有什么重大影响，因此争论的关键点应该在于每个人内心斟酌再三的结果。

故事的出发点是伊瓦尔·克鲁格的崩盘——或者，更准确地说是公众对这件事的反应。

一九三二年三月十二日，瑞典"火柴大王"伊瓦尔·克鲁格自杀了。紧接着，他所创造的巨大金融帝国就破产了，然后就有人披露：这个金融帝国就是一个巨型骗局。伊瓦尔·克鲁格曾经是一个神秘人物，一只"孤单的狼"，以其天才、不渝的决心和果断以及惊人的无畏闻名于世。他的倾覆好像一起爆炸，掀起了一场喷射出烟尘与淤泥的风暴——极其狠毒的谴责组成的风暴。

被谴责的不是他见不得人的商业手段、他的无情、他的背信弃义，而是他的雄心抱负。他的能力、自信，他的人生和名誉的迷人光环被聚焦、夸大、过分强调了，然后成为那些嫉妒克鲁格并为他的垮台感到愉悦的庸人们的谈资。那是一种幸灾乐祸的、发泄仇恨的娱乐方式。这种娱乐的典型对白不是"他是怎么坠落的"，而是"他怎么敢飞上天"。假使在伊卡洛斯和法厄同[1]的年代有一个世界性的媒体，这将是他们可能收到的那种讣告。

伊瓦尔·克鲁格是一个非同寻常的人，他用合法的方式白手起家；是他在政界——混有经济因素的政界——的危险涉足毁了他。为了使他的火柴产业在全世界获得垄断地位，他开始向许多欧洲国家发放巨额贷款以换取在那些国家的垄断地位——这些贷款都没有清还，他也无法收账。为了隐瞒损失，他在他的资产和账单上开始了难以置信的招摇撞骗。在最终的分析当中，从被克鲁格欺骗的投资者的毁灭中牟取暴利的不是克鲁格自己，而是欧洲各国的政府。(但是当政府采取这样的政策时，它们不被称作骗局，而是赤字融资。)

克鲁格去世时，吸引我的并非他的故事中的政治向度，而是公众舆论谴责的本质。他们在谴责的不是一个坏蛋，而是一个伟大的人；这个人的伟大使得我想要为他辩护。

后来，将伊瓦尔·克鲁格模糊象征的人生观夸张化，

---

[1] 出自希腊神话。伊卡洛斯，代达罗斯之子，和父亲一起逃离克瑞忒，因肩缚鸟羽飞近太阳，坠海而死。法厄同，太阳神赫利俄斯即福玻斯·阿波罗之子，自不量力驾驭父亲的太阳车而最终跌落地面丧生。上文"坠落""飞上天"语即用这两个希腊神话人物影射伊瓦尔·克鲁格。——译注

以及使之与克鲁格的攻击者所公然揭露的人生观根本对立，就成了我写《一月十六日夜》的使命。

剧中从未出现过的男主角比约恩·福克纳并不是伊瓦尔·克鲁格；他只是伊瓦尔·克鲁格也许曾经有过的一个形象，或者说，也许克鲁格应该曾经有过这样的一个形象。比约恩·福克纳，和因谋杀罪名而被告上法庭的他的秘书兼情妇凯伦·安德列代表了剧本当中的一方，另一方的代表是约翰·格雷汉姆·怀特菲尔德和他的女儿。证明和推翻指控的事实论据是大体均衡的。争论的焦点在于目击证人的可信度。陪审员不得不选择相信哪一边，而这取决于陪审团成员自己的人生观。

或者，至少，我是那样希望的。甚至在当时我便意识到，大多数人对于这一问题的看法都会与我不同，而且大多数人在定罪上、在价值观的选择上，以至于在其人生观上都不那么始终如一。我也意识到，他们很有可能会错过基本的情节矛盾，然后会在当时表演气氛的刺激下做出决断，而没能赋予他们的裁决更深的意义。

而且我知道，人生观问题不是一场以观众为陪审团的法庭剧的最佳选择，一些更加明确的有争议的问题会更好一点，比如说计划生育、安乐死或者"试婚"，但是我真的没有别的选择。在我的人生中，我还没能创作出一个故事来讨论某个范围狭窄的问题。我个人的人生观需要一个有关伟大人物和至关重要的基本原则的主题；我无法让自己对任何其他主题发生兴趣——无论当时或今日。

表现一个理想化的人一直是我写作的动机。我不认为比约恩·福克纳是一个完美的典范，但我还没有准备好尝试刻画一个理想化的人；在我创作中第一次出现的这个理想化的人是《源泉》中的霍华德·洛克，然后是《阿特拉斯耸耸肩》中的主人公们。我真正准备好的是描写一个女人对她的完美男人的感觉，这恰恰是我在凯伦·安德列身上所寄托的。

那些热衷于跟踪我个人发展的人将会意识到这部剧本和我后来创作的小说所表达的人生观的一致性，但是我的小说不仅仅讨论人生观，它们也包含着认知哲学，即概念上定义的人和存在的观点。还有，为了阐明人生观与概念术语的转换，如果比约恩·福克纳犯了与现实生活相适应的错误，他就会成为《源泉》中最悲剧的人物——盖尔·华纳德；或者，如果比约恩·福克纳是一位完美的商人，他就会成为《阿特拉斯耸耸肩》中的弗兰西斯科·德安孔尼亚。

我仍然被间或问到——经常使我感到震惊——我是否

谋划了凯伦·安德列的有罪或者无罪。我觉得我的判决毋庸置疑：当然，她是无罪的。(但这不应阻碍任何一位未来的观众或读者做出他自己的判决：在这个问题上，这个判决有关他自己的人生观。)

  这部剧作的原名叫作《顶楼传奇》。
  这仍是它最好的标题，它更多地暗示了我们有关这部剧作的非现实主义的和象征性的本质，但是剧作的标题被两度更改，第一次被改为《法庭上的女人》，然后又被改为《一月十六日夜》。在这两次更改中，出品人都向我担保我的前一个标题对剧本极为不利；其中的一个出品人断言公众会因为"传奇"这个词而存在抵触情绪，他还引用了一些在标题中使用"传奇"的电影的失败例子。我觉得那简直是胡说八道，但是我不想让出品人在对一个问题产生恐惧和怀疑的压力下工作。这个问题对他们影响颇深，而我却认为并不重要。
  现在我后悔了。《一月十六日夜》是一个空洞寡义的标题，但它是那时我能想到的最不令人感到冒犯的标题。我不可能再更换它的标题了——这部剧变得太有名了。
  从某种程度上来说，这个标题还算适合剧本的实际由来；对于我来说，它十分空洞，毫无意义——非常令人痛苦。

纽约剧场出品人的一系列拒绝开启了这个剧本的辗转史。我当时住在好莱坞,但是我有一个代理人负责把剧本寄给一个一个的出品人。我所认为的这个剧本的最具独创性的特征是从观众中抽取陪审团,也正因此,出品人纷纷拒绝了这部剧本。他们说在陪审团上设计的小伎俩没有用,公众不会喜欢它,它会毁掉"剧场幻觉"。

后来,同一时间,有两个地方接受了我的剧本。其一是纽约著名的出品人A.H.伍兹,另外一个是英国演员E.E.克里夫,他在好莱坞剧场经营一个不大的出品公司,但是伍兹想拥有我剧本的自由修改权,所以我拒绝了与他交易,和克里夫签了合同。

一九三四年秋,这部剧作以《法庭上的女人》为名在好莱坞剧场上演了。默片明星芭芭拉·贝德福德饰演凯伦·安德列。E.E.克里夫担任导演并出演了一个不重要的角色,他是一个出色的人物演员,他喜欢我的剧本,并且似乎理解它,至少他知道这个剧本有它的某些独特之处。至今,我都深深感激他的态度,但是,作为一名出品人,他一直受着资金短缺的巨大困扰。演出还算令人满意,不过有点平庸——不够风格化,过于自然。尽管如此,剧作还是获得了不错的评价和成功的持续演出。

　　结果A.H.伍兹又来找我，说剧本可以在百老汇演出。合同条款中有关脚本变更的部分以含糊不清的方式被改写了；我的代理人向我保证，新条款的意思是所有的变动都必须基于双方的同意。我不这么看，我颇为确定新条款仍然给了伍兹他想要的所有控制权，但是我决定冒这一次险，仅凭着我的说服力。

　　这部剧作余下的故事则相当悲惨。

　　剧作开演的前前后后完全是我和伍兹之间进行的令人反胃的对抗。我试图避免他决定采用的变更中最糟糕的部分，我也试图保护他想要删除的章节中最精彩的部分，但这是我能够做的全部了，所以这部剧作变成了在各种矛盾元素中仓促诞生的一部不和谐的杂交剧。

　　伍兹是一个著名的传奇剧出品人。他的一些作品很好，另一些则糟糕透顶。传奇剧是我的剧本中他所理解的唯一元素，但是他觉得我的剧本传奇元素不够。所以"为了使它更有意思"，他少量地引入了一些用滥了的材料，以及与剧本无关的传奇剧手段。这一切不但不能促进情节，反而仅仅让观众感到大惑不解——比如说一把枪，一个为了确定已被抹去的枪支序列号而进行的高温试验，一个花哨的歹徒情妇，等等。(在最后一幕中引入歹徒的情妇是为了引起对于"虎胆"[1]里根证词的怀疑，当然，她没有做到这一点。我没有写过那一节，那是剧本的导演写的。)事实上，伍兹相信只有枪、指纹和警署事务能够抓住观众的注意力，但是"语言"不能。对于他作为一名出品人的声望，我只能说，他觉得有关陪审团的设计是一个好主意。这一点也是他买下这个剧本的原因。

这是我第一次(但不是最后一次)与当今文化中处于支配地位的意识形态二分法的文学表现形式偶遇："严肃"与"娱乐"的分裂——坚信文学作品一定是"严肃的"，一定无聊得要死；而如果它是"娱乐的"，就不能传达任何重要的东西。(这意味着"好的"就是痛苦的，而愉悦则必须是愚蠢和低级的。) A.H.伍兹笃信上述思想体系，因此将"思想""观点""哲学"或者"人生观"等词语与任何剧场的事务联系起来向他提及都是对牛弹琴。说他反对那些理论并不确切，他对于这些东西完全是音盲。天真的我为此感到震惊。从那时开始，我观察到了对于这种二分法(虽然是在它的相反方面)同样音盲的人，这些人却没有A.H.伍兹那么多的借口，他们是大学教授。那时，我竭尽我的智力和忍耐，与教条斗争。我至今仍在继续那

---

[1] 指人物"虎胆"里根，原文Guts意为"内脏，肚子"。——译注

场战役，与往昔同样地激烈，却没有了曾经年少时痛心而难以置信的惊愕。

在遴选演员的问题上，伍兹的决断比在文学观点上要好一些。他把凯伦·安德列的角色交给了他找到的一个有才华却没什么名气的演员——多丽丝·诺兰。她不仅有沉鱼落雁之貌，还是一个非同寻常的好角色，表演得非常出色。男主角"虎胆"里根是华尔特·皮杰饰演的。他的加入是我对遴选演员这件事的一个贡献。那时正是从默片向有声电影转变的时期，皮杰被认为其好莱坞的职业生涯已经结束，正在东部的一个夏令剧目剧院演出。他是我最喜爱的默片演员之一（总是出演强壮、迷人的贵族反派角色）。我也在好莱坞的舞台上见过他的身影，所以我建议伍兹在夏令剧目表演时去见见他。伍兹的第一反应是"啊，他的职业生涯已经结束了"，但他还是去了。值得表扬的是，皮杰的表演给了伍兹很深的印象。于是伍兹当即和他签了《一月十六日夜》的合同（然后告诉我："啊，这个人很棒。"）。开演不久后，皮杰与M-G-M签了一个长期电影合同。这是他在影坛的新开端，也是他跻身明星界的开始。他后来告诉我，他是凭借出演"虎胆"里根这个人物获得了那份合同。（我为M-G-M使他局限于"米尼弗先生"式的家长里短的角色而感到遗憾；他值得更好的。）

还有一件事情也是和《一月十六日夜》有关的为数不多的愉快经历之一。剧作在百老汇上演(一九三五年九月)之前，就我而言它已经死去了。我从它当中感觉到的，除了嫌恶与愤慨再无其他。它不仅是一具面目全非的躯体，而且是更糟的：这具面目全非的躯体上，被撕裂的四肢展现着曾经的美好，凸显着血腥的混乱。在开演的那天晚上，我坐在后排，打着哈欠——不是因为紧张，而是因为由衷的厌倦，因为它于我再也没有什么意义和价值可言了。

剧作获得的评价有好有坏；它没有成为红极一时的作品，但是被视为一个"成功"的作品。它连续演出了六个月。正是在陪审团上的设计使它获得成功，并引发了讨论。在开演的那天晚上，伍兹预先安排了一个名人陪审团阵容(其中我只记得前举重冠军杰克·邓普希)。那以后的起初几周，伍兹一直备着一个傀儡陪审团，以防观众不主动加入，但是很快他就发现这种未雨绸缪完全没有必要——他的办公室里充斥着来自想要坐上陪审席的名人及其他人的请求；主动加入陪审团的人比他所能提供的名额还要多。

剧作的连续演出中发生的一件趣事是一场盲人慈善演出。(我没有参加那次演出：我再也不能忍受看这部剧了，是别人告诉我的。)陪审团成员全部是盲人，观众也大多数是盲人；陪审团主席是海伦·凯勒。在有需要的时候，新闻播音员格雷汉姆·麦克纳米担任了描述视觉信息的讲述者。那个晚上的判决是"有罪"。

据持续统计这项信息的舞台经理所说——剧作在纽约演出期间，判决的总记录是"无罪"占六成。

那年冬天，伍兹开办了两家巡演公司（分别在芝加哥和洛杉矶），还有一家伦敦的公司；它们都经营得不错。

芝加哥的公演出于某种意外的原因留存在了我的脑海之中。戏剧批评家阿什顿·史蒂文斯给了我唯一一个使我在整个职业生涯当中都感到愉悦的评论。我曾经得到过可以说是更好的评论，其中一些也是我非常感激的，但是它们当中没有一个说出了我想要它们说的东西。因为那些所谓赞许，而不是因为无知的毁谤，我学会了不去指望那些评论者。我喜欢阿什顿·史蒂文斯对于戏剧技巧的通晓，对于戏剧感受的了解。他赞赏剧本的结构中最好的部分；他赞赏我的独创性，这个特点是只有全神贯注的观众才能欣赏的。他将这部剧视为一部情节剧，这确实是它的全面概括；我倾向于相信他的人生观和我的截然相反，因为他如是写道："它不像《玛丽·杜甘》那样亲切和振奋人心，也不那么撕心裂肺。没有任何一个人物招人喜欢。"

这里正是我喜欢他的地方："但是，这是我看过的情节发展最快的法庭情节剧。它从各个角度诠释这个事件，每一次都一鸣惊人。"

"最震撼也最出色的惊人之处在于当'虎胆'里根从过道中冲进法庭并告知她：她被指控谋杀的那个人死了的时候，那个囚犯——像紧张的古罗马硬币上的女子那样板着脸的凯伦·安德列——的坠落和崩溃。观众们，女士们和先生们，那是第二幕的开幕。[1]（模仿他的排印方式。）

"你们可以看到，这部剧作迎合了观众的自我分析。它允许我们期望某种事情发生，但又永不让我们离开持续的时间超过一瞬……这是这部剧作的某种特质所在。"（如果他所看到的版本中真的有这种特质的话，我为他能够察觉到它而感到惊异。）

这部剧作在夏令剧场得到了异乎寻常的成功：上演的第一个夏天（一九三六年），它在十八个剧院演出，并成了接连几个夏季的最受喜爱剧目。一九三六年夏天的演出中的一个亮点是，有一周在康涅狄格州的斯托尼克里克，我的丈夫弗兰克·欧康纳饰演了"虎胆"里根的角色。

后来的几年，这部剧作被译成各种语言，在大部分欧

---

[1] 在原文中，这里使用了英文大写字母。下文的"排印方式"即指这种大写。——译注

洲国家上演。二战中，为庆祝美军攻占柏林，美国劳军联合组织排演了这部剧作。至今，这部剧作仍然偶尔在世界各处演出。这其中可能有我知道的，还有我不知道的。至少我间或因其演出而收到版权使用费。它现在也间或在这里的夏令剧场演出。它也曾在广播中播出，并两次（被两个不同的公司）在电视中播放。

业余表演市场是这部剧作的经历中糟糕的部分。业余演出权卖给了一个出版社，这家出版社发行了一版改编过的"净化"版本。那时他们声称业余表演市场包括教堂、学校和大学团体。这些团体在严密的监视下活动（我不知道谁是这些监视的施加者）：不允许提及风流韵事或者情人，不允许在舞台上吸烟，或者发毒誓，等等。举例来说，他们不许使用"虎胆"这个词，因此剧本中一个人物的名字就被换成了莱瑞·里根。该版本是由出版社修改的；它不会在书店出售或者向公众销售，而是仅仅出售给业余组织，作为他们业余表演的剧本。我偶尔听到我的仰慕者们不知怎么也持有了那个版本，愤怒却无助。所以我想在此郑重声明，以供记录在案并作为一个公告，《一月十六日夜》的业余表演版本不是我写的，也不是我著作的一部分。

这部剧作的电影版本则是另一个糟糕的故事。它的荧屏版改编与我无关。除了一些人物的名字和标题（也不是我的标题），电影中没有任何我的元素。影片对话中来源于我的剧本的唯一一句是："法庭将休庭至明早十时。"影片体现出的肤浅拙劣的庸俗我简直不想过多提及。

在那些年里，正当这部剧作变得出名的时候，我感到了一种痛苦，一种愈演愈烈的困窘不安：我不想和它有关，也不想让大家知道我是它的作者。我那时觉得，我的不幸仅仅存在于我的出品人和我不得不与之打交道的一类人上。今天我懂得更多了：承认了我的作品的实质和当今的文化趋势之后，我明白了这一切都是必然的；但是别再让任何人找我商量能否更改我的作品，因为我已艰难地吸取了之前的教训。

我有二十五年没有看过这部剧作的脚本，每当它被提及，我都会退缩。后来，在一九六○年，南森尼奥·布兰登请求我允许他响应学生们的要求，在南森尼奥·布兰登学会开展一次有关我的剧本的读书会。我不能让他朗读A.H.伍兹的版本，所以我必须为之准备一个权威版本。我比较了《顶楼传奇》的原始脚本,《法庭上的女人》的脚本（与前者相同，但有我的一些删节），以及《一月十六日夜》的脚本。我对结果稍稍有点震惊：在这个最终的权威版本中，我得删去伍兹出品时增加的所有内容(除了一处台词的更改，以及标题)。当然，我删去了持枪匪徒的情妇，枪支，还有其他所有诸如此类的粗鄙的元素；出乎意料的是，即便是细小的线条和细微的碰触都是令人不快的错误，最终不得不被摒弃。

　　我感到一种莫名的哀伤：我回想起排练时与伍兹的一次争执。我们坐在空无一人的剧场的最前排，他愤慨地说："你怎么能这么固执己见？你怎么能跟我吵？这是你的第一部剧作，而我在剧院待了四十年！"我向他解释这无关个性、年龄和经验，也无关语出谁口，而有关说了什么。我也向他解释，如果办公室小弟碰巧是对的话，我会向他做出怎样的让步。伍兹没有回答；我甚至在那时就知道，他没有听我说话。

在内容方面，最终的权威版最接近于《法庭上的女人》的脚本。我没有对故事情节或主旨要义做任何更改；额外的更改大多数是语法上的。这个最终版就是如今出版的这个版本。

我很高兴见到它的出版。以往，我一直感觉它仿佛是一个私生子在世间流浪。现在，通过这本书的出版，它成了我的嫡子。

还有，虽然它已在世界各地上演，但是我仍觉得它好像是一个从未上演过的剧本。

安·兰德
一九六八年六月，纽约

致出品人

　　这部剧作是一起没有预定判决的谋杀罪审判。陪审员从观众中选出。他们作为真正的陪审员见证整部剧，并在最后一幕的末尾给出一个判决。剧本写了两个短短的结尾——根据不同的判决使用。

　　剧本的设计使得证明被告有罪或无罪的证据被均匀地平衡了，因此判决取决于陪审员自身的价值观和性格。法庭上对立的两派有着同台下观众一样激烈的矛盾，观众们有的与那个妻子的遭遇有所共鸣，有的则与那个情人有同感。任何一种决断都会导致对立一方的抗议；这个案件必定会引起争论和探讨，因为它潜在的冲突是人性两态的根本对立。因此，真正被审判的其实是观众自己。"在这个案件中被审判的是谁？是凯伦·安德列吗？不！在这里被审判的是你们，陪审团中的女士们和先生们。呈上你们的判决，你们自己的灵魂将被引向光明。"被告律师如是说。

陪审席被搬上了舞台，就如同在一个真正的法庭当中。这样我们便给了观众亲临谋杀案审判现场的一切快感。我们把决定权交予观众，由此提升了他们的兴趣；我们用没人能够在任何一次表演中确定其结果这个事实增加了悬念。

来自安·兰德继承人的声明

一九七三年,为了原以《顶楼传奇》为题的《一月十六日夜》的出品,安·兰德在剧本中做了许多编辑上的小更正,大部分旨在更新语言。根据最近发现的兰德女士的往来信函,她认为这些更改是最终版的。因此,这些更改从这一版开始,被并入之后的所有印刷当中。

伦纳德·佩科夫
一九八五年五月

人物一览表（以及时间地点）

人物： 大法官海斯

公诉人弗林特

被告律师史蒂文斯

凯伦·安德列

柯克兰医生

约翰·哈特金斯

荷马·凡·福力特

埃尔玛·斯惠尼

玛格达·斯文森

南茜·李·福克纳

约翰·格雷汉姆·怀特菲尔德

詹姆斯·钱德勒

西格德·琼奎斯特

"虎胆"里根

法庭工作人员

地点： 纽约法庭

时间： 当代[1]

---

[1] 这里指作者著书的年代，即二十世纪三十年代。——译注

Night of January 16th
Act
I

第一幕

舞台被布置成一个纽约法庭。法庭面对观众,因此观众相当于坐在真实法庭中的旁听席。舞台后部中央的高台上是大法官的办公桌,桌子后面是通往法官议事室的门,门的左边是面向观众的证人席,它的后面则是通向陪审室的门。大法官办公桌前是法庭书记官的办公桌,右面是——法庭办事员的办公桌,它的后面有一扇供证人进入法庭的门。舞台前方的右侧是被告及其律师的桌子;左侧是原告的桌子。靠墙的左面是陪审团成员的十二个座位。再向台前则有一扇供旁听者进场的门。对面墙边的右侧是供旁听者的座位。舞台上分别有几级台阶通向左右通道。大幕拉开时,法庭已经准备好开庭,但大法官仍未出现。原告与被告在各自的桌前做好了准备。

公诉人弗林特是一个身材肥胖的中年男子。温文尔雅的他，就如同家庭中受人尊敬的父亲，他的性格却有典当商的精明和锐利。被告律师史蒂文斯个子高挑，鬓发灰白，显示出久经世故的人固有的整洁、诡辩和高雅。他正看着他的委托人，可他的委托人没对他有半点注意。那位委托人坐在被告席的桌前平静地，几乎是自傲地，仔细观察着观众。委托人，即被告凯伦·安德列有二十八岁，旁人对她的第一印象是想要对付得了她，得要一个动物驯养师，而不是一个律师。在她的神色中，没有任何情感，也没有任何反抗，那是一种难以捉摸的、无动于衷的平静；但是，从她身躯苗条的傲然不动当中，从她头颅高昂的颐指气使当中，从她头发蓬乱的桀骜不驯当中，人们依旧感觉到一种令人窒息的活力，一种原欲的烈火，一种未被驯化的力量。她的着装简洁考究，因而引人注目；观众可以注意到，着装体现出的不是属于注重穿着的女人的高雅气质，而是低调的奢华；或者倒不如说她可以在不经意间，把褴褛的衣衫都变得优雅动人。

大幕拉开时观众席的灯光不要熄灭。

法警：全体注意！

（全体起立，大法官海斯进入法庭，法警击槌）

纽约州第十一高级法庭。尊敬的大法官威廉·海斯主持。

（法官就座，法警击槌，所有人坐下）

大法官海斯：纽约州人民诉凯伦·安德列。

弗林特：准备就绪，法官大人。

史蒂文斯：准备就绪，法官大人。

大法官海斯：书记官，请选出陪审团。

（书记官手里拿着一张表格踏上舞台，站在幕布前，向观众们讲话）

书记官：女士们、先生们，你们将有可能成为这宗案子的陪审员。你们当中的十二位将被挑出来执行这项使命。如果您被选中，劳驾您到这里来就座，并听取大法官海斯对你们的指示。

（他念了十二个名字。陪审员在各自的位置就座。如果有人不愿担任陪审员，或者缺席，书记官就再叫一些名字。陪审员就座之后，观众席上的灯光熄灭。大法官海斯向全体陪审员讲话）

大法官海斯：女士们，先生们，你们是这起诉讼的陪审员。庭审全部结束后，你们会回到陪审室，基于你们自己的判断进行投票。每天庭审结束后，会有法警护送你们到陪审室，在此之前你们不能离开座位。我要求你们认真倾听证词，以你们最佳的能力和最公正的品德进行判决。你们有权决定被告的罪名是否成立，她的命运掌握在你们手中……公诉人可以开始陈述。

（公诉人弗林特站起来，向陪审席发言）

弗林特： 法官大人！陪审团的女士们，先生们！一月十六日，将近午夜的时候，当百老汇的灯光照耀在欢闹的人群之上，它所造就的电气的黎明熠熠生辉。这时，一具男人的身体从空中疾速跌落，重重撞击在福克纳大厦脚下的地面上——摔得面目全非。那具身体曾经是瑞典大名鼎鼎的财阀——比约恩·福克纳。他从他位于五十层的豪华顶楼公寓上摔了下来。我们被告知，是自杀。这是一个不愿屈膝于将临之毁灭的伟人。他一定觉得从摩天大楼的屋顶坠落，比从他那摇摇欲坠的金融独裁者的宝座上滑落下来要更快、更轻松。仅仅在几个月以前，在世界上每宗巨大的黄金交易背后，都矗立着这位名人：年纪轻轻、高高的个子、挂着高傲的笑容。他的一只手的掌心，把握着若干王国，翻手为云，覆手为雨——另一只手则紧握着皮鞭。

如果把世界比作生命，黄金是血液，那么比约恩·福克纳则可谓世界的心脏，掌握着世界所有暗藏着的动脉，调节着它的每一次收缩和舒张、每一下脉搏。女士们，先生们，我们的世界刚刚犯了心脏病。就像其他的心脏病突发一样，事情来得相当突然，在这之前，没人怀疑过福克纳公司的基座上竟横着一个硕大无朋的金融骗局。他去世仅仅几天，地球就由于他所辖生意的崩溃而震颤；当那颗巨大的心脏停止跳动的一刻，数以千计的投资者都因为心脏病突发导致的瘫痪而遭受打击。比约恩·福克纳面对这个世界有过艰难的挣扎，但是他内心的挣扎更加痛苦。我们的庭审正是要揭开这段挣扎的神秘面纱。两个女人统治了他的生命——还有死亡。这里就有其中之一，女士们，先生们。

（指向凯伦）

凯伦·安德列，福克纳精明强干的秘书和臭名昭著的情妇。六个月前，福克纳来到美国申请贷款，以期拯救他的财富，命运却给予了他一种拯救他心灵的方式——一个可爱的姑娘，大慈善家约翰·格雷汉姆·怀特菲尔德唯一的女儿，南茜·李·福克纳。她现在是福克纳先生的遗孀。福克纳认为，他年轻新娘的可爱和善良能够救他于水火。

最好的证明就是他在新婚两周之后就辞退了他的秘书——凯伦·安德列。他与她从此一刀两断。但是，女士们，先生们，一个人要想跟一个像凯伦·安德列这样的女人一刀两断可并不容易。我们可以想象，在她的心中闷烧着怎样的憎恨与仇念；这一切在一月十六日的晚上冒出了火焰。比约恩·福克纳不是自杀。他死于谋杀，死于那双精巧能干的手。这双手今天就在你们面前。

（他指向凯伦）

这双手帮助比约恩·福克纳登上了世界的顶端；这双手也从高处把他重重掷下，摔落在和这女人的心灵一样冰冷的人行道上。女士们，先生们，我们即将证明这一切。

（弗林特停了一下，然后开始传唤证人）

我们的第一位证人是柯克兰医生。

书记官： 柯克兰医生！

（柯克兰医生年迈、温和，表情无动于衷，他走向证人席）

你庄严宣誓说出真相，一切真相，除了真相之外别无其他吗？上帝保佑你。

柯克兰： 我宣誓。

弗林特： 请说出你的姓名。

柯克兰： 托马斯·柯克兰。

弗林特： 你从事什么职业？

柯克兰： 我是本地的验尸官。

弗林特： 你在一月十六号的晚上因你的职责被叫去做了什么？

柯克兰： 我被叫去查验比约恩·福克纳的尸体。

弗林特： 你都发现了什么？

柯克兰： 一具被毁得面目全非的尸体。

弗林特： 你判断的死因是什么？

柯克兰： 从高处坠落。

弗林特： 你验尸时，福克纳已死去多长时间了？

柯克兰： 我在坠楼事件发生之后半个小时到达现场。

弗林特： 从尸体的情况来判断，你能够确切说出他死去多长时间了吗？

柯克兰： 我不能。由于天气寒冷，血液会迅速凝结，几个小时的区别没法觉察。

弗林特： 因此，福克纳死亡的时间早于半小时前也是有可能的吗？

柯克兰： 是有可能的。

弗林特： 他的死可能由于非坠落的原因导致吗？

柯克兰： 我没有找到任何证据。

弗林特：比如他的颅骨是否在坠落前就破碎了呢？你根据尸检能够找到答案吗？

柯克兰：不能。鉴于尸体的情况，不可能做出任何判断。

弗林特：发问完毕，柯克兰医生。

史蒂文斯：柯克兰医生，你有没有在尸检当中发现早先的伤口？

柯克兰：不，我没有。

史蒂文斯：你是否发现了任何迹象表明死亡是由于非坠落的原因？

柯克兰：不，我没有。

史蒂文斯：发问完毕。

（柯克兰医生离开证人席，退出法庭）

弗林特：约翰·哈特金斯！

书记官：约翰·哈特金斯！

（哈特金斯是一个怯懦的上了年纪的男人，整洁但寒酸；他胆怯而畏缩地走向证人席，两手紧张地拨弄着帽子）

书记官：你庄严宣誓说出真相，一切真相，除了真相之外别无其他吗？上帝保佑你。

哈特金斯：是的，先生，我宣誓。

弗林特：你的姓名？

哈特金斯：（胆怯地）约翰·约瑟夫·哈特金斯。

弗林特：你从事什么职业？

哈特金斯：我是福克纳大厦的夜班警卫，先生。

弗林特：福克纳先生在那座大厦里有商用办公室吗？

哈特金斯：有，先生。

弗林特：你知道是谁拥有大厦屋顶上的豪华公寓吗？

哈特金斯：当然，先生。福克纳先生是公寓的主人。

弗林特：那么又是谁住在那儿呢？

哈特金斯：福克纳先生和安德列小姐，先生。我是说，在福克纳先生结婚之前。

弗林特：结婚之后呢？

哈特金斯：福克纳先生结婚之后，安德列小姐住在那里——独自一人。

弗林特：福克纳先生结婚之后，你曾见过他拜访安德列小姐吗？

哈特金斯：只有一次，先生。

弗林特：是在什么时候？

哈特金斯：一月十六日的晚上。

弗林特：请描述当时的情况，哈特金斯先生。

哈特金斯：嗯，先生，那是在大约十点半的样子——

弗林特：你是怎么知道这个时间的？

哈特金斯：我十点上岗，先生，那时我到岗还没有半个小时。门铃响了。我走到大厅，然后开了门。是安德列小姐，福克纳先生跟她在一起。我很吃惊，因为安德列小姐有她自己的钥匙，并且她通常都自己开门。

弗林特：她和福克纳先生单独在一起吗？

哈特金斯：不是的，先生。还有另两位先生与他们同来。

弗林特：这两位先生是谁？

哈特金斯：我不知道，先生。

弗林特：你之前见过他们吗？

哈特金斯：没有，先生，从来没有。

弗林特：他们长得什么样子？

哈特金斯：他们个子都很高，比较瘦，两个人都是。我记得，一个下巴很尖。另一个——我根本看不到他的脸，先生，因为他把帽子折下来遮住了眼睛。他一定是有点喝多了，恕我直言，先生。

弗林特：你说他喝多了是指什么？

哈特金斯：嗯，恕我直言，他似乎有点全身僵硬，先生。他脚下不稳，因此福克纳先生和另一位先生不得不帮他一把。他们几乎是把他拽进了电梯。

弗林特：福克纳先生显得忧心忡忡吗？

哈特金斯：不，先生。正相反，他看起来很高兴。

弗林特：他看起来像是要预谋自杀的人吗？

史蒂文斯：法官大人，我们反对！

大法官海斯：反对有效。

弗林特：这一行人当中其他的人也显得很高兴吗？

哈特金斯：是的，先生。安德列小姐面带微笑。福克纳先生在走进电梯的时候还笑了几声。

弗林特：你看到他们中的任何一个在当晚离开了吗？

哈特金斯：是的，先生。第一个人在十五分钟后就离开了。

弗林特：离开的是谁？

哈特金斯：喝醉了的那个，先生。他乘电梯下的楼，自己一个人。他没有刚才那么酩酊大醉。他能走路，只是跟跟跄跄。

弗林特：你看到他去哪里了吗？

哈特金斯：嗯，鉴于他当时的状况，我想扶他走到门口，但是他看到我走过去便快速离开了。他进了一辆车，那辆车当时就停在大厦入口。他还醉着酒呢,就踩下了油门,但我确信他走不远的,警察会把他逮住的。

弗林特: 你为什么会这样想?

哈特金斯: 因为有一辆车紧跟着他开动了。

(凯伦突然从她冻结了一般的平静当中苏醒过来。她猛地站起来,突然问哈特金斯)

凯伦: 什么车?

大法官海斯: 被告请保持沉默。

(史蒂文斯向凯伦耳语了几句,使她坐了下来)

弗林特: 如果安德列小姐让我提问的话,我会满足她的好奇。我刚刚正要问,什么车,哈特金斯先生?

哈特金斯: 一辆黑色的豪华轿车,先生。那辆车停在离他两辆车的地方。

弗林特: 车里面有谁?

哈特金斯: 我只看到了一个男人。

弗林特: 是什么让你认为他是在跟着第一辆车?

哈特金斯: 嗯,我也不是很确定,先生。只是它们同时开动,看起来很可笑。

弗林特: 你看到安德列小姐的另一位客人离开了吗?

哈特金斯: 是的,先生。还没有十分钟,他就走出了电梯。

弗林特：他做了什么？

哈特金斯：没什么不寻常的，先生。他看起来在赶时间。他直接出去了。

弗林特：后来发生了什么？

哈特金斯：我开始巡视整栋大厦；然后，过了得有一个小时，我听到了外面的尖叫声，是在街上。我冲下来，当我到大厅的时候，我看到安德列小姐从电梯里跑了出来，她的睡袍被扯破了，哭得泣不成声。我跟着她跑。我们推开外面围观的人群，是福克纳先生散落在人行道上。

弗林特：安德列小姐做了什么？

哈特金斯：她尖叫起来，然后扑通跪地。太可怕了，先生。我还从没看到过如此破碎的人体。

弗林特：发问完毕，哈特金斯先生。

史蒂文斯：你刚才说，你还没见过福克纳先生在结婚之后拜访安德列小姐，除了那个晚上。那么，请告诉我，你总是能够看到晚上进入大厦的每一个访客吗？

哈特金斯：不，先生。我并不是随时都在大厅，我需要四处巡视。如果客人有钥匙的话，他就可以在我不知情的情况下进入大厦。

史蒂文斯： 那就是说，安德列小姐可能有很多访客，包括福克纳在内，而你却没有看见？

哈特金斯： 是的，先生，就是这样。

史蒂文斯： 发问完毕。

（哈特金斯离开证人席，退出法庭）

弗林特： 荷马·凡·福力特！

书记官： 荷马·凡·福力特！

（荷马·凡·福力特出现了。他个子高高的，不年轻了。对他最准确的描述应该是"一本正经"。他的衣着很正经——潇洒而不落俗；他的举止很正经——沉着、精确、非常有条理。他有些怯懦，但是显得十分高贵）

书记官： 你庄严宣誓说出真相，一切真相，除了真相之外别无其他吗？上帝保佑你。

凡·福力特： 我宣誓。

弗林特： 你的姓名？

凡·福力特： 荷马·赫伯特·凡·福力特。

弗林特： 你从事什么职业？

凡·福力特： 私人侦探。

弗林特： 你的上一个任务是什么？

凡·福力特： 跟踪比约恩·福克纳先生。

弗林特： 谁雇你做这件事？

凡·福力特： 比约恩·福克纳夫人。

（法庭中产生了轻微的骚动）

弗林特： 一月十六日的晚上你也在跟踪福克纳先生吗？

凡·福力特： 是的。

弗林特： 劳驾给我们大家描述一下。

凡·福力特： 我从下午六时十三分开始说起。

弗林特： 你怎么知道时间的，凡·福力特先生？

凡·福力特： 这是我职责的一部分，必须记录下时间并将其报告给福克纳夫人。

弗林特： 我明白了。

凡·福力特：（他说话迅速、清晰，好像在向主人报告一样）下午六时十三分，福克纳先生离开了他在长岛的家。他着正装，自己开车，独自一人。特别记录：他开车以不寻常的速度直奔纽约。

弗林特： 福克纳先生去了哪里？

凡·福力特： 他开车到福克纳大厦，走了进去，这时是下午七时五十七分，办公室都关门了。我在外面等着，坐在车里。晚上九时三十五分，福克纳先生与安德列小姐从大厦里走了出来。安德列小姐穿着正式。特别记录：安德列小姐戴着比例失调的淡紫色胸前花饰。他们开车离开了。

弗林特：他们去了哪里？

凡·福力特：这世上没有人永远不出差错。

弗林特：你什么意思？

凡·福力特：我跟丢了。福克纳先生的车速很快，而且我还遇上了事故。

弗林特：什么事故？

凡·福力特：我的车的左防护板撞上了一辆卡车。福克纳夫人会为这起事故的损失埋单。

弗林特：你跟丢之后都做了些什么？

凡·福力特：回到福克纳大厦，守株待兔。

弗林特：他们是什么时候回来的？

凡·福力特：晚上十点半。一辆灰色的车跟着他们。福克纳先生下了车之后去帮安德列小姐。当安德列小姐按响门铃的时候，他打开了灰色车的车门，一个穿着正式的高个子绅士下了车。然后他们一起帮助第三位绅士下车，这一位穿着一件深灰色的运动大衣。特别记录：这里提到的这位绅士看起来已是酩酊大醉。他们全都进了福克纳大厦。

弗林特： 然后你做了什么？

凡·福力特： 我离开我的车，走进了福克纳大厦路对面的盖里烧烤店。我要解释一下，我允许自己在跟踪的过程中每四小时吃一顿饭，这时距离我们离开长岛已经有了四个小时。我坐在窗边，看着福克纳大厦的入口。

弗林特： 你观察到了什么？

凡·福力特： 什么都没有——有一刻钟。然后那个穿灰色大衣的男人出来了，发动了汽车——那辆灰色的汽车。很明显他在赶时间。他驱车向南。

弗林特： 你看到另一个陌生人离开了吗？

凡·福力特： 是的，那是又过了十分钟之后。他上了一辆紧靠路边停放的车。我不知道它是怎么停在那里的，但是它确实在那里，而且看上去他有车的钥匙，因为他坐了进去然后开走了。他也驱车向南。

弗林特： 你曾看过福克纳先生与这二位在一起吗？

凡·福力特： 没有。这是我第一次看到他们。

弗林特： 他们走后你做了什么？

凡·福力特： 我等待着。福克纳先生现在和安德列小姐独自待在豪华顶楼里了。我非常好奇——出于职业原因，我决定做一些近距离侦查。我有一个特别的观察点；我曾经使用过。

弗林特： 在哪里？

凡·福力特： 在"天顶"夜总会，位于布鲁克斯大厦的顶层，与福克纳大厦只隔三幢楼。那里有一个露天走廊，就在舞厅旁边。你只要走出去，就可以把福克纳的豪华顶楼看得一清二楚。我走出去，看了一眼，叫出了声来。

弗林特： 你看到了什么？

凡·福力特： 没有灯光。凯伦·安德列的白色睡袍在月光下泛着微光。她把一个男人的身体举到了花园的矮墙上。一个穿着睡衣的男人，是福克纳。他不省人事，没有反抗。她全力地推他。他从墙上滚了下去，在半空中直直坠落。

弗林特： 然后你是怎么做的？

凡·福力特： 我冲回夜总会的餐厅，把我看到的一切喊了出来。一群人跟着我下到福克纳大厦那里。我们看到人行道上那血淋淋的一团糟，安德列小姐在对着它啜泣，简直可以打动一个来看首演的观众。

弗林特： 你跟她说话了吗？

凡·福力特： 没有。警察到了之后，我向他们报告了我看到的这些,就像我告诉你的一样。

弗林特: 发问完毕,请被告律师发问。

(史蒂文斯站起来,朝凡·福力特缓缓走过去,紧紧盯着他)

史蒂文斯: 请问你能不能告诉我们,凡·福力特先生,你是什么时候开始受雇于福克纳夫人的?

凡·福力特: 去年十月十三日。

史蒂文斯: 你能告诉我们福克纳先生和福克纳夫人结婚的日期吗?

凡·福力特: 十月十二日。前一天。

史蒂文斯: 正是如此。就在前一天。换句话说,福克纳夫人从结婚第二天起就雇用你监视她的丈夫,是这样吗?

凡·福力特: 看起来是这样的。

史蒂文斯: 福克纳夫人雇你的时候给了你什么指示?

凡·福力特: 观察福克纳先生的一举一动,然后一五一十地向她汇报。

史蒂文斯: 她指示过你特别注意安德列小姐吗?

凡·福力特: 没有。

史蒂文斯: 福克纳先生在他结婚之后拜访过安德列小姐吗?

凡·福力特： 是的，经常拜访。

史蒂文斯： 在白天吗？

凡·福力特： 极少。

史蒂文斯： 福克纳夫人对这些报告都作何反应？

凡·福力特： 福克纳夫人是一位贵妇，因此她没什么反应。

史蒂文斯： 她看起来相当担忧吗？

凡·福力特： 我并不这么认为。（他有一点不自然地慷慨激昂地说）福克纳先生是最专情的丈夫，他深深地爱着他的妻子。

史蒂文斯： 你是如何知道的？

凡·福力特： 这是福克纳夫人自己的话。

史蒂文斯： 好，那么，凡·福力特先生，你能否告诉我们一月十六日晚上你出发去"天顶"夜总会时的确切时间？

凡·福力特： 确切时间是十一时三十二分。

史蒂文斯： 从福克纳大厦到天顶走路要多长时间？

凡·福力特： 三分钟。

史蒂文斯： 你到达"天顶"的露台时是什么时间？

凡·福力特： 十一时五十七分。

史蒂文斯： 那么你用了整整二十五分钟到达露台。你在其余的时间做了什么？

凡·福力特： "天顶"那里当然还有舞厅……还有其他东西。

史蒂文斯： 你有没有好好享受……"其他东西"？

凡·福力特： 呃，如果我猜透了你充满好奇的潜台词的话，我想告诉你的是，我只是喝了几杯酒，但那并不意味着你可以说我喝醉了。

史蒂文斯： 我并没想那么说——到目前为止。好了，那么，你看到安德列小姐把福克纳先生从屋顶推了下来，那离你还有一段距离，周遭一片黑暗，并且你还……呃，我们可以说你喝了几杯酒吗？

凡·福力特： 喝酒与这件事毫不相干。

史蒂文斯： 你非常确定她在推他吗？她难道不可能是在和他争斗吗？

凡·福力特： 嗯，如果你管那个叫争斗的话，那种争斗的方式真是很可笑。假如我在和一个男人争斗，我不可能把他举起来，从他的……我的意思是，我不可能把他举起来。

史蒂文斯： 凡·福力特先生，在你出庭作证之前，福克纳夫人对你都有哪些指示？

凡·福力特：（义愤填膺）我没有受到任何形式的任何指示。我想告诉你的是，福克纳夫人现在即便想指示我什么，也毫不现实。她被她父亲带到了加利福尼亚——舒缓一下她濒临崩溃的神经。

史蒂文斯：凡·福力特先生，你觉得福克纳先生的自杀使得福克纳夫人感到心满意足吗？

弗林特：我们反对！

大法官海斯：反对有效。

史蒂文斯：凡·福力特先生，你能不能告诉我，一个福克纳先生死于谋杀的目击者对于福克纳夫人价值有多大？

弗林特：（一跃而起）我们反对，法官大人！

大法官海斯：反对有效。

凡·福力特：我想提醒史蒂文斯先生，你很可能因为这样的含沙射影而遭到控告。

史蒂文斯：我才没有含沙射影，凡·福力特先生。我只是用一般的方式问个问题。

凡·福力特：呃，我想告诉你的是——也是用你所谓一般的方式——作伪证不是私人侦探的职责。

史蒂文斯：这个规则没有例外吗？

凡·福力特：绝对没有！

史蒂文斯：发问完毕，凡·福力特先生。

凯伦：还没完。我要你再问他两个问题，史蒂文斯。

史蒂文斯：当然可以，安德列小姐。什么问题？

（凯伦朝史蒂文斯耳语了几句，他非常震惊）

史蒂文斯：你开什么样的车，凡·福力特先生？

凡·福力特：（同样震惊）一辆褐色别克双门轿车。去年的一款车型。很旧但是很皮实。

（凯伦又朝史蒂文斯耳语了几句）

史蒂文斯：你看到任何车跟着灰衣男子的车开走吗，凡·福力特先生？

凡·福力特：我回忆不起来了。当时交通比较拥堵。

史蒂文斯：发问完毕，凡·福力特先生。

（凡·福力特离开）

弗林特：斯惠尼警官！

书记官：斯惠尼警官！

（斯惠尼警官有着一张圆脸，看起来有些孩子气，朝证人席走过来）

书记官：你庄严宣誓说出真相，一切真相，除了真相之外别无其他吗？上帝保佑你。

斯惠尼：我宣誓。

弗林特： 你的姓名？

斯惠尼： 埃尔玛·斯惠尼。

弗林特： 你的职业？

斯惠尼： 警务督察。

弗林特： 在一月十六日的晚上，你被叫去调查比约恩·福克纳的死了吗？

斯惠尼： 是的，先生。我是到达现场的第一位警官。

弗林特： 你当时讯问安德列小姐了吗？

斯惠尼： 当时没有。我还没来得及做什么，那个叫作凡·福力特的家伙就急急忙忙跑到我这儿来，冲我大喊他看到凯伦·安德列把福克纳从楼顶扔下来。

弗林特： 安德列小姐对此作何反应？

斯惠尼： 她惊呆了。她站在那里，她的眼睛睁大，好像要跳出来一样。然后，先生，她开始大笑，笑声几乎击穿了我的心脏。我觉得她疯了。

弗林特： 你做了些什么？

斯惠尼： 我命令她不准擅自走动，等待讯问，然后我们把她带进电梯一起上楼——去检查顶层的豪华公寓。多么富丽堂皇！

弗林特： 你找到任何不寻常的东西了吗？

斯惠尼： 不寻常的——是的，先生。那间卧室。

弗林特： 那么你在那间卧室里找到了什么？

斯惠尼： 睡袍，先生。镶花边的睡袍，就像是用一层薄薄的空气做成的。卫生间里有一个水晶浴缸。我们把淋浴打开——水中加了香水。

弗林特：（微笑着）你误解了我的问题，督察。我不是在说豪华公寓的美学价值。我想问你有没有找到什么可能与比约恩·福克纳的死有关的不寻常的东西？

斯惠尼： 有，先生。在客厅。

弗林特： 是什么？

斯惠尼： 一封信，摆在桌子上很显眼的地方。它封着口，地址栏里写着："给最先找到它的人"。

（弗林特从书记官那里拿来一封信，并递给斯惠尼）

弗林特： 就是这封信吗？

斯惠尼： 是的，先生。

弗林特： 劳驾你给陪审团念一下行吗？

斯惠尼：（读信）"如果未来的任何一位历史学家希望记下我对于人性的建议的话，我会说，在这个每扇门都向我打开的世界上，我只找到了两样值得享受的东西：我那根统治世界的皮鞭和凯伦·安德列。对于那些会使用这条建议的人，它的价值远比它给全人类造成的损失要大得多。比约恩·福克纳。"

弗林特：（把信递给书记官）请递交作为证据。

大法官海斯： 采为证据A。

弗林特： 你针对这封信讯问安德列小姐了吗？

斯惠尼： 我讯问她了。她说这封信是福克纳写的，留在了桌子那里，并且命令她不准碰它，然后他就走出去，到了顶楼的花园里。当她看清他要做什么的时候，她上前与他发生了争斗，但是她无法阻止他。

弗林特： 你问她当晚和他们在一起的人是谁了吗？

斯惠尼： 我问了。她说有两个男人：他们是福克纳先生的朋友，她以前从未见过他们。福克纳先生当晚在一个夜总会接上了他俩，然后就带着他们。她说他们的名字是"杰里·怀特"和"迪克·桑德斯"。

弗林特： 你们试着在福克纳先生的熟人当中寻找叫这两个名字的人了吗？

斯惠尼： 是的。我们发现没人听说过他们。

弗林特： 而且安德列小姐告诉你，就像她在被讯问时说的一样，她从未见过那两个人吗？

斯惠尼： 是的，先生。

弗林特：她很强调这一点，是吗？

斯惠尼：是的，先生，很强调。

弗林特：发问完毕，警官。

史蒂文斯：安德列小姐告诉你，她为了阻止福克纳自杀与他发生了争斗。你在她的衣物上发现了任何证据吗？

斯惠尼：是的，先生。她的衣服被扯破了。衣服有钻石做的肩带，其中一条已经断了。所以她不得不用一只手拎着衣服。

史蒂文斯：你对以上这些怎么看？

斯惠尼：（尴尬地）我必须回答吗？

史蒂文斯：当然。

斯惠尼：嗯……我希望她也弄断了另一条肩带。

史蒂文斯：我的意思是，你觉得那件衣服看起来是在一次争斗中扯破的吗？

斯惠尼：看起来是，是的，先生。

史蒂文斯：那么，你能否告诉我们你到底为什么要打开卫生间的淋浴？

斯惠尼：（尴尬地）呃，那个，因为我们听说福克纳的淋浴里装的不是水而是葡萄酒。

史蒂文斯：（大笑）你一定是相信了所有有关比约

恩·福克纳的传闻……发问完毕，警官。

（斯惠尼离开证人席，退出法庭）

弗林特： 玛格达·斯文森！

书记官： 玛格达·斯文森！

（玛格达·斯文森进入法庭，蹒跚走向证人席。她是个中年女人，身材肥胖，嘴唇紧绷而扭曲，眼神充满狐疑，显出一种做作的正直派头，令人不快。她的衣服平淡无奇，款式过时，整洁过度）

你庄严宣誓说出真相，一切真相，除了真相之外别无其他吗？上帝保佑你。

玛格达：（操瑞典口音）我宣誓。（她拿起《圣经》，缓缓举过嘴唇，庄严地吻了一下，再拿回原处，整个仪式充满了深邃、严肃的宗教气氛）

弗林特： 你叫什么名字？

玛格达： 你知道的。你刚才叫过我。

弗林特： 请回答我的问题，不要争辩。说出你的名字。

玛格达： 玛格达·斯文森。

弗林特： 你从事什么职业？

玛格达： 我是管家。

弗林特： 你最后是被谁雇佣？

玛格达： 比约恩·福克纳先生[1]，在他以前是他的父亲。

弗林特： 你被他们雇佣了多长时间？

玛格达： 我为这个家族效力了三十八年。我还记得比约恩先生小时候的样子。

弗林特： 你到美国多久了？

玛格达： 我到这儿五年了。

弗林特： 福克纳先生交给了你什么任务？

玛格达： 我为他管理顶楼公寓。他基本上每年都会来这里。在他结婚之后，他走了，而我还留在这儿，但是我从未被这个人雇佣过。

（她带着毫不掩饰的仇恨指向凯伦）

弗林特： 好了，斯文森夫人，你——

玛格达：（被冒犯地）斯文森小姐。

弗林特： 请原谅，斯文森小姐。对于安德列小姐与福克纳先生的关系，你知道多少？

玛格达：（极其愤慨地）像我这样正派体面的女人不应

---

[1] "先生"原文为德语Herr，与其瑞典口音有关，下文凡为玛格达语处同。玛格达的英语不地道，有大量的语法错误。——译注

该知道这些东西，但是这世间的罪恶真是伤风败俗。

弗林特： 跟我们说说。

玛格达： 这个女人出现的第一天起，就和福克纳先生上床。一个男人忘记睡床和办公桌间的界限可不怎么好。而她用她的爪子把两者都牢牢抓住。有时他们在床上讨论贷款和红利；有时，福克纳办公室的门被紧锁，在拉下来的百叶窗底下，我可以看到窗台上她的花边短裤。

史蒂文斯：（一跃而起）法官大人！我们反对！

弗林特： 我想安德列小姐在若干年前就反对。

史蒂文斯： 这样的证词简直无法无天！

弗林特： 这些事实与他们的关系这一关键问题有关，并且——

大法官海斯：（击他的小木槌）肃静，先生们！我要求证人在陈述证词时谨慎一点。

玛格达： 无论你用什么词汇来描述，罪恶还是罪恶，法官。

弗林特： 斯文森小姐，你知道除了德行以外，安德列小姐还对福克纳进行过什么不良教唆吗？

玛格达： 我知道。你试试清点他在那个女人身上浪费掉的钱吧。

弗林特：你能告诉我们福克纳挥霍无度的事例吗？

玛格达：我来告诉你。福克纳给她做了一件铂金睡袍。是的，我说的是铂金。网眼精致，精致而柔软，如同丝绸。她把这件衣服穿在她全裸的身体上。福克纳会在炉子里生一堆火，烤一烤这件衣服，然后给她穿上。等那衣服冷却下来，你就可以看见她银白光泽的身体。要是全裸穿着这衣服的话，可就更像样了。她要求把这衣服烤到她能忍受的最高温度，如果它烫伤了她无耻的皮肤的话，她就大笑起来，异教徒的嘴脸原形毕露。福克纳会亲吻她的烫伤，真是如狼似虎的野蛮！

史蒂文斯：法官大人！我们反对！这些证词与案件无关，而且引导陪审团对安德列小姐怀有偏见！

凯伦：（非常镇定地）让她说去，史蒂文斯。

（她看着陪审团，在一个转瞬即逝的刹那，我们看到了一个微笑，这个微笑调皮、诱人、容光焕发。这个微笑让我们不得不对这个冷酷的女生意人感到惊愕，一种全新的女人气质显露无遗）

或许她的话导致的偏见对我有利。

（法庭当中一片骚动。史蒂文斯盯着凯伦。大法官海斯击槌）

弗林特：我对史蒂文斯表示同情。他的委托人可不好对付。

大法官海斯：肃静！反对无效。

弗林特：你观察到福克纳先生对于他的婚姻的态度了吗？

玛格达：这是他一生中最快乐的事。一个正派的男人找对了路子，当然应该快乐。

弗林特：你知道他这些天在担心一些什么事情，而这些事情可以最终导致他自杀吗？

玛格达：不知道。没有。

弗林特：那么，告诉我们，斯文森小姐，你观察到安德列小姐对于福克纳先生的婚姻的态度了吗？

玛格达：她保持缄默，像一尊石头雕像。她——

（这时法庭中一片骚动。南茜·李·福克纳出现在左侧供旁观者进出的门那里。南茜·李·福克纳二十二岁，金发，苗条，惹人喜爱，简直像个瓷娃娃。她白皙润泽的皮肤与她暗淡朴实、一成不变的黑衣服形成鲜明对比；那是丧服，朴素又很有品位。法庭上的每一个人都盯着她。凯伦慢慢转向她，但是南茜·李并没有看凯伦。弗林特不禁惊叫着感叹道）

弗林特： 福克纳女士！

南茜·李：（她用一种温柔的、缓缓的声音说）我知道你本来想让我出庭作证，是吗，弗林特？

弗林特： 是的，福克纳女士，但我以为你在加利福尼亚。

南茜·李： 我是在那里，但我溜了。

弗林特： 你溜了？

南茜·李： 父亲担心我的健康，他不许我回来，但我想为了我丈夫的名声……（她的声音有一点颤抖）我要尽我的责任。我由你调遣，弗林特先生。

弗林特： 那我只有表达我最深切的感谢了，福克纳女士。请就座，一会就轮到你了。

南茜·李： 谢谢。

（她坐在了右首边一个旁听席上，紧靠着墙）

弗林特：（对玛格达说）你刚才正跟我们说安德列小姐对福克纳先生的婚姻的态度。

玛格达： 我说她保持缄默，不过福克纳先生结婚之后，有一天晚上我听到她在痛哭。痛哭，啜泣——那是她一生中的第一次，也是唯一一次。

弗林特： 她看起来……很受打击吗？

玛格达： 受打击？不。不是她。多一个男人少一个男人对她产生不了多大影响。我看到她在福克纳先生结婚的那天晚上就有了外遇。

（法庭中一阵骚动。就连凯伦都注意到了，吓了一跳）

弗林特： 有外遇？和谁？

玛格达： 我不认识那个男人。我在福克纳先生的婚礼当晚第一次见到他。

弗林特： 跟我们说说。

玛格达： 我参加了婚礼。啊，那太美好了。我可怜的比约恩先生那么英俊，年轻的新娘一袭白衣，如百合般可爱。（出声地吸鼻涕）我哭得像看着我自己的孩子结婚一样，（她的声音变了，她凶神恶煞地指着凯伦）但是她没有出席婚礼！

弗林特： 安德列小姐一直待在家吗？

玛格达： 她待在家。我回来得早，我从佣人的门进屋。她没听见我进来。她在家，但她不是独自一人。

弗林特： 谁跟她在一起？

玛格达： 是他，那个男人，在顶层的花园里。天很黑，但我看得见。他抱着她，我觉得他好像要压碎她的骨头。他挽着她向后倾倒，我觉得她快要碰到她在水池中的倒影了。然后他吻了她,我觉得他好像永远不会把他的嘴唇挪开。

弗林特: 然后呢?

玛格达: 她走到一边,说了些什么。我听不见,她的声音很轻。他一个字也没说。他只是握着她的手,亲吻它。他把她的手放在嘴唇上的时间太长了,以至于我失去了等待的耐心,回了房间。

弗林特: 你知道那个男人的名字吗?

玛格达: 不知道。

弗林特: 你又看到过他吗?

玛格达: 是的,看到过一次。

弗林特: 那是在什么时候?

玛格达: 一月十六日的晚上。

(法庭中一片骚动)

弗林特: 跟我们说说,斯文森小姐。

玛格达: 嗯,她那天奇怪极了。她把我叫过去,说我那天可以放假。我起了疑心。

弗林特: 是什么使你起了疑心?

玛格达: 我的休息日是星期四,而且我也没要求再休息一天,所以我说我不需要放假,但是她说她不需要我,于是我走了。

弗林特：你什么时候走的？

玛格达：大约四点钟，但是我想知道这幕后有什么秘密，我又回来了。

弗林特：你什么时候回来的？

玛格达：大约晚上十点。屋子里黑着灯，她不在家，于是我等着。半小时之后，我听到他们回来了。我看到福克纳先生与她在一起，所以我不敢再待下去，但是离开之前，我看到了和他们在一起的两个男人。其中一个喝醉了，我不认识他。

弗林特：你认识另一个吗？

玛格达：另一个——他个子高高的，身材瘦长，颧骨很尖。他就是我见过的那个吻安德列小姐的人。

弗林特：（几乎是得意洋洋地）发问完毕，斯文森小姐。

（玛格达要起身离开。史蒂文斯制止了她）

史蒂文斯：等一等，斯文森小姐。我还想跟你谈一谈。

玛格达：（愤愤不平地）谈什么？我把我知道的全说了。

史蒂文斯：你或许还知道另外一些问题的答案。好了，你刚才说你看见那个陌生人吻了安德列小姐。

玛格达： 是的，我看见过。

史蒂文斯： 你刚才说当晚你第一次见他时天很黑，对吗？

玛格达： 是的，天很黑。

史蒂文斯： 然后，在一月十六日的晚上，当你费尽心机暗中监视女主人的时候，你说你看到她和福克纳先生一起进来了，并且你急着离开以免被逮住。我说的对吗？

玛格达： 你记性不错。

史蒂文斯： 你只是匆匆瞥了一眼那两个男人，对吗？

玛格达： 是的。

史蒂文斯： 那么你能告诉我们那个喝醉了的男人长什么样子吗？

玛格达： 我怎么可能知道？我根本没时间辨别他的面孔，而且门口太黑了。

史蒂文斯： 所以啊，不是太黑了吗，你不是很着急吗，但是你怎么能够辨别出一个你只见过一次的男人呢？

玛格达： （带着极端正直的义愤）让我告诉你，先生！我刚刚宣过誓，我是虔诚的女人，我敬重誓言。但是我说那是同一个人，我再说一遍！

史蒂文斯： 发问完毕。谢谢，斯文森小姐。

（玛格达离开证人席，小心翼翼地避免直视凯伦。每双眼睛都转向了南茜·李·福克纳，因此法庭沉默了一刹那。弗林特庄严而清晰地传唤）

弗林特： 福克纳女士！

（南茜·李站了起来，缓缓走向证人席，好像每一步都使她精疲力竭。她很冷静，但给人的印象是，这场浩劫使她痛苦万分，她到这儿来完成她的职责需要莫大的勇气）

书记官： 你庄严宣誓说出真相，一切真相，除了真相之外别无其他吗？上帝保佑你。

南茜·李： 我宣誓。

弗林特： 你叫什么名字？

南茜·李： 南茜·李·福克纳。

弗林特： 福克纳在世时，你与他是什么关系？

南茜·李： 我是……他的妻子。

弗林特： 我明白这对你来讲有多痛苦，福克纳女士，你的勇气可嘉，但我将会问你一些可能勾起伤心回忆的问题。

南茜·李： 我准备好了，弗林特先生。

弗林特： 你第一次与比约恩·福克纳相见是什么

时候？

南茜·李： 去年八月。

弗林特： 你是在哪儿见到他的？

南茜·李： 在纽波特[1]，我朋友桑德拉·凡·伦斯勒的舞会上。

弗林特： 能劳驾跟我们说说吗，福克纳女士？

南茜·李： 桑德拉给我们互相作了介绍。我记得她说："你可遇上了个棘手的人，南茜。我要看看你能不能把这个人加入你的名流好友当中。"桑德拉总是在夸大我的知名度……当晚我和他跳了舞。我们在花园中，在小树林里跳舞，一直跳到池塘旁边。在黑暗当中只有我们两人，只有《蓝色多瑙河》华尔兹音乐的微弱声音填充着沉寂。福克纳先生伸手给我摘了一朵玫瑰。当他折玫瑰的时候，他的手扫过了我赤裸的肩膀。莫明其妙地，我脸红了。他注意到了，殷勤地微笑着表示抱歉。然后他把我带回了客人中间……我觉得那个晚上我们彼此都感到一种心照不宣，因为我们都未再与别人跳舞。

弗林特： 你什么时候又见到了福克纳先生？

---

[1] 美国罗得岛州避暑胜地。——译注

南茜·李： 三天之后。我邀请他来我在长岛的家共进晚餐。那是一顿地道的瑞典菜——我自己做的。

弗林特： 在那以后你经常见到他吗？

南茜·李： 是的，经常见。他对我的拜访越来越频繁，直到有一天……

（她的声音中断了）

弗林特： 直到有一天？

南茜·李：（她的音量略大于低语）一天他向我求婚了。

弗林特： 给我们讲讲，福克纳女士。

南茜·李： 我们开车兜风，福克纳先生和我，只有我们两个人。那天天气晴好，阳光明亮，有点冷。我开我的车——我觉得自己是那么年轻，那么幸福，我开始走神。我……

（她的声音在颤抖；她沉默了几秒，好像在与回忆的痛苦搏斗，然后她恢复了原状，微笑了一下以示抱歉）

不好意思。回忆那些日子……对我来说……有一点困难……当时我走神了……我走神得都迷了路。我们在一条奇怪的乡村小道上停了下来。我大笑起来，然后说："我们迷路了。我把你绑架了，我不会释放你了。"他回答："你想要的赎金一定不是钱。"然后，他突然抓住了我的手，直直地看着我，说："再装也是徒劳了。我爱你，南茜……"

（一阵呜咽打断了她的声音。她把她的脸埋进了花边手帕里）

弗林特：我感到非常抱歉，福克纳女士。如果你愿意今天先到这儿，明天再接着说的话——

南茜·李：（抬起头）谢谢，我还好。我可以说下去。那是我头一次听说了福克纳先生财务的危急状况。他说他必须跟我说实话，他还说如果他什么都不能给我的话，他就不能要求娶我；但是我……我爱他，所以我告诉他我从来都视金钱如粪土。

弗林特：当你们宣布订婚的时候，福克纳先生对未来感到无望吗？

南茜·李：不，一点也不。他说我对他的忠诚以及我的勇气帮了他许多。我告诉他我们的职责是拯救他的公司，是对那个被他欺骗的世界负责，而不是保全自己。我使他意识到他过去犯下的错误，他已做好了补救错误的准备。我们一起走进了新生活，一个为服务于他人和他人的福利而无私奉献的新生活。

弗林特：结婚之后你还留在纽约吗？

南茜·李： 是的。我们住在我长岛的住所。福克纳先生放弃了他在纽约的顶楼豪宅。

弗林特： 福克纳先生告诉你他与安德列小姐的关系了吗？

南茜·李： 没有，他当时没有，但是他在我们结婚两周后告诉了我。他来到我面前，说："我亲爱的，我有一个女人——我曾经有一个女人——我觉得我必须告诉你。"我说："我知道。如果你不愿说的话，你可以只字不提，亲爱的。"

弗林特： 福克纳跟你说什么？

南茜·李： 他说："凯伦·安德列是我黑暗时代的原因和象征。我要解雇她了。"

弗林特： 你怎么回答？

南茜·李： 我说我理解他，他是对的。"但是，"我说，"我们也不能太残忍。也许你该给安德列小姐找一个新的位置。"他说他会在经济上资助她，但他再也不想见到她了。

弗林特： 因此他是自愿地，出于自己的决定，解雇安德列小姐的吗？

南茜·李： （骄傲地）弗林特先生，世界上有两种女人。而我这种女人是从不嫉妒别人的。

弗林特：福克纳先生与你结婚后生意怎么样？

南茜·李：我恐怕不太懂生意场上的事，不过，我知道我父亲贷给了我丈夫一笔款子——一笔相当大的款子。

弗林特：福克纳女士，你能否告诉我们，你觉得你丈夫有没有可能有自杀的动机？

南茜·李：我觉得这完全不可能。

弗林特：他和你说过他未来的计划吗？

南茜·李：我们曾经一起梦想未来，甚至……甚至在他……在他死前的那个晚上，我们靠着炉火坐着，在他的书房里，讨论着即将到来的时日。我们知道我们可能在很长一段时间里不会再富有起来了，可能永远都不会了，但是我们不在乎。我们彻底放弃了物质追求，还有物质追求的必然结果：骄傲、自私、野心、凌驾于别人之上的妄想。我们想要把我们的生命投入到精神价值中去。我们计划离开这座城市，脱离终日挥霍无度的圈子，成为和大家一样的人。

弗林特：这发生在一月十五日的晚上，他死前的最后一天？

南茜·李：（无力地）是的。

弗林特：福克纳先生一月十六日在做什么？

南茜·李： 他整天待在城里，如同往常一样打理生意。他黄昏才回来。他说他得参加一个纽约的商业宴会，所以他没在家吃晚饭。他大约六点钟离开了家。

弗林特： 福克纳参加的是什么宴会？

南茜·李： 他没跟我说，我也没问。我承诺不干涉他的生意。

弗林特： 在他当晚向你道别的时候，你看出什么特别之处了吗？

南茜·李： 没有，一点也没有。他吻了我，并说他尽量早点回家。我站在门口看他开车离开。车子在黄昏中消失时他还朝我招手。我在那儿站了几分钟，想着我们有多幸福，想着我们的爱情是一个多么美好的梦，像一首妙手偶得的田园小诗，像……（她的声音颤抖了）我那时不知道我们美好的罗曼史会……间接地……由于嫉妒……导致他的……他的死。

（她深深低下头，把脸埋在手掌里，出声地啜泣着，这时史蒂文斯洪亮的声音响了起来）

史蒂文斯： 法官大人！我们反对！提请法官批准，这句话必须被删掉。

大法官海斯： 证人的最后一句话会被删去。

弗林特：谢谢，福克纳女士。发问完毕。

史蒂文斯：（冷酷地）你现在能够回答一些问题吗，福克纳女士？

南茜·李：（抬起她泪流满面的脸庞，骄傲地）想问多少问多少，史蒂文斯先生。

史蒂文斯：（柔和地）你刚刚说你的罗曼史就像是一个美好的梦，不是吗？

南茜·李：我是这么说了。

史蒂文斯：一个涤荡灵魂的郑重誓言？

南茜·李：是的。

史蒂文斯：一个基于相互信任的关系，美丽而且振奋人心？

南茜·李：（开始有一点吃惊）是的。

史蒂文斯：（口气发生转变，强烈地）那你为什么还要雇一个侦探监视你的丈夫？

南茜·李：（有些慌乱地）我……就是……我雇侦探不是为了监视我的丈夫。我雇他是为了保护我的丈夫。

史蒂文斯：能请你解释一下吗？

南茜·李：嗯……就是……嗯，一段时间之前，福克纳先生曾经受到一个匪徒的威胁——这个匪徒叫"虎胆"里根。我相信人们是这样叫他的。福克纳先生没在意这个匪徒——没人能够吓着福克纳先生——并且他拒绝雇保镖，但是我很担心……因此我们一结婚，我就雇了凡·福力特先生去观察他。我是偷偷干的，因为我知道福克纳先生肯定会反对。

史蒂文斯： 一个在远处跟踪的侦探，怎么能保护福克纳先生？

南茜·李： 嗯，我听说黑社会有办法察觉有人在跟踪。我觉得他们不会袭击一个总是在观察之下的人。

史蒂文斯： 那么凡·福力特先生的全部职责就是观察福克纳先生？

南茜·李： 是的。

史蒂文斯： 只观察福克纳先生一个人吗？

南茜·李： 是的。

史蒂文斯： 不是福克纳先生和安德列小姐吗？

南茜·李： 这种假设是对我的侮辱。

史蒂文斯： 我觉得你一直在不停地侮辱我，福克纳女士。

南茜·李： 我很抱歉，史蒂文斯先生。我向你保证我不是有意的。

史蒂文斯： 你是不是说过，福克纳先生告诉你他再也不想见到安德列小姐了?

南茜·李：是的，他是这么告诉我的。

史蒂文斯：但是他在结婚之后还频繁拜访她，而且是在夜里。你的侦探告诉你了，不是吗?

南茜·李：是的。我知道。

史蒂文斯：你怎么解释?

南茜·李：我没法解释，我怎么知道她对他进行了什么敲诈勒索?

史蒂文斯：你怎么解释福克纳向你撒谎说他在一月十六日的晚上去参加一个商业宴会，实则直接去了安德列小姐家的事实?

南茜·李：如果我能够解释的话，史蒂文斯先生，我就为你省去了庭审的诸多麻烦。那样我们就可以解释我丈夫的离奇死亡了。我所知道的就是，她以一些他不能告诉我的原因使他到她的房子那里去——然后我就只知道他在那天晚上死了。

史蒂文斯：福克纳女士，我想要你再回答一个问题。

南茜·李：嗯?

史蒂文斯：我想要你在此立下誓言，比约恩·福克纳是爱你的。

南茜·李：比约恩·福克纳是爱我的。

史蒂文斯：发问完毕，福克纳女士。

凯伦：（平静地，清晰地）不。还没问完。

（所有眼睛都转向她）

再问她一个问题，史蒂文斯。

史蒂文斯：什么问题，安德列小姐？

凯伦：问她爱不爱他。

南茜·李：（直直坐着，摆出完美女人冷冰冰的姿势）是的，安德列小姐，我爱他。

凯伦：（一跃而起）那你怎么能按着你的意思信口开河地代他说话？你怎么能坐在这儿满口谎言，在他不能来这儿为他自己辩解的时候在他的事情上说假话？

（大法官海斯重重击槌。南茜·李倒吸一口气，一跃而起）

南茜·李：我再也受不了了！为什么我要被……被谋

杀我丈夫的人提问!

(她又坐回椅子上,啜泣着。弗林特冲向她)

凯伦:(平静地)发问完毕。

弗林特: 我非常抱歉,福克纳女士!

大法官海斯: 法庭将休庭至明早十时。

(全体起立。大法官海斯离开法庭,弗林特扶着南茜·李从证人席上下来。走过凯伦身边的时候,她给了凯伦一个轻蔑的白眼。凯伦笔直地站着,大声地说,因此所有的脑袋都转向了她)

凯伦: 我们两人中的一个在撒谎。我们两个都知道是谁。

(幕落)

Night of January 16th
Act
II

第二幕

场景同第一幕开始时。凯伦坐在被告席上,和以往一样骄傲、平静。大幕拉开的时候,法警击槌。

法警: 全体注意!

(大法官海斯上。全体起立)

纽约州第十一高级法庭。尊敬的大法官威廉·海斯主持。

(大法官海斯就座,法警击槌,人们重新就座)

大法官海斯: 纽约州人民诉凯伦·安德列。

弗林特: 准备就绪,法官大人。

史蒂文斯: 准备就绪,法官大人。

大法官海斯： 被告律师可以开始陈述。

弗林特： 如果法官大人允许的话，公诉方还有一个证人要传唤。约翰·格雷汉姆·怀特菲尔德！

书记官： 约翰·格雷汉姆·怀特菲尔德！

（怀特菲尔德先生走进来，南茜·李跟在后面。怀特菲尔德先生个子很高，鬓发花白，打扮得无可挑剔，全然一副战时总司令气宇轩昂的绅士风范。南茜·李走得很慢，脑袋重重地垂着。他们分开的时候，怀特菲尔德深情地拍着她的手，好像在鼓励她；他走向证人席，而她在右边就座）

书记官： 你庄严宣誓说出真相，一切真相，除了真相之外别无其他吗？上帝保佑你。

怀特菲尔德： 我宣誓。

弗林特： 你叫什么名字？

怀特菲尔德： 约翰·格雷汉姆·怀特菲尔德。

弗林特： 你从事什么职业？

怀特菲尔德： 我是怀特菲尔德国家银行的总裁。

弗林特： 你与已故的比约恩·福克纳有关吗？

怀特菲尔德： 我是他的岳父。

弗林特： 很明显，怀特菲尔德先生，你有资格在财务方面发表言论。你能不能告诉我们，在福克纳先生死前的一段时间，他的生意怎么样？

怀特菲尔德：我得说当时的形势极其危急，但并非无药可救。我的银行贷给了福克纳先生两千五百万美元，以拯救他的公司。不用说，这笔钱打了水漂儿。

弗林特：是什么促使你拨出那笔款子，怀特菲尔德先生？

怀特菲尔德：因为他是我独生女的丈夫，我女儿的快乐胜过我的快乐，但是我的目的并非全部出于个人考虑：想到他的破产给无数小投资者带来的悲剧，我认为避免它发生可能是我的责任。

弗林特：如果你认为福克纳的那些公司最终会破产的话，你还会用那笔相当可观的款子冒这个风险吗？

怀特菲尔德：当然不会。拯救那些公司确实困难重重，但是我当时自信我在商业上的睿智会避免破产的发生——如果福克纳还活着的话。

弗林特：因此，就生意而言，他没有任何理由自杀，对吗？

怀特菲尔德：他有一切理由活下来。

弗林特：那，怀特菲尔德先生，你能否告诉我们，福克纳先生与你女儿的婚姻生活是否美满？

怀特菲尔德：弗林特先生，我想说我从来都把家庭看作生活中最重要的部分,因此,当我告诉你我女儿的婚姻幸福对我有多么重要时,你就会相信我的话——而且她在福克纳先生那里找到了最大的幸福。

弗林特: 怀特菲尔德先生,你对福克纳先生的看法是怎样的?

怀特菲尔德: 公平地说,我承认他具有很多我所不赞同的品性。我们之间的不同达到了两个人所能够达到的极限:我信仰一个人的责任至上;比约恩·福克纳则只信仰他自己的快乐至上。

弗林特: 根据你对他的认识,怀特菲尔德先生,你会说你认为福克纳先生的自杀是可能的吗?

怀特菲尔德: 我认为那是完完全全不可能的。

弗林特: 谢谢你,怀特菲尔德先生。发问完毕。

史蒂文斯: 怀特菲尔德先生,你很喜欢你的女婿吗?

怀特菲尔德: 是的。

史蒂文斯: 并且你从未与他意见不合,在争论中勃然大怒?

怀特菲尔德: (挂着宽容而傲慢的微笑) 史蒂文斯先生,我从未勃然大怒过。

史蒂文斯: 如果我的记忆准确无误的话,你给福克纳先生贷出那笔惊人贷款的时候是有点麻烦的。难道你没说过什么拒绝贷出那笔贷款的话吗？

怀特菲尔德： 纯属误解，我向你保证。我必须承认福克纳先生用了……某种不太地道的方式催促我贷款，其实那没有必要，因为我欣然批准了贷款——为了我的女儿。

史蒂文斯： 你说过，你的财产也受到了福克纳破产的极大影响，对吗？

怀特菲尔德： 对。

史蒂文斯： 那么你的财产状况现在也相当拮据？

怀特菲尔德： 是的。

史蒂文斯： 那么你怎么能付得起十万美元的赏金，悬赏将"虎胆"里根捉拿归案？

弗林特： 反对！这跟案子有什么关系？

怀特菲尔德： 法官大人，我想我有权解释一下。

大法官海斯： 很好。

怀特菲尔德： 我确实提供了那笔赏金，促使我这么做的是我作为公民的义务。那个叫"虎胆"里根的人是一个臭名昭著的罪犯。我提供赏金奖励一切能使他的归案和定罪变得可能的线索。然而，我同意弗林特先生的话，这与案子毫无关系。

史蒂文斯：怀特菲尔德先生,你能不能告诉我们,你在开庭之前匆匆跑到加利福尼亚是为什么?

怀特菲尔德：我想原因是显而易见的。我的女儿被这突如其来的悲剧弄得几近崩溃。我赶紧把她带走,以拯救她的健康,甚至她的生命。

史蒂文斯：你深深爱着你的女儿?

怀特菲尔德：是的。

史蒂文斯：你总是认为有必要满足她的全部愿望?

怀特菲尔德：我可以骄傲地说,是的。

史蒂文斯：当她——或者你——对什么东西梦寐以求的时候,你不会因为代价高昂而望而却步的,对吗?

怀特菲尔德：我们没这个必要。

史蒂文斯：那么你会拒绝给她买一个她可心的男人吗?

弗林特：法官大人!我们——

怀特菲尔德：史蒂文斯先生!

史蒂文斯：如果要击溃你生平见过的第一个如此固若金汤的男人,你将付出你的全部财富,你一定不会犹豫,对吧?

弗林特：法官大人!我们反对!

大法官海斯： 反对有效。

史蒂文斯： 那么，怀特菲尔德先生，你能否向我们保证，你的钱与福克纳先生解雇安德列小姐无关？你没有给他任何形式的最后通牒？

怀特菲尔德：（他的音调相比之前少了些和蔼、沉着）你这样的影射谬误百出。我女儿一点也不嫉妒安德列小姐，因为她不过是福克纳先生腌臜的内衣而已。所有的男人总会有过这么一个女人！

史蒂文斯： 我会留意你的这番话，怀特菲尔德先生。记住，你的女儿为安德列小姐免费得到的东西付了代价！

弗林特： 法官大人！我们——

（怀特菲尔德气得一跃而起；他的面庞扭曲万分；他因暴怒而颤抖。大法官海斯击槌，然而毫无效果。南茜·李也站了起来，在怀特菲尔德讲话的时候，她一直歇斯底里地哭着）

南茜·李： 父亲！父亲！

怀特菲尔德： 你怎么敢——你这个该死的混蛋……吃了熊心豹子胆了……你知道我是谁吗？你难道不知道我可以像踩蟑螂一样地踩扁你，就像我曾经踩扁过的人一样——

史蒂文斯：（带着无礼的平静）那正是我要证明的。发问完毕。谢谢你，怀特菲尔德先生。

弗林特： 法官大人！我提请删去被告律师那些引起这个插曲的粗鲁言语。

大法官海斯： 那些话会被删去。

（怀特菲尔德离开证人席，坐在南茜·李旁边，她抓过他的手，深情地握着，表现出极度的担忧）

弗林特：（庄严地大声说）公诉方举证完毕。

史蒂文斯： 提请案件因证据不足而驳回起诉。

大法官海斯： 否决。

史蒂文斯： 抗诉陈述开始……陪审团的女士们，先生们。我们在判决凯伦·安德列之前，必须要先判决比约恩·福克纳。他把他自己置于当今一切法则之上；但他与法则，谁凌驾于谁，每个人的心里都应该清楚。然而我要你们记住，他说过他的行为不需要任何规则：他自己就是规则；他说，法律被制定出来，就是为了让人违犯它。如果你还记得这些的话，你就会理解，在他生命的最后几个月里，他所陷入的困境就好像老虎躺在素食餐厅里一样，希望渺茫。为了逃避这一切，他会采取最孤注一掷的方式——甚至包括自杀！

（史蒂文斯顿了顿，然后传唤）

我们的第一位证人是詹姆斯·钱德勒。

书记官： 詹姆斯·钱德勒！

（钱德勒中等年纪，刻板而端庄。他走进法庭，在证人席上站定）

你庄严宣誓说出真相，一切真相，除了真相之外别无其他吗？上帝保佑你。

钱德勒： 我宣誓。

史蒂文斯： 请问你的姓名？

钱德勒： 詹姆斯·钱德勒。

史蒂文斯： 你从事什么职业？

钱德勒： 纽约警署的笔迹鉴定专家。

（史蒂文斯把斯惠尼警官念的那封信取出来，递给钱德勒）

史蒂文斯： 你认得这封信吗？

钱德勒： 认得。这是福克纳先生死亡当晚在顶楼发现的信。我奉命去鉴定它。

史蒂文斯： 你奉命确认什么？

钱德勒： 我奉命确认它是不是福克纳先生写的。

史蒂文斯： 你的判断呢？

钱德勒：这封信是比约恩·福克纳写的。

史蒂文斯：发问完毕。

弗林特：钱德勒先生，在案件中有一点你要注意，那就是当安德列小姐还是福克纳的秘书时，她习惯在不重要的文件上签上福克纳的名字。你把那些签名与福克纳的真迹比对过吗？

钱德勒：我比对过。

弗林特：你怎么看？

钱德勒：我只能赞美安德列小姐的这项技术。区别微乎其微。

弗林特：就安德列小姐对福克纳先生的了解而言，她有没有可能完美地伪造了这封信以逃避侦查？

钱德勒：希望不大；但也是有可能的。

弗林特：发问完毕。

（钱德勒离开了）

史蒂文斯：西格德·琼奎斯特！

书记官：西格德·琼奎斯特！

（琼奎斯特走进法庭，在证人席上站定。他已近不惑之年，心平气和、沉默寡言得都有点怯懦了。他有着天真的脸庞和一双流露着疑惑、好像总在纳闷的眼睛。他是瑞典人，

说话带着口音）

书记官： 你庄严宣誓说出真相，一切真相，除了真相之外别无其他吗？上帝保佑你。

琼奎斯特： 我宣誓。

史蒂文斯： 你叫什么名字？

琼奎斯特： 西格德·琼奎斯特。

史蒂文斯： 你从事什么职业？

琼奎斯特： 我上一份工作是比约恩·福克纳先生[1]的秘书。

史蒂文斯： 你干了多久？

琼奎斯特： 从十一月初开始。从安德列小姐离开开始。

史蒂文斯： 你在这之前的职位是什么？

琼奎斯特： 福克纳先生的图书管理员。

史蒂文斯： 你在那个职位上待了多久？

琼奎斯特： 八年。

史蒂文斯： 当安德列小姐被解雇时，福克纳先生就给了你她的职位吗？

琼奎斯特： 是的。

---

[1] "先生"原文为德语Herr，琼奎斯特与玛格达口音相似。——译注

史蒂文斯： 安德列小姐在工作上对你有过交代吗？

琼奎斯特： 是的，她交代了。

史蒂文斯： 她那时的行为如何？她看起来生气、难过或者愤恨吗？

琼奎斯特： 没有。她非常镇定，像往常一样，把每件事情解释得清清楚楚。

史蒂文斯： 那时你察觉到了安德列小姐和福克纳先生之间的任何不和吗？

琼奎斯特：（被逗乐了，带着一种和蔼却高傲的宽容）律师先生，福克纳先生和安德列小姐之间的不和比你和你在镜中的倒影之间的不和还要少。

史蒂文斯： 你曾看到过福克纳先生和怀特菲尔德先生之间的商务会议吗？

琼奎斯特： 我不出席这种会议，但是我多次看到怀特菲尔德先生来到我们的办公室。怀特菲尔德先生不喜欢福克纳先生。

史蒂文斯： 是什么使你这样觉得？

琼奎斯特： 我有一天听到他说话。福克纳先生资金枯竭，怀特菲尔德先生暗含讽刺地问他，如果他的生意破产了，他会怎么做。福克纳先生耸了耸肩，轻率地回了一句：

"哦，那就自杀吧。"怀特菲尔德非常奇怪而冷漠地瞪着他，缓缓地说："如果你真的那么做，就要确保干得漂亮。"

（一名侍者走进法庭，将一张字条递给史蒂文斯。史蒂文斯看了一遍，耸耸肩，感到惊讶，然后他转向大法官海斯）

史蒂文斯： 如果法官大人允许的话，我想通报一下这个插曲。我觉得这个插曲是个恶作剧，其用意我也很想搞清。一个男人刚才打了一通电话过来，坚持要直接和我讲话。当被告知我在法庭，不能接电话的时候，他留下了刚刚递给我的如下字条。（念出字条）"在我到达以前不要让凯伦·安德列出庭作证。"没有署名。

（凯伦的椅子向后仰得太多，以至于倾倒了下去，每双眼睛都盯着凯伦。她笔直地站起来，目光炯炯，冷静的姿态不复存在）

凯伦： 我现在就要出庭作证！

（法庭中一片骚乱）

弗林特： 我能问问为什么吗，安德列小姐？

凯伦：（忽略了他）现在就提问我，史蒂文斯！

史蒂文斯：（非常吃惊）恐怕这不太可能，安德列小姐。我们必须完成对琼奎斯特先生的提问。

凯伦： 那就赶紧。赶紧。

(她坐了下来,第一次表现出慌张的神色)

大法官海斯:(击槌)我要求被告在之后的干扰当中保持克制。

史蒂文斯: 好了,琼奎斯特先生,你一月十六日的晚上在哪儿?

琼奎斯特: 我在福克纳大厦的办公室里。我还在加班工作。我已经连续好几个晚上加班了。

史蒂文斯: 你听说福克纳先生的死讯之后做了什么?

琼奎斯特: 我先给怀特菲尔德先生打电话。我拨了他长岛家里的电话,但是他的男管家说他不在家。我给他城里的办公室打了电话,可是没人接,没人在那儿。我给好多地方都打了电话,但是找不到怀特菲尔德先生。然后,我又给他家里打电话,我得告诉福克纳夫人福克纳先生自杀了。

史蒂文斯: 你告诉她的时候,她说的第一句话是什么?

琼奎斯特: 她说:"我的大呐,千万别告诉报社!"

史蒂文斯: 发问完毕。

(凯伦猛地站起来,准备到证人席上去)

弗林特: 再给我一小会儿,安德列小姐。干吗要那么着急？是不是你知道有谁会过来？

（凯伦很不情愿地坐了回去，没有回答）

琼奎斯特先生，你给福克纳先生干了八年多了，不是吗？

琼奎斯特： 是的。

弗林特： 你知道在这八年里，你老板的经营存在多少欺诈和罪恶吗？

琼奎斯特：（因强烈的信任而有种无声的尊严）不，我不知道。

弗林特： 你不知道，嗯？难道你不知道他所有那些辉煌的金融伟绩是怎么来的？

琼奎斯特： 我知道福克纳先生干了其他人不被允许干的事，但是我从未纳闷也从未怀疑。我知道他做得没错。

弗林特： 你怎么知道？

琼奎斯特： 因为他是比约恩·福克纳先生。

弗林特： 他就十全十美？

琼奎斯特： 律师先生，像你我这样的小人物遇见比约恩·福克纳的时候，只有脱帽鞠躬的份儿。我们接受命令，但是我们从不多嘴。

弗林特： 不错，我亲爱的琼奎斯特先生。你对你主人的绝对忠诚很值得佩服。你可以为他做任何事,难道不是吗?

琼奎斯特: 我会为他做任何事。

弗林特: 你对安德列小姐也非常忠诚吗?

琼奎斯特: (语重心长地)安德列小姐对于福克纳先生来说,价值连城。

弗林特: 那么像为你的主人说几句谎这样鸡毛蒜皮的小事就更不值一提了对吗?

史蒂文斯: 我们反对,法官大人!

大法官海斯: 反对有效。

琼奎斯特: (义愤填膺地轻声说)我没有说谎,律师先生。福克纳先生已经死了,他不能再叫我撒谎,但是如果要我选择的话,我宁可为比约恩·福克纳撒谎,也不告诉你真话!

弗林特: 我对这句话的感激超乎你的预料,琼奎斯特先生[1]。发问完毕。

(琼奎斯特离开法庭)

史蒂文斯: (庄严地)凯伦·安德列!

---

[1] 这里弗林特故意效仿了琼奎斯特的瑞典口音,用德语Herr表示"先生"之意,带有讽刺含义。——译注

（凯伦站起来，从容镇静。她走向证人席，好像一个正被送上断头台的女王。书记官叫住了她）

书记官：你庄严宣誓说出真相，一切真相，除了真相之外别无其他吗？上帝保佑你。

凯伦：（平静地）这没用的。我是无神论者。

大法官海斯：无论如何，证人必须宣誓。

凯伦：（无动于衷地）我宣誓。

史蒂文斯：你叫什么名字？

凯伦：凯伦·安德列。

史蒂文斯：你之前的职位是？

凯伦：比约恩·福克纳的秘书。

史蒂文斯：你在这个职位上做了多久？

凯伦：十年。

史蒂文斯：跟我们说说你与比约恩·福克纳初次见面时的情景。

凯伦：我答复了他的一条速记员招聘广告。我第一次见他是在他的办公室里，在斯德哥尔摩一条不起眼的小巷。他一个人在那儿。那是我的第一份工作。那里也是他的第一间办公室。

史蒂文斯：福克纳先生怎么朝你打招呼的？

凯伦：他站了起来，什么也没说。就是站在那儿盯着我看。他的嘴尽管沉默却显得无礼；你无法忍受他长时间盯着你；我不知道我当时是想跪下还是给他一个耳光。我没有这么做。我告诉他我来是干什么的。

史蒂文斯：他接着就聘用你了吗？

凯伦：他说我太年轻了，而且他也没看上我，但是他扔给我一个速记本，然后叫我开始工作，因为他有急事要办。于是我照做了。

史蒂文斯：然后你就工作了一整天吗？

凯伦：一整天。他口述时的语速跟——几乎比他说话时最快的语速还要快。他连让我说一个字的时间都没有。他没笑过一下，但是他没把他的眼睛从我身上移开过。

史蒂文斯：他什么时候第一次——

（他犹豫了）

凯伦：他什么时候第一次和我发生了性关系？就在我与他见面的第一天。

史蒂文斯：那是怎么发生的？

凯伦：他似乎乐于命令我做些什么。他的举止就好像他在用鞭子抽打着一个他想折磨的动物。我很害怕。

史蒂文斯：因为你不喜欢这样？

凯伦： 因为我喜欢这样……因此完成了八小时的工作之后，我告诉他我要走了。他看着我，没有回答。然后他突然问我有没有和男人上过床。我说，没有。他说如果我到他里面的办公室里，把裙子脱掉的话，他就给我一千克朗。我说我不能那么做。他说如果我不那么做，他就强奸我。我说，那你就试试看。他那么做了……过了一会儿，我拿起了我的衣服；但我没有走。我留下了。我选择继续为他工作。

史蒂文斯： 从此以后你们就一起工作、一起生活、一起迎接成功吗？

凯伦： 我们共度了十年时光。当我们第一次挣到一百万克朗的时候，他带我去了维也纳。我们坐在一个乐队正唱着《歌唱吧，吉普赛人》的餐厅里。当我们挣了一千万的时候，他带我去了德里。我们站在恒河岸边，站在古老庙宇的阶梯上，那里曾经有人被当作神的祭品……当我们挣了两千五百万的时候，他带我去了纽约。我们雇了一个飞行员在城市上空飞行——风吹拂着比约恩的头发，风呼啸全球，却只配在比约恩的脚下听令。

史蒂文斯： 你能否告诉我们，在福克纳先生事业的顶峰，他个人有多少财富？

凯伦：无可奉告，他甚至自己也无法向你说清：他没有个人财富可言。他想拿多少就拿多少。当他欠手下一个公司的钱时——就被一笔勾销，记到其他地方去。那易如反掌。所有资产负债表都是我们自己做的。

史蒂文斯：为什么福克纳先生有如此的才华，却要凭借这样的伎俩？

凯伦：他渴望制造一张巨大的网，要造得快才行；一张覆盖世界的大网，控制在他一人的掌心。他必须尽可能地吸纳资金；他必须建立他的信用。所以他从他的资本里向外派发股息，比我们实际赚到的要多得多的股息。

史蒂文斯：福克纳先生的生意什么时候遭遇了滑铁卢？

凯伦：一年多以前。

史蒂文斯：是什么促使福克纳先生这次来到美国？

凯伦：怀特菲尔德国家银行的一笔一千万美元的短期贷款到期了，但是我们无法偿付。我们需要延期。直到怀特菲尔德的女儿插手了这个问题，怀特菲尔德才同意了。

史蒂文斯：那是怎么回事？

凯伦： 比约恩在一次聚会上见到了她。她明显地表示出她对他很感兴趣……然后，一天，他找到了我，然后说："凯伦，我们只有一样抵押品了，它现在在你那儿。你得借我用一段时间。"我说："当然可以。什么东西？"他说那是他自己。我问："那个南茜·怀特菲尔德？"然后他点了点头。我没有马上回答——真的很难开口——接着我说："好吧，比约恩。"他问："那会改变我们两个人之间的关系么？"我说："不会。"

史蒂文斯： 福克纳先生对怀特菲尔德小姐求婚了吗？

凯伦： 没有。是她向他求婚的。

史蒂文斯： 当时的情况你能不能描述一下？

凯伦： 他跟我说起过。她带他开车去兜风，停在了一条偏僻的路上。她说他们迷路了，还说她把他绑架了，她不会释放他了。他回答说她想要的赎金一定不是钱。然后她直截了当转向他说："再装也是徒劳了。我爱你，这你知道；你不爱我，这我也明白；但是我为我所爱的付了代价，我也付得起这代价。"他问："代价是什么？"她说："你用来拯救你生意的一千万美元贷款可以延期。如果你还不想让你的骗局被公之于众，如果你还不想被投进监狱，那你就得进比约恩·福克纳女士的监狱！"

（南茜·李一跃而起，因愤怒而颤抖）

南茜·李： 全是谎言！无耻的谎言！你怎么能——

大法官海斯：（击槌）请肃静！打断证词的人都会被请出法庭！

（怀特菲尔德对南茜·李耳语了几句，迫使她坐了下来，他拍着她的手）

史蒂文斯： 福克纳先生的反应是什么？

凯伦： 他说："那会让你损失一大笔钱。"她回答："我从来都视金钱如粪土。"然后他说："你会一直记着这是一笔生意吗？你不是在买感情；你也别期望有任何感情。"接着她回答："我不需要任何感情。你拥有你的钱，我拥有你。"就是这样一笔买卖。

史蒂文斯： 怀特菲尔德先生很快就接受这笔买卖了吗？

凯伦： 比约恩说他觉得怀特菲尔德先生一定认为他女儿的决定出乎意料。但是怀特菲尔德小姐坚持这么做。她总是我行我素。于是贷款被延了期，怀特菲尔德先生给了比约恩无限信用额。

史蒂文斯： 换句话说，福克纳卖掉了他自己作为最后的信用保障？

凯伦：是的，但是像其他那些办法一样，这次收效甚微。

史蒂文斯：你反对他们的婚姻吗？

凯伦：我并不反对。我们总是把我们的生意当成一场战争。我们都把这次看作最艰苦的战役。

史蒂文斯：为什么福克纳先生在结婚两周以后就解雇了你？

凯伦：他是被迫那么做的。怀特菲尔德拒绝贷出他承诺的那笔钱。

史蒂文斯：他为什么拒绝？

凯伦：因为比约恩还养着一个情人。那是怀特菲尔德小姐的最后通牒：我必须被解雇。

史蒂文斯：怀特菲尔德先生在你被解雇之后批准了贷款吗？

凯伦：没有，他又变卦了，他加了一个"小条件"。

史蒂文斯：什么条件？

凯伦：他要控制比约恩财团的股份。

史蒂文斯：福克纳同意了吗？

凯伦：比约恩说与其那样，他还不如把他的全部股票堆在一起——然后擦燃一根火柴。

史蒂文斯: 怀特菲尔德批准贷款了吗?

凯伦: 没有,他没批准,但是比约恩拿到了它。

史蒂文斯: 他是怎么做的?

凯伦: 在价值两千五百万美元的债券上伪造了怀特菲尔德的签名。

史蒂文斯: 你怎么知道?

凯伦:(从容地)我帮他做的。

(法庭一片骚动。史蒂文斯吓了一跳;弗林特暗地发笑)

史蒂文斯: 这帮了福克纳先生的忙吗?

凯伦: 只是暂时地。股息又要到期了。我们付不起。比约恩已经把他的信用延展到了极限——再没别的了。

史蒂文斯: 福克纳如何看待这种处境?

凯伦: 他知道这是末日。

史蒂文斯: 他的计划是什么?

凯伦: 你不可能看到像比约恩·福克纳这样的人去畏惧破产委员会;你也不可能看到这样的人被关进监狱。

史蒂文斯: 那还有什么别的办法?

凯伦：他不害怕这个世界。他藐视这世界上的一切法律。他将在他愿意的时候、用他喜欢的方式离开这个世界。他——

（左侧供旁听者进出的门被撞开了。一个目光炯炯的高瘦年轻人，穿着运动服飞奔进来）

里根：我告诉你要等我！

（凯伦跳了起来，吃惊地尖叫。弗林特、怀特菲尔德，以及一些其他人都跳了起来。弗林特大叫）

弗林特："虎胆"里根！

凯伦：（声嘶力竭地）莱瑞[1]！别说！求求你！哦，求求你，别说！你答应不来这儿的！

（大法官海斯击槌——然而收效甚微）

里根：凯伦，你不明白，你不——

凯伦：（冲向大法官海斯）法官大人！我请求不允许这个人作证！

弗林特：为什么不，安德列小姐？

史蒂文斯：（冲向凯伦）等等！什么都别说！

凯伦：（忽略他，绝望地叫着，试图盖住法庭的噪

---

[1] 莱瑞是剧中"虎胆"里根，即劳伦斯的昵称，见第三幕。——译注

声) 法官大人!

里根: 凯伦!

(转向史蒂文斯)

制止她! 我的老天爷,让她停下来!

大法官海斯: 肃静!

凯伦: 法官大人! 他爱我! 他会竭尽全力保护我! 他会撒谎! 他说的话一个字儿也不要信!

(她的话头骤然停止,轻蔑地看着里根)

里根: (慢慢地) 凯伦,你的牺牲已经没有用了: 比约恩·福克纳已经死了。

凯伦: (那是一种疯狂的、惊疑的叫喊) 他……死了?

里根: 是的。

凯伦: 比约恩……死了?

弗林特: 你难道不知道吗,安德列小姐?

(凯伦没有回答。她从证人席上一下歪倒下去,不省人事。法庭里极度混乱嘈杂)

(幕落)

Night of January 16th
Act
III

第三幕

场景同第一、二幕开始时。庭审已经准备就绪。南茜·李、怀特菲尔德和琼奎斯特占据了旁听席。凯伦坐在陪审席上,低着头,双臂无力地垂着。她身着黑衣。她很冷静——一种无动于衷的、死一般的冷静。当她走到证人席上说话时,她的举止仍然沉着;但是现在面对着我们的这个人已然支离破碎。法警击槌。

法警: 全体注意!

(大法官海斯进入法庭,全体起立)

纽约州第十一高级法庭。尊敬的大法官威廉·海斯主持。

（大法官海斯就座，法警击槌，人们重新就座）

大法官海斯： 纽约州人民诉凯伦·安德列。

史蒂文斯： 准备就绪，法官大人。

弗林特： 如果法官大人允许的话，我要报告我已经发出了对里根的逮捕令，因为他显然是谋杀案的帮凶，但是他现在失踪了。他最后一次被看到是与被告律师在一起，我想——

里根： （进入法庭）你应当有点耐心！（他镇定自若地走向弗林特）谁失踪了？你猜我突然出现是为了什么，只是吓唬你们一下？你们不用发什么逮捕令了。我不会逃跑的。如果她有罪，我就有罪。（他在被告席上坐下）

大法官海斯： 被告可以开始抗诉。

史蒂文斯： 凯伦·安德列。

（凯伦走向证人席。她的高雅和自若已不再；她费力地走着）

安德列小姐，你昨天作证时知道这个案子的全部真相吗？

凯伦： 不知道。

史蒂文斯： 你希望收回你的任何证词吗？

凯伦： 不。

史蒂文斯： 你一开始作证时，你试图包庇任何人吗？

凯伦： 是的。

史蒂文斯： 谁？

凯伦： 比约恩·福克纳。

史蒂文斯： 你现在还觉得有必要包庇他吗？

凯伦： （声嘶力竭地说）不……那再也……不必要了。

史蒂文斯： 你仍然坚持说比约恩·福克纳是自杀的吗？

凯伦： 不。（坚定地）比约恩·福克纳没有自杀。他是被谋杀的。我没有杀他。求求你们，相信我。这不是为了我自己——现在你们对我做什么我都不在乎了——但是，你们必须得让谋杀他的人受到严惩！我会告诉你们全部的事实。我在审讯中撒了谎。我对自己的律师撒了谎。我本来也会在这里撒谎——但是我之前告诉你们的一切都是真实可信的。我会告诉你剩下的一半。

史蒂文斯： 你上次跟我们说到福克纳先生如何走出困境的事情了，安德列小姐。

凯伦： 我上次说到他将要离开这个世界，但是他不会自杀。我确实从顶楼扔下了一具男人的身体。但是那具身体在我扔下它之前就是具死尸了。那不是比约恩·福克纳。

史蒂文斯： 请给我们解释一下，安德列小姐。

凯伦：比约恩希望被官方宣布为死亡，而且不要有调查介入进来给他惹麻烦。他部署了周密的计划，打算人间蒸发，于是那起蓄谋的自杀案就登场了。他在头脑中已经谋划了相当长的一段时间。他为了这件事至少从怀特菲尔德那里骗了一千万美元。我们需要人来帮忙。一个无论如何也与比约恩没有关联的人。这样的人只有一个：里根。

史蒂文斯：是什么使你相信里根先生会愿意在这么危险的事情上帮忙？

凯伦：他爱我。

史蒂文斯：尽管如此他还是同意帮你？

凯伦：他正因如此同意帮我。

史蒂文斯：计划是怎样的，安德列小姐？

凯伦：里根负责弄到一具尸体，但是他不可能为此杀人。我们等着。在一月十六日的晚上，"左撇子"欧图尔，一个歹徒，被敌对阵营的歹徒杀了。杀人犯因此被逮捕，并对罪行供认不讳，所以你可以肯定里根与这起谋杀案无关，但是你可能还记得报纸上说欧图尔的尸体从他母亲的宅子里神秘地不翼而飞。那是里根的功劳。欧图尔的身高、体型和头发都与比约恩相同。他就是那个我从顶楼扔下来的人。

史蒂文斯：里根先生的帮助仅此而已吗？

凯伦：不。他还要找架飞机把比约恩送往南美。比约恩从未学过驾驶飞机。里根曾是一名运输机飞行员……那天，一月十六日，比约恩把那一千万美元汇到了布宜诺斯艾利斯的三家银行，化名拉格纳·海丁。一个月以后，我会在布宜诺斯艾利斯的大陆宾馆见到他；但是在那之前，我们三个人互相之间都不能联络。无论发生了什么，我们都不能走漏半点风声。

史蒂文斯：跟我们说说一月十六日发生了什么，安德列小姐。

凯伦：比约恩当晚来到我的住所。我永远不会忘记他走出电梯时的微笑：他嗜好冒险。我们一起吃晚餐。九点半我们去了里根家。他那儿放着穿着运动服的欧图尔的尸体。我们开车返回我的住处。比约恩希望被看到进入了大厦。所以我没用钥匙。我按响了门铃。我们都穿着正式，制造一场欢宴的假象。比约恩和里根架着那具尸体，使之看起来像是一个醉醺醺的朋友。夜班警卫开了门。然后我们就上了电梯。

史蒂文斯：接着又发生了什么？

凯伦：比约恩和那尸体交换了衣服。他写了信。接着他们把尸体抬了出去，让他斜倚在花园的矮墙上。然后……然后我们互相道了别。

（凯伦的声音没有颤抖；她没有演戏以求恻隐；只有她言辞中难以觉察的努力暴露了她回忆的痛苦）

比约恩要首先离开。他坐电梯下楼。我站着，看着指针向下移动，一直下降五十层。指针停了下来。他走了。

史蒂文斯： 然后呢？

凯伦： 里根几分钟后跟上了他。他们在城外十英里处见面，里根的飞机停在那里。我独自待了一小时。顶楼一片死寂。我不想在花园里等着——挨着那具尸体……那个顶替比约恩的死人。我躺在卧室里。我拿起比约恩的睡袍，并把我的脸埋在里面。我几乎可以感受到他的体温。床边的钟在黑暗中滴答作响。我等着。一小时过去了，我知道飞机已经起飞了。我爬起来。我扯破了我的衣服——让这一切看起来是缘于一场争斗。然后，我走到了花园里，走向矮墙。我向下看；灯光宛若星辰……世界那么渺小，那么遥远……接着，我把尸体抛了下去。我看着它坠落下去。我觉得比约恩的所有困窘都随之而去了……我不知道……他的生命也会随之而去。

史蒂文斯： 发问完毕，安德列小姐。

弗林特： 我必须承认，安德列小姐，留给我做的事情已经不多了：你替我做了我该做的事……现在，告诉我们，福克纳先生能够明辨是非吗？

凯伦： 比约恩从不考虑事情的是与非。对他来说只有能做到和不能做到。他以前总是能做到。

弗林特： 那么你自己呢？难道你没有拒绝在他的这些罪行中助纣为虐吗？

凯伦： 对于我来说，就只有他想做和他不想做。

弗林特： 你说比约恩·福克纳爱你？

凯伦： 是的。

弗林特： 他向你求过婚吗？

凯伦： 没有。干吗要这么做？

弗林特： 你不知道针对这种情况是有法律制定的吗？

凯伦： 法律是由谁制定的，弗林特先生？法律又是为谁制定的？

弗林特： 安德列小姐，难道你的律师没有警告你，你在这里的证词可能对你不利吗？

凯伦： 我在这里是为了说出事实。

弗林特： 你爱比约恩·福克纳？

凯伦： 是的。

弗林特： 那个曾经的他？

凯伦： 正因为他是那个曾经的他。

弗林特： 一点不错，安德列小姐。那么如果一个女人要夺走让你顶礼膜拜、五体投地的男人，你会怎么做？如果她吸引他的灵魂，而不像你那样只是成功勾起他的兽欲，如果她把你爱的那个残忍的恶棍变成了一个她理想的正人君子，你还会爱他吗？

史蒂文斯： 法官大人！我们反对！

大法官海斯： 反对有效。

凯伦： 但是我想回答这个问题。我要让公诉律师知道，他玷辱了我有关比约恩·福克纳的回忆。

弗林特： 你想让我知道？但是你在他生前和一个歹徒的风流事就不让你觉得玷辱了他吗？

里根：（一跃而起）你个该死的——

凯伦：（镇定地）别这么说，莱瑞。

（里根不情愿地坐下）

你误解了我的意思，弗林特先生。里根爱我，我不爱他。

弗林特： 那他也没有因他的帮助索取通常的……价格？

凯伦： 他什么也没要。

弗林特： 你是知晓福克纳所有犯罪行径的唯一的

人吗？

凯伦：是的。

弗林特：你在任何时候都有足够的信息把他送进监狱，对吗？

凯伦：我永远不会那么做！

弗林特：但是如果你想做的话，就一定做得到？

凯伦：我觉得应该是。

弗林特：嗯，安德列小姐，这不正好是福克纳婚后时常拜访你的一个解释吗？他改过自新，他想避免崩溃，但是你胁迫了他。你可以在他做好事赎罪之前毁掉他的计划并揭发他。难道使他在你掌控之中的是恐惧，而不是爱？

凯伦：比约恩从不晓得恐惧一词的含义。

弗林特：安德列小姐，都有谁知道汇向布宜诺斯艾利斯的千万美元？

凯伦：只有比约恩、我和里根。

弗林特：和里根！那么，福克纳是不是也许有完全合法的生意理由进行汇款？

凯伦：我想不到这样的理由。

弗林特：你的意思是你不会说任何这样的理由。安德列小姐，比约恩·福克纳让你享受了十年的穷奢极侈。你可以享受铂金睡袍和其他类似的玩意儿。你不愿改变你的生活方式。你不愿看到他把他的财富转交给那些投资者们——看到他变得穷困——难道不是吗？

凯伦：我永远不可能看到他变得穷困。

弗林特：不对！当然不对！因为你和你的歹徒情人将要谋杀他，拿走那不为人知的一千万！

史蒂文斯：法官大人！我们反对！

大法官海斯：反对有效。

弗林特：你听到有人作证说，福克纳没有任何理由自杀。他更没有理由逃避他初次体验的幸福。你因为那种幸福而恨他，不是吗？

凯伦：你不懂比约恩·福克纳。

弗林特：也许我不懂。但是让我们看看我有没有真正懂你。你在第一天看到他的时候就被强奸了。你无耻地与他非法同居十年。你在全世界欺骗了成千上万投资者。你与臭名昭著的歹徒建立了友谊。你帮助伪造了两千五百万美元的账目。你骄傲地告诉我们这些，鼓吹你对一切准则的蔑视。你还不认为我们有理由相信你有能力谋杀吗？

凯伦：（非常镇定地）你错了，弗林特先生。我当然有能力谋杀——但是必须是为了比约恩·福克纳的利益。

弗林特： 发问完毕，安德列小姐。

（凯伦走回被告席，镇定、冷漠）

史蒂文斯： 劳伦斯·里根！

书记官： 劳伦斯·里根！

（里根站上证人席）

你庄严宣誓说出真相，一切真相，除了真相之外别无其他吗？上帝保佑你。

里根： 我宣誓。

史蒂文斯： 你叫什么名字？

里根： 劳伦斯·里根。

史蒂文斯：（有一点犹豫地）你的职业是？

里根：（镇定自若地，略有讽刺）无业。

史蒂文斯： 你认识凯伦·安德列多长时间了？

里根： 五个月。

史蒂文斯： 你第一次见到她是在哪儿？

里根： 在福克纳的办公室里。我去那儿……和他做点儿生意。我放弃了这笔生意，因为我看到了他的秘书。

史蒂文斯： 你如何与安德列小姐有了友好往来？

里根： 呃，初次见面并不友好。她不让我进去见福克纳。她跟我说我的钱够买一磅兰花的——而且我跟她的老板也没什么生意可做。我说我想想——然后就走了。我想了想。只是我没有想这桩生意。我想的是她。第二天我给她送了一磅的兰花。看出有多大用了吗？事情就是这么开始的。

史蒂文斯： 你知道安德列小姐与福克纳先生的关系吗？

里根： 我在见到她之前就知道，那又怎么样？我知道希望渺茫，但是我无法自拔。

史蒂文斯： 你从未希望安德列小姐和你有同样的感受吗？

里根： 从未。

史蒂文斯： 你从未努力将这种感觉强加于她身上吗？

里根： 这个你们都知道了？

史蒂文斯： 恐怕我们已经有所耳闻。

里根： 我问了她——一次，是强迫她的，是在福克纳婚礼那晚。她独自一人，她不高兴。我太爱她了，她告诉我这没有用。我从不希望她知道我爱她，但是她早知道了。我们之前从未提及这件事。

史蒂文斯： 安德列小姐是什么时候第一次告诉你福克纳的逃跑计划的呢？

里根： 大概是在我们干成这件事的两周前。

史蒂文斯："左撇子"欧图尔是你们的人吗？

里根：不是。

史蒂文斯：你和谋杀他的人有什么牵连吗？

里根：没有。

史蒂文斯：（有些微犹豫地）你实际上对这起预谋杀人毫不知情，是吗？

里根：（带着同样的些微讽刺）是的。我只是有种猜测。

史蒂文斯：在一月十六日的晚上发生了什么？

里根：正像安德列小姐之前告诉你的那样，但是她只知道故事的一半；我来告诉你剩下的一半。

史蒂文斯：跟我们说说你离开顶楼公寓后发生的事。

里根：我在福克纳之后十分钟离开。他开了我的车。我的同伙给我在门口留了另一辆车。我上了车——全速前进。

史蒂文斯：你去了哪里？

里根：我去了"牧场"起降跑道，在十英里外的国王县。我在当晚早些时候把飞机停在了那里。福克纳先去了那儿等我。

史蒂文斯： 你什么时候到的那儿？

里根： 午夜前后。月光皎洁。我拐出大路，能够看到泥地里有车轮碾过的轨迹——福克纳开车经过了那里。我开上了跑道。眼前的情景让我顿时不知所措：飞机不见了。

史蒂文斯： 你做了什么？

里根： 我绕着跑道找了两个小时。福克纳开的车在那儿——我们商量好藏车的地方。车内空空如也，大灯熄灭，钥匙还在插孔里。我看到地面上的压痕——飞机起飞了，但是福克纳自己不会开飞机。

史蒂文斯： 你去找解释这件怪事的任何线索了吗？

里根： 我像一条猎犬似的找了。

史蒂文斯： 你找到什么了吗？

里根： 我找到了。一样东西。一辆车。

史蒂文斯： 什么样的车？

里根： 它深深藏在跑道另一面的灌木丛里。是一辆黑色豪华轿车。

史蒂文斯： 然后你怎么做的？

里根： 我想知道这辆车是谁的，所以我打碎了一扇窗玻璃，爬进后座，静坐等待。

史蒂文斯： 你等了多久？

里根： 整晚。

史蒂文斯： 后来呢？

里根： 后来，车子的主人回来了。我看到他往回走。他的面孔看起来很奇怪。他没有戴帽子。他的衣服皱皱巴巴，油污点点。

史蒂文斯： 你做了什么？

里根： 我假装在后座上睡着了。我观察着他。他走近了，打开了门。然后，他看见了我。他被吓到了，大喊了一声，就好像被击中了心脏。他当时一定相当不安。

史蒂文斯： 接着你做了什么？

里根： 我假装刚刚惊醒，伸了个懒腰，揉揉眼睛，然后说："哦，是你呀？真巧，在这里遇到了！"我觉得他并不喜欢这样。他问："你是谁？你在这儿干什么？"我说："我叫'虎胆'里根——你可能听说过。我遇到了点儿小麻烦，要藏一会儿。在这儿找到这辆车真是挺巧。"他说："那真是太不幸了，但是你得从我车里出来。我还有急事。"

史蒂文斯： 你出来了吗？

里根： 没有。我伸了个懒腰，问："什么急事？"他说："与你无关。"我笑了，解释道："这不是为了我自己。你看，我有个朋友是专栏作家。他会喜欢一个这样的故事，一个像你一样鼎鼎大名的人，在牛奶工工作的时间被人发现在荒郊野外到处溜达。我确信他一定想知道整个故事。"

史蒂文斯： 那个人说了什么？

里根： 他什么也没说。他拿出支票簿，看着我。我耸耸肩，也看着他。然后，他说："一万美元够不够作为让你闭嘴的见面礼？"我说："够了。姓名是劳伦斯·里根。"他签了支票。就是这张。

（里根拿出了支票，递给史蒂文斯。法庭中一片骚动）

史蒂文斯：（他声音紧绷，给人不祥的预感）请递交作为证据。

（他把支票递给书记官。书记官瞥了一眼，吓了一跳）

弗林特：（猛然站起来）都是些什么胡言乱语？签支票的人到底是谁？

史蒂文斯：（庄严地）那个人是谁，里根先生？

里根： 请书记官把支票念给你们听吧。

史蒂文斯：（对书记官说）麻烦你念一下支票。

书记官：（出声念）"一月十七日……付给劳伦斯·里根共一万美元整。"署名是："约翰·格雷汉姆·怀特菲尔德。"

（法庭中骤然间人声鼎沸。怀特菲尔德一跃而起）

怀特菲尔德： 简直无法无天！

弗林特： 我要求查看这张支票！

大法官海斯：（击槌）肃静！如果再有这种干扰，我就要下令清空法庭！

史蒂文斯： 我们提请将支票作为证据！

弗林特： 反对！

大法官海斯： 反对无效。采为证据。

史蒂文斯： 你在接到支票后做了些什么，里根先生？

里根： 我把它放进口袋，对那个人表示感谢。然后——我掏出了枪，抵在他的肋骨上，问："那么，你这个卑鄙的混账，你到底对福克纳做了什么？"他张开大嘴，像条窒息的鱼，一个字儿也说不出。

怀特菲尔德： 法官大人！允许这个人当着我的面如此当众发表言论吗？

大法官海斯： 证人被允许作证。如果被证明作了伪证，他会承担一切后果。继续抗诉，史蒂文斯先生。

史蒂文斯：他怎么回答呢，里根先生？

里根：一开始，他咕哝道："我不知道你在说什么。"但是我把枪抵得更紧了，然后说："打住吧，别装了！我没时间跟你耗。我知道内情，你也是。你为什么把他带走？"他说："你要是杀了我，你就永远都没法知道了。"

史蒂文斯：你从他身上得到了什么信息吗？

里根：什么也没有。我不想杀他——还不想杀他。他说："如果你揭发了我——就等于揭发了这次伪造的自杀，福克纳就会被发现。"我说："他还活着吗？"他说："这得问他自己。"我和他不停交涉，恐吓他说出真相，不过收效甚微。我放他走了。我知道他逃不出我的手掌心。

史蒂文斯：然后呢，你去找福克纳了吗？

里根：我一秒钟也没浪费。我冲回家，换了衣服，抓了一块三明治，搭上一架飞机——飞往布宜诺斯艾利斯。我搜寻着。我在报纸上登了广告，没有回音，也没人到银行去动拉格纳·海丁的巨款。

史蒂文斯：你当时试过将这个情况告诉安德列小

姐吗?

里根： 没有。我们许诺在一个月内不联系。她被逮捕了——因为谋杀福克纳的嫌疑。我在读到这条新闻的时候大笑了起来。我必须守口如瓶——如果他还活着，就不能背叛他。我等待着。

史蒂文斯： 你在等待什么?

里根： 二月十六日——在布宜诺斯艾利斯的大陆宾馆。那一天，我咬紧牙关，每个小时的每一分钟都等待着。他没来。

史蒂文斯： 然后呢?

里根： 然后我就知道他已经死了。我回到了纽约。我开始搜寻我的飞机。我们找到了它。昨天。

史蒂文斯： 在哪里找到的?

里根： 在新泽西州荒芜的山谷里，"牧场"起降跑道的一百英里之外。我通过发动机序列号确认了是这架飞机。它在降落之后被人放火焚烧。

史蒂文斯： 飞机是……空的吗?

里根： 不是。我在里面找到了一具男人的尸体。

史蒂文斯： 你认得出他吗?

里根： 没人认得出。那只是一具烧焦的骷髅，但是身高是相同的。是福克纳……我查验了尸体——或者说是仅存的遗骸。我找到了两处弹孔。一处——在肋骨上，心脏的前面。另一处——直穿过右手。他在死前曾拼命抗争。他一定是因右手中枪，先被解除了武器；然后在手无寸铁的情况下被杀害了，一枪击穿了心脏。

史蒂文斯：（稍顿了一下）发问完毕，里根先生。

弗林特：我只想问，你……做的是什么生意，里根先生？

里根：你想让我回答，不是吗？

史蒂文斯：我们反对，法官大人。证人有权拒绝回答这个问题。

大法官海斯：反对有效。

弗林特：里根先生，当你的目标客户没给你交保护费时，你会怎么做？

里根：法律允许我听不懂你在说什么。

弗林特：不错。你不需要听得懂。我可以问你你读不读报纸吗？

里根：可以。

弗林特：嗯？

里根：问我啊。

弗林特：请你告诉我你读不读报纸？

里根：偶尔。

弗林特：那么你是否碰巧看到过，当小詹姆斯·萨顿·凡斯先生拒绝付给……一个歹徒保护费的时候，他坐落于韦斯切斯特[1]的宏伟乡间别墅在爆炸中被夷为平地。宾客刚刚离开，爆炸便发生了，恰好错过了大规模屠杀的机会。这一切是怎么搞的，里根先生，这只是巧合吗？

里根：一个非同一般的巧合，弗林特先生：宾客刚刚离开便发生了。

弗林特：你是否也读到过，当凡·多恩先生拒绝——

史蒂文斯：我们反对，法官大人！这些问题与案件无关！

大法官海斯：反对有效。

弗林特：那么你由于……与福克纳先生生意的失败，就没有对他产生反感吗？

里根：没有。

---

[1] 美国纽约州的一个县。——译注

弗林特：那么，"虎胆"先生——恕我出言不逊——劳伦斯·里根先生，如果一个男人和一个你如此至爱的女人发生关系——并且强奸了她，你会怎么对他？

里根：我会用一把钝锯割破他的喉咙。

弗林特：你会这么做？那么你还指望我们相信你，"虎胆"里根，歹徒，亡命之徒，黑社会的渣滓，会让在一旁，做出一个高雅的手势，把你爱的女人推进其他男人的怀抱？

史蒂文斯：法官大人！我们——

（史蒂文斯的座位离证人席很近。里根从容而强迫地把他推开。然后，转向弗林特，非常镇定地、真心地）

里根：我爱她。

弗林特：真的吗？那你为什么还允许福克纳在他结婚之后拜访她？

里根：对此我无可奉告。

弗林特：无可奉告？你们两个没有在他身上设计一个敲诈阴谋吗？

里根：有什么可以证明？

弗林特：她与你的联合就是最好的证明！

史蒂文斯：反对！

大法官海斯： 反对有效。

弗林特： 那天晚上你是如何在顶楼杀死福克纳的？

史蒂文斯： 反对！

大法官海斯： 反对有效。

弗林特： 你们的另一个帮凶在哪儿，那个扮演醉酒者的人？

里根： 我可以给你他的确切地址：常青公墓，怀特菲尔德家族纪念馆；这是可怜的"左撇子"所到过的最豪华的处所。

弗林特： 好了，让我理理清楚：你说埋葬在常青公墓里的人是"左撇子"欧图尔，而你在焚烧后的飞机里找到的人是比约恩·福克纳？

里根： 是的。

弗林特： 而什么又能证明不是反过来的？假定你真的偷走了欧图尔的尸体？又有什么能证明不是你自己导演了这起难以置信的事件？什么能证明你没有把那架飞机和尸体搁在新泽西州，制造这么一个荒诞不经的故事，孤注一掷地以求拯救你的情人？你听到了，她说你会为她竭尽全力；你会为她撒谎。

史蒂文斯： 我们反对，法官大人！

大法官海斯： 反对有效。

弗林特： 你有证据吗，里根先生？

里根： （他直勾勾地盯了弗林特一秒钟。当他开口说话时，他的态度发生了惊人的变化，一反之前的自大、讽刺，现在他单纯、真诚，真诚得几近庄严）弗林特先生，你是公诉人，而我……嗯，你知道我是什么人。我们都有很多脏活儿要做。这就是人生——或者说是人生的一多半。但是你真的觉得我们已经卑劣到当令人俯首称臣的巨大力量与我们擦肩而过的时候，我们可以视而不见吗？我爱她；她爱福克纳。这是我们唯一的证明。

弗林特： 发问完毕。里根先生。

（里根回到被告席就座）

史蒂文斯： 约翰·格雷汉姆·怀特菲尔德！

（怀特菲尔德果决地快步走向证人席）

怀特菲尔德先生，如果我请求法庭下令挖掘常青公墓里的那具尸体，你会反对吗？

怀特菲尔德： 我不会反对——但是那具尸体已经被火化了。

史蒂文斯： （略有强调）我知道。怀特菲尔德先生，在一月十六日的晚上,你在哪里?

怀特菲尔德:我想那天晚上我是在纽约,处理公务。

史蒂文斯:你有什么目击者能够证明吗?

怀特菲尔德:史蒂文斯先生,你一定知道,我可没有总是给自己准备好不在场证明这种习惯。我从没有理由记录我的活动,以保证有目击证明。我现在找不到什么目击者。

史蒂文斯:你有几辆车,怀特菲尔德先生?

怀特菲尔德:四辆。

史蒂文斯:都是什么车?

怀特菲尔德:其中一辆是黑色豪华轿车,显然你迫切想知道这一点。可我也要提醒你,这不是纽约城唯一的一辆黑色豪华轿车。

史蒂文斯:(若无其事地)你刚从加利福尼亚乘飞机回来?

怀特菲尔德:是的。

史蒂文斯:你自己开的飞机吗?

怀特菲尔德:是的。

史蒂文斯:既然如此,你一定是一名有执照的飞行员了?

怀特菲尔德: 我是。

史蒂文斯: 好了,里根先生的故事在你看来仅仅是一个谎言,不是吗?

怀特菲尔德: 是。

史蒂文斯: (变换态度,语气强烈地)那么,那张一万美元的支票是谁写的?

怀特菲尔德: (镇定地)我写的。

史蒂文斯: 能劳驾解释一下吗?

怀特菲尔德: 非常简单。我们都知道里根先生的专长。他扬言要绑架我的女儿。我觉得与其拿我女儿的性命冒险,不如先贿赂他。

史蒂文斯: 支票的日期是一月十七日。在同一天,你公布了悬赏抓捕里根的布告,不是吗?

怀特菲尔德: 是的。你要知道,除了负起公民的责任,我也要考虑到我女儿的安全,我必须迅速行动。

史蒂文斯: 怀特菲尔德先生,你的女儿和你的财富是你最宝贵的东西,不是吗?

怀特菲尔德: 是的。

史蒂文斯: 那么一个人要是为了另一个女人,拿走了你的钱,抛弃了你的女儿,你会怎么做?

弗林特: 我们反对,法官大人!

大法官海斯: 反对有效。

史蒂文斯: 你恨福克纳。你想加害于他。你怀疑他有伪造自杀的意图,难道不是吗?琼奎斯特所听到的那些你说过的话已经证明了这一点。

怀特菲尔德: 我没有那样怀疑!

史蒂文斯: 在一月十六日,你难道没有花一整天的时间监视福克纳吗?

怀特菲尔德: 当然没有。

史蒂文斯: 难道你没有在你的黑色豪华轿车里跟踪福克纳?那天夜里,你难道没有在他离开顶楼公寓后就一直跟着他吗?

怀特菲尔德: 你疯了!我怎么可能认出他来——知道那是福克纳离开了呢?凡·福力特,那个私人侦探,都没认出来。

史蒂文斯: 凡·福力特没有留心观察这出把戏。他对这个秘密计划没有疑心,但是你有。

怀特菲尔德:(极端镇定)我亲爱的史蒂文斯,我怎么知道这个秘密计划一定是在那天晚上?

史蒂文斯： 你当时没有得到什么有关福克纳行踪的确切信息吗？

怀特菲尔德： 没有。

史蒂文斯： 你在那天没听说什么特别的事情吗？

怀特菲尔德： 一点儿也没有。

史蒂文斯： 比方说，你没听说他把一千万美元汇到布宜诺斯艾利斯去了吗？

怀特菲尔德： 我没听说。

（法庭中响起了一声尖叫，一声令人毛骨悚然的哭号，像是来自一个受了致命伤的人。琼奎斯特站起来，揪着自己的头发，疯狂地呜咽着）

琼奎斯特： 是我杀了他！我杀了比约恩·福克纳，上帝保佑！我帮那个人杀了他！

（他指着怀特菲尔德，然后奔到书记官的桌子前，抓起《圣经》，疯子般地用颤抖的手将《圣经》举过头顶，号叫着，如同在进行庄严的、歇斯底里的宣誓）

一切真相，上帝保佑我！……我不知道！但是我现在知道了！（他指着怀特菲尔德）他杀了福克纳！因为他撒了谎！他知道那一千万美元的事！因为我告诉了他！

(史蒂文斯冲向他)

弗林特： 好了，老兄，你不能——

史蒂文斯： (匆忙说)发问完毕，怀特菲尔德。

弗林特： 没有问题要问。

(怀特菲尔德离开证人席)

史蒂文斯： 请到证人席去，琼奎斯特先生。

(琼奎斯特听从了指令)

你把汇款的事告诉了怀特菲尔德？

琼奎斯特： (歇斯底里地)有关那一千万美元，他问过我好多次——它到底花到哪儿了。我不知道这是一个机密。那天——我告诉了他——关于汇到布宜诺斯艾利斯。那天——中午——一月十六日！

怀特菲尔德： 这是阴谋！是陷害！

史蒂文斯： 你告诉了怀特菲尔德？中午的时候？

琼奎斯特： 是的，上帝可怜可怜我吧！我真的不知道！我可以为福克纳先生牺牲自己！而我却杀了他！

史蒂文斯： 发问完毕。

弗林特： 当你告诉怀特菲尔德的时候，你是独自和他在一起的吗？

琼奎斯特： (大吃一惊)是的。

弗林特： 那么当时就是你和怀特菲尔德说话了？

琼奎斯特：（由于这个问题来得突然，他愣了一下，无力地）是的……

弗林特： 发问完毕。

（琼奎斯特离开证人席）

史蒂文斯： 被告方抗诉完毕。

大法官海斯： 还有其他证人吗？

弗林特： 没有了，法官大人。

大法官海斯： 被告方可以做最后陈述。

史蒂文斯： 法官大人！陪审团的女士们、先生们！你们在这里，是要决定一个女人的命运，但是接受审判的不仅仅是这一个女人。在对凯伦·安德列下判决之前，请思考你们会如何判决比约恩·福克纳。你相信他是那种会卑躬屈膝、轻易言弃、觉悟悔改的人吗？如果你这样觉得——那么她就是有罪的。但是你如果相信，在我们这个极其可悲的、浮躁的世界上，人们在降生时，生命的活力与光辉依然在血脉里歌唱；一个恶棍、骗子、罪犯，随你怎么认为，他仍然是一个征服者——如果你珍视一种能作为其本身原动力的力量，一种能作为其本身法则的无畏之律条，一种能证明其本身之清白的气魄——如果你敬慕一个这样的男人，无论他犯过什么过错，他从未背叛他的精髓之处：他的自尊——如果，在你内心深处，有一种对成就伟大的渴望，有一种使自己的人生观超越旁人的渴望，如果你的饥渴是终日如履薄冰地过活所无法满足的——那么你就理解了比约恩·福克纳。如果你理解他——你就理解了那个作为他女祭司的女人……在这个案件中被审判的是谁？是凯伦·安德列吗？不！在这里被审判的是你们，陪审团的女士们和先生们。做出你们的判决，你们的灵魂将被引向光明！

大法官海斯：公诉方可以做最后陈述。

弗林特：法官大人！陪审团的女士们、先生们！我在一个问题上同意被告律师的看法。两种不同的人性在这个案件中根本对立——你的判决就决定于你到底相信哪一方。你被要求——被被告方要求——站在骗子、妓女和歹徒的一边，而与社会责任的典范和几个世纪以来完美的理想女人作对。在一边，你看到为他人服务的、负责的、无私的人生；而在另一边——是物欲横流和满足自我野心的压路机。我同意被告律师，这个判决的做出将触及我们灵魂的最深处。如果你相信人类被创造于地球之上，是为了一个比沉湎自我享受更高的意义——如果你相信爱敌得过性欲的放纵，你相信爱不仅仅局限在床上，而广泛延伸到你的家庭和你的伙伴当中——如果你相信为他人无私奉献是人类理想中最神圣的向往——你就会相信，一点点简单的道德会比傲慢自大强大得多，你就会相信比约恩·福克纳在道德之前会卑躬屈膝。让你们的判决向我们证明，在道德底线面前，没有人会挑战地抬起他的头颅！

大法官海斯： 陪审团的女士们、先生们，法警将护送你们到陪审室。我请求你们斟酌你们的判决。你们要决定凯伦·安德列谋杀比约恩·福克纳的罪名是否成立。

（法警护送陪审团成员走出法庭。舞台灯光熄灭。然后，一个接着一个，聚光灯在黑暗中逐个照亮证人们，他们分别重述证词中最重要的内容——一连串互相矛盾的证词，代表了案件中的两派，让观众重温案件，急速地闪过陪审团可能会考虑的细节。

聚光灯仅仅照亮证人的面部，一个接着一个，按照如下的顺序）

柯克兰医生： 我被叫去查验比约恩·福克纳的尸

体。我发现了一具被毁得面目全非的尸体。

哈特金斯： 嗯，他似乎有点全身僵硬。他脚下不稳，因此福克纳先生和另一位先生不得不帮他一把。他们几乎是把他拽进了电梯。

凡·福力特： 她把一个男人的身体举到了花园的矮墙上，一个穿着睡衣的男人，是福克纳。他不省人事，没有反抗。她全力地推他。他从墙上滚了下去。在半空中直直坠落。

斯惠尼：（读信）"我只找到了两样值得享受的东西：我那根统治世界的皮鞭和凯伦·安德列。"

玛格达： 福克纳给她做了一件铂金睡袍……她把这件衣服穿在她全裸的身体上……如果它烫伤了她无耻的皮肤的话，她就大笑起来，异教徒的嘴脸原形毕露。福克纳会亲吻她的烫伤，真是如狼似虎的野蛮！

南茜·李： 我们彻底放弃了物质追求，还有物质追求的必然结果：骄傲、自私、野心、凌驾于别人之上的妄想。我们想要把我们的生命投入到精神价值中去。我们计划离开这座城市，脱离终日挥霍无度的圈子，成为和大家一样的人。

怀特菲尔德： 我自信我在商业上的睿智会避免破

产的发生——如果福克纳还活着的话。

钱德勒： 伪造这封信的希望不大；但也是有可能的。

琼奎斯特： 福克纳先生耸了耸肩，轻率地回了一句："哦，那就自杀吧。"怀特菲尔德非常奇怪而冷漠地瞪着他，缓缓地说："如果你真的那么做，就要确保干得漂亮。"

凯伦： 比约恩从不考虑事情的是与非。对他来说只有能做到和不能做到。他以前总是能做到。对于我来说，就只有他想做和他不想做。

里根： 但是你真的觉得我们已经卑劣到当令人俯首称臣的巨大力量与我们擦肩而过的时候，我们可以视而不见吗？我爱她；她爱福克纳。这是我们唯一的证明。

（最后一束光熄灭后，舞台保持几秒的黑暗。接着灯光重新亮起，陪审团回到法庭）

法警： 全体注意！

书记官： 被告起立，面对陪审团。

（凯伦站起来，高昂着头）

陪审团起立，面对被告。陪审团主席先生，你们达成判决了吗？

陪审团主席： 达成了。

书记官： 你们的判决是什么？

如判决为"无罪"，剧作结尾：

陪审团主席： 无罪！

（凯伦听到后很镇静。她把头扬得更高了些，缓缓地、肃穆地说）

凯伦： 女士们、先生们，我感谢你们——以比约恩·福克纳的名义。

（幕落）

如判决为"有罪",剧作结尾:

陪审团主席: 有罪!

(凯伦没有反应;她伫立着,史蒂文斯一跃而起)

史蒂文斯: 我们会上诉!

凯伦: (镇定地、坚决地) 无须上诉。女士们、先生们,我不会在此苟且偷生。你们的世界中已经没有我要求索的东西。

(幕落)

IDEAL

理想

序言

《理想》写作于一九三四年,当时安·兰德正对社会感到愤愤不平。《我们活着的人》[1]遭遇了出版商的一连串拒绝,他们认为这个作品"太难懂",而且过于明显地与苏联对立(当时正值美国的红色十年[2]);《一月十六日夜》还没有找到出品人;同时,兰德女士微薄的积蓄也濒临枯竭。这个故事在一开始写作时本是一篇中篇小说,不过后来的一两年中,安·兰德大刀阔斧地将其改为一出舞台剧。这部舞台剧并未能够上演。

---

[1] 安·兰德的第一部小说。——译注
[2] 指二十世纪三十年代,一九三八年被认为是斯大林的意识形态达到顶峰的一年。——译注

尽管她的第一部小说是围绕政治主题而作，安·兰德在这部作品中回归了她早期的主题——价值观在人生活中的作用。作品的切入点依旧是负面的，然而它不再以一种愉快的方式发展；总体来说，它是严肃的、悲剧化的。安·兰德讨论的是人类的道德缺失，人类对于他们所信奉的理想的背叛。故事的主题就是探讨将生命与理想隔离的罪恶。

兰德女士的一位友人——一位思想保守的中年女士，有一次曾经向兰德提到她崇拜的一位著名女演员，她说她牺牲一切都想要见那位女演员一面。兰德女士怀疑这位女士的情感是否真实，所以就引出了这样的戏剧情节：一位因美貌而被众多男人奉为最高理想的著名女演员，进入了她的崇拜者的生活。她告诉他们她陷入了危险的境地。到此为止，她的崇拜者们依然持有对她的尊崇——在口头上的尊崇，他们并不会为此付出任何代价。不过，她现在已经不再是那个遥不可及的梦想，而成了一个现实，他们要么与她为伍，要么与她为敌。

"你的梦想是什么？"凯伊·贡达，剧中的女演员，在剧中的场景里问道。

"不知道。"她的崇拜者回答，"有梦想又能怎么样呢？"

"那么活着又能怎么样呢？"

"我觉得不能怎么样，但是这是为什么呢？"

"因为人们没有梦想。"

"不对，因为人们只有梦想。"

在当时的一篇日记中(日期是一九三四年四月九日)，兰德女士对这个观点做了解释：

> 我相信——我希望找到足够多证据来阐明这一点——笼罩人类最可怕的诅咒，就是人们认为理想是虚无缥缈的，人们可以脱离理想而生活。这等同于让生活与思想背道而驰，或者说把思想剔除出了生活。如此的生活方式不仅仅适用于那些明知故犯的伪君子，也适用于另外一些虽然经历着生活和理想的巨大落差，却依旧认为自己无愧于理想的人。后者是更加可怕且更加没有希望的。对于他们而言——他们的理想，或者他们的生活是一文不值的——常常二者皆是。

那些"更加可怕且更加没有希望的人"，会以所谓"声誉"为名(例如故事中的那位小商人)或者是以所谓服务大众为名(那位

^{共产主义者}），或者是以上帝的旨意为名^{（那位福音派修士）}，或者是以一时的快感为名^{（那位花花公子）}——甚至他们会宣称理想是不可达到的，因而就不用为之奋斗^{（那位画家）}。《理想》成功地捕捉了如上所述的诸多类型，并且表现出了它们的共性。这样看来，《理想》是一部思想杰作，它以哲学的观点，揭穿了伪善，列举出各类导致理想灭亡的看法和态度——这些看法和态度会使得理想和生活分道扬镳。

（然而，列举的过程并不是在情节中展现出来的。在剧作的主体部分，情节不再发展，各个场景相互之间没有关联。它们就像是一幅幅生动的小插画，堪称精致巧妙，但是在舞台上，我个人认为，还稍微缺乏一些动态。）

德怀特·朗格力，故事中的画家，是这部作品想要鞭笞的典型。他是柏拉图主义的代言人，他主张美永远是世界的彼岸，完美是无法达到的梦想。正因为他否认理想的现实性，尽管理想就真真切切伫立在他面前，他在逻辑上依然无法相信任何理想。因此，尽管他是那样熟悉凯伊·贡达每个角度的侧脸，他^{（就站在他以凯伊·贡达为主角的画作中间）}还是没有认出现实中的凯伊·贡达。这一切使得他背叛了她。他的视而不见很好地总结了全剧的主题，并且成了第一幕的终结。

那段时间里，兰德女士在日记中不断指出，宗教是人道德缺失的主谋。所有的人物中，最不可救药的便是希克斯，他也恰是让凯伊·贡达鄙夷和盛怒的对象。福音派修士希克斯认为在凡世的受苦是为了上天堂后的幸福。在精心筹划的场景中，我们可以看到，并非他的罪恶，而是他的信仰，以及信仰中的道德观，导致了他背叛凯伊·贡达，并鼓动凯伊·贡达为最低等的生物做出牺牲。他的背叛实质上无关他的本性。宗教把伦理束缚住，让人们以牺牲为理想，所以无论宗教的意图如何，它确实就是伪善的温床：它教导人认为成就是低贱的(自私的)，而给予则是伟大的。而"奉献一切"[1]的意思恰恰就是"背叛一切"。

"没有人，"剧中的人物如是抱怨道，"选择去过我们正深陷其中的黯淡无光的生活，我们是被迫的。"但是，正像剧中所展示的那样，所有人都是自己选择了他们的生活。当他们面对他们天天挂在嘴边的理想时，他们却选择了放弃。他们所鼓吹的"理想主义"只不过是自欺欺人而已，他们让自己以及别人相信他们追求的是某种更高尚的东西。

---

[1] "give them up"，作为单字解释时，可以理解为"给出，奉献"，但短语"give up"的意思是"放弃，背叛"。——译注

然而事实上，他们并非如此。

相比之下，凯伊·贡达是一个自我价值观的热衷者。她必须追求她的理想，她高高在上的人生观意味着她与丑陋、痛苦、笼罩她周遭的"沉郁的快感"等不共戴天。于是她需要证明她在这一点上不是被孤立的。毋庸置疑，安·兰德本人与凯伊·贡达有着同样的人生观，也有着类似的孤独——就像凯伊在剧中的呐喊一样：

> 我希望在有生之年能够看到，我创造出的幻象变成真实而鲜活的荣耀。我要那些幻象成真！我想要知道还有其他人也在追逐同样的东西！否则，为了一个不可能的愿景不断地眺望、奋斗、燃尽生命又有什么意义呢？一个人的灵魂也是需要燃料的。精神也会枯竭。

在情感方面，《理想》无疑与安·兰德的许多作品不同，但是《理想》最独特的一点莫过于它着重地挖掘罪恶和平庸。这部作品中充满了凯伊·贡达在人群中的孤立感。这样的感觉无疑是痛苦的，而真正的理想主义者也确乎生存在大批价值观的背叛者中间。正因如此，主人公强尼·道斯便称不上是一个典型的安·兰德式人物。他只是一个被世界驱逐出来的小人物，他的优点便在于他只知道为没落而生活(而且经常为死亡而生活)。如果一个人在苏联有如此感觉的话，那么可能是政治因素造成的，便不需要形而上学的解释，但是强尼是在美国。

在安·兰德的其他作品中，她本人也给出过关于"崩坏的世界"这一问题的答案，这个术语是由她自己提出的。例如《源泉》中的多米尼克·弗兰肯，她在理想方面的孤立于世与凯伊和强尼惊人地相似，但她最终找到了用"本善的世界"[1]来制服罪恶的办法。"你应该学会，"洛克[2]告诉她，"不惧怕这个世界。在当下，不要让它成为你的羁绊；在未来，也不要被它的荆棘伤害。"[3]多米尼克确实学会了；但是凯伊和强尼还没有，至少没有完全学会。所以，我们看到了一个非典型的安·兰德作品：这部作品肯定了多米尼克最初的认识。

---

[1] "崩坏的世界"和"本善的世界"是安·兰德所创客观主义哲学中的两个对立概念。"本善的世界"里，事物发展的趋势是上升的，也许有时会有灾难降临，但堕落不是世界的常态。因此这里的"本善"与"人性本善"在本质上无关。客观主义哲学倾向于以"本善的世界"为模型看待世界。——译注

[2] 《源泉》中的主人公。——译注

[3] 由译者据英文原著译出。——编者注

毋庸置疑的是，兰德女士当时的个人奋斗——她在思想上和写作上面对一个总是充耳不闻，甚至是充满敌意的文化——与这部剧作的中心思想有着很大的联系。兰德女士说，多米尼克就是"郁郁不乐的我"，《理想》也可以用同样的话来形容。

尽管《理想》充满抑郁的元素，它并不是一个完全"崩坏"的故事。这部剧作也有它轻松乃至幽默的一面，比如"无私者"扎克·芬克的插科打诨，埃尔默·甘特里[1]式的爱希·图梅修女以及她的"精神加油站"。另外，故事的结尾尽管表面上不是明朗的，但是它也并没有被设计成一个彻头彻尾的悲剧和溃败。强尼的最后一举是实实在在的行动——这是一个很关键的部分——他捍卫了理想，驳斥了一切的空话和空想。因此，他的理想主义是发自内心的，而凯伊·贡达在不懈的追寻之后也得到了积极的答案。这样来看的话，《理想》亦可以被理解为对本善的世界的一种肯定(尽管它的形式是非同寻常的)。

伦纳德·佩科夫

---

[1] 美国作家辛克莱·刘易斯的同名讽刺小说中的人物。——译注

人物一览表（以及时间地点）

人物： 比尔·麦克尼特，电影导演

克莱尔·皮默勒，编剧

索尔·索泽，联合出品人

安东尼·法罗，"法罗制片工作室"负责人

弗雷德莉卡·塞尔斯

米克·瓦茨，新闻发言人

泰伦斯小姐，凯伊·贡达的秘书

乔治·S.佩金斯，水仙花罐头公司经理助理

佩金斯夫人，佩金斯的妻子

史莱夫人，佩金斯夫人的母亲

凯伊·贡达

扎克·芬克，社会学家

范妮·芬克，扎克的妻子

德怀特·朗格力，艺术家

优妮斯·哈蒙德

克劳德·伊格那提亚斯·希克斯，福音派修士

爱希·图梅，福音派修女

依兹瑞

迪特里西·冯·伊斯哈齐伯爵

拉萝·詹斯

莫那亨夫人

强尼·道斯

秘书们，朗格力的客人们，警察们

地点： 加利福尼亚州洛杉矶

时间： 当代；从第一天下午到第二天清晨

场景一览： 序幕——"法罗制片工作室"，安东尼·法罗的办公室

第一幕　第一场——乔治·S.佩金斯家的客厅

　　　　第二场——扎克·芬克家的客厅

　　　　第三场——德怀特·朗格力的工作室

第二幕　第一场——克劳德·伊格那提亚斯·希克斯的教堂

　　　　第二场——迪特里西·冯·伊斯哈齐的会客厅

　　　　第三场——强尼·道斯的阁楼

　　　　第四场——凯伊·贡达住处的门厅

Ideal
Prelude

序幕

傍晚。"法罗制片工作室"，安东尼·法罗的办公室。这间办公室大而奢华，风格过度地现代主义，大概符合一个水平二流、预算又不被限制的室内设计师的品位。

办公室的大门在舞台的右后角斜设。私密的小门设置在舞台前部的右侧。窗户在左墙。中墙挂一幅凯伊·贡达的海报，这是一个奇怪的女人，身材高挑，面色苍白。海报上现出她的全身，她直立，双臂在体侧，手心向上。她的身体伸展而成的形状让人感受到一种心虔志诚的渴望，足以悍然不顾一切。正因为这种渴望，房间里散发出本不属于这房间的奇异气息。"《禁忌的狂喜》——凯伊·贡达"的字样在海报上尤为凸显。

大幕拉开时，舞台上有克莱尔·皮默勒、索尔·索泽和比尔·麦克尼特三人。索泽已是不惑之年，身材矮小敦实。他背朝着房间，向窗外眺望着，眼神涣散，手指紧张地敲击着玻璃做的窗格，发出单调的响声。克莱尔·皮默勒年逾四十，身段纤长。她的头发梳得整整齐齐，颇显阳刚之气，装束富有异国情调。她深深地陷在椅子里，抽着一支安在长烟嘴上的香烟。麦克尼特总是凶巴巴的，双腿伸直躺在软椅上面，用火柴棍剔着牙齿。没有人动弹，没有人讲话，也没有人注视别人。沉默的气氛中透出紧张和焦虑，只有索泽敲击玻璃的声音在打破宁静。

麦克尼特：（突然爆发出叫喊）老天爷啊，行行好吧！

（索泽缓缓转头看了看他，然后又转了回去，不再继续敲玻璃。沉默）

克莱尔：（耸耸肩）嗯？（没人应声）没人有什么想法吗？

索泽：（厌烦地）闭嘴！

克莱尔：我觉得咱们这样简直毫无意义。我们讨论点别的吧，好吗？

麦克尼特：对，讨论点别的。

克莱尔：（故作轻松地）我昨天看了《爱巢》[1]，真的很精彩，简直精彩至极！你们一定不能错过埃里克杀死老男人的那段，之后他……（一声来自别人的急促呼吸声，她顿了一下）哎呀不好意思，吓到你们了。（沉默，她只得勉强继续）嗯，那我讲讲我的新车。可时髦了！太棒了，简直是太棒了！我昨天开车飙到八十迈都没事儿！他们说塞尔斯能源的这个新款……（她旁边的两个人被惊得不由自主倒吸一口凉气。她看着两张受惊的面孔）到底怎么了啊？

索泽：听着，皮默勒，天啊，皮默勒，别提它了！

克莱尔：它是什么？

麦克尼特：那个名字！

克莱尔：什么名字？

索泽：塞尔斯，我的老天爷！

克莱尔：哦！（顺从地耸了耸肩）抱歉。

（沉默。麦克尼特把剔牙的火柴棍弄断了，把断成半截的木棍吐了出来，又变戏法似的掏出火柴盒，取出一根火柴，继续剔牙。隔壁传来了一个男人的声音，他们都赶紧跑

---

[1] 一九五一年美国喜剧电影，由约瑟夫·纽曼导演。——译注

到了门口）

索泽：（急切地）是托尼！他会告诉我们的！他一定知道些什么！

（安东尼·法罗打开了门，但在进门前转身和台下的某人交谈了几句。人到中年的他个子很高，身材魁梧，衣着讲究，气质高贵得令人不敢逼视）

法罗：（朝隔壁说）再试试圣芭芭拉。在打通她的电话以前千万不要挂机。（他这才走进屋子，关上屋门）我的朋友们，你们有谁今天看到凯伊·贡达了吗？（众人重重叹息，沮丧地哀叹着）

索泽：好吧，就是这样。我知道你也没见着，可是我觉得你知道点什么！

法罗：有点规矩，我的朋友们。我们还是冷静为妙。法罗工作室希望每个人都做好本职工作，本职以外就不要多管。

索泽：算了吧，托尼！快告诉我们最新的消息是什么？

克莱尔：荒唐！简直是荒唐至极！

麦克尼特：我早都知道贡达要这样做了。

法罗：请别慌。无论怎么样，都不要慌乱。我把你们叫到这里就是要确定我们应对这个紧急情况的政策，要冷静地、不慌不忙地……(他桌上的办公室间对讲电话急促地响了起来。他立刻就把冷静忘在脑后,一跃向前,按下按钮,焦躁地说)喂?……你接通了?圣芭芭拉?……电话赶快给我!……什么?!塞尔斯小姐不愿意跟我讲话?!……她无权这样,这是在回避!你告诉他们我是安东尼·法罗了吗?……你确定你说清楚了?法罗,电影界的一把手!……(他的声音变得低落而沮丧)我明白了。……塞尔斯小姐什么时候离开的?……这就是在回避。你过半小时再试。……然后试试能不能接通警长。

索泽:(绝望地)我早都告诉你了!塞尔斯小姐不会跟你讲话的。如果连报社都不能从她嘴里套出话来——我们肯定没戏!

法罗: 我们有点条理吧。面对这样的紧急状况不能没有条理。没有规矩,不成方圆。要冷静。我说明白了么?(他把他手里一直摆弄的铅笔掰断了,紧张地)要冷静!

索泽: 他就是这样冷静的。

法罗: 我们……(对讲电话再次响起。他迅速跑过去)喂?……非常好!把他接过来!……(十分愉悦地)你好呀,警长!近来怎样啊?我……(严肃地)你说你无话可说是什么意思?我可是安东尼·法罗!……这个一般都很管用。你……我说,警长啊,我只问你一个问题,我觉得我有权得到回答,圣芭芭拉那儿有没有出什么案子?(低声说)好的……谢谢。(挂断电话,试着稳定情绪)

索泽:(焦急地)所以现在呢?

法罗:(无望地)他不说。谁都不说。(又转向对讲电话)德蕾克小姐?……你又试着拨贡达小姐家里的电话了吗?……你打她所有朋友的电话了吗?……我知道她没什么朋友,但是那也要试试看啊!(刚要挂断,他又补充说)拨米克·瓦茨的电话,如果你能找到那个混——如果你能找到他,他是最有可能知道的人!

麦克尼特: 他也不会说的。

法罗: 但是我们依然要做。管住你们的嘴。我说清了吗? 守口如瓶。无论是对自己人还是对外人,都不要回答任何问题。不要提到早报的那些报道,避开它们。

索泽: 是报纸想要避开我们吧!

法罗: 到现在为止他们还没报道太多内容,只是传言。无聊的街头八卦。

克莱尔: 但是现在全城尽人皆知! 暗示、谣言、质疑。要我说,一定有人在故意散播这些。

法罗: 我个人暂时还不相信那些谣传,不过,我需要你们提供给我你们获得的所有消息。按我的理解，你们昨天没有一个人见过贡达小姐，对吗？

（众人都无奈地耸肩、摇头）

索泽： 如果报社都找不到她——我们肯定没戏！

法罗： 她跟你们提到过她昨晚要和格兰顿·塞尔斯共进晚餐吗？

克莱尔： 她告诉过谁任何事情吗？

法罗： 你们最后一次见她的时候，有没有注意到她的行为有什么异样？

克莱尔： 我……

麦克尼特： 我觉得有！当时我觉得很逗，就是昨天早上。我开车经过她在海边的房子，看到她在海上，骑着摩托艇穿梭在礁石之间。我觉得我再看着的话就要被吓出心脏病了。

索泽： 老天爷！这违反了我们的合同啊！

麦克尼特： 什么？我被吓出心脏病违反合同么？

索泽： 你想什么呢！当然是贡达骑摩托艇啊！

麦克尼特： 我试着制止她了啊！于是她终于攀到路上，浑身湿透了。"你这样迟早得把小命丢掉。"我对她说。她直瞪着我，回答道："我不在乎。"接着，她说："没有人在乎。"

法罗：她真的这么说的？

麦克尼特：是的。"听着，"我说，"如果你摔断了脖子，我他妈才不在乎，但是你会在拍我下一部片子的中途得肺炎！"她用她那种挑衅的表情看着我说："可能没有下一部片子了。"然后她就径直走进了她的房子，她那个该死的仆人把我拦在门外！

法罗：她真的说了这些？昨天？

麦克尼特：是的——去他妈的荡妇！我从来都懒得导她的戏。我……

（对讲电话响起）

法罗：（按下接通按钮）喂？……谁？谁是古德斯坦？和古德斯坦？……（爆发）告诉他们都给我去死！……等等！告诉他们贡达小姐从来都不需要什么律师！告诉他们你压根就不明白他们怎么会觉得贡达需要律师！（愤怒地挂断电话）

索泽：我希望我们从来都没跟她签过约！她一来这儿就给我们惹不少麻烦！

法罗：索尔！你忘了提你自己了吧？我们最伟大的明星！

索泽：我们在哪儿找到的她？在贫民窟！维也纳的贫民窟！我们不辞辛劳换来了什么，感激吗？

克莱尔：她实在太不实际了。她没有情感可言！简直完全没有！不讲人性，不讲情谊。实话说，我真的不懂他们看上了她的什么！

索泽：每部片子五百万！我就看见了这个。

克莱尔：我就不明白了，她怎么就能博得那么多人的钟爱。她绝对无情无义。我昨天下午去她家——讨论下一次的台词。有什么用呢？她不让往剧本里加一个小婴儿或者一条小狗。小狗是惹人喜爱的动物。我们在内心是兄弟姐妹，我们……

索泽：皮默勒说得对。就是这个意思。

克莱尔：还有……（她突然停了下来）等等！有意思！我之前还真没想到。她提到那顿晚餐了。

法罗：（迫切地）她说什么？

克莱尔：没等我们谈完她就站起身，说她要换身衣服。"我今晚去圣芭芭拉，"然后她补充说，"我才懒得做慈善大使。"

索泽：老天爷，她说这个是什么意思？

克莱尔：我是不明白，所以我一直没办法让她听我的话，简直就是没办法！我对她说："贡达小姐，你是不是觉得你比其他人都要出类拔萃啊？"她竟然回答我了。"是啊，"她说，"我其实并不希望这样。"

法罗：你怎么不早点告诉我？

克莱尔：我忘记了。我真的不知道贡达和格兰顿·塞尔斯还有纠缠不清的事情。

麦克尼特：都老掉牙了。我认为她很久以前就和格兰顿·塞尔斯一刀两断了。

克莱尔：他干吗和她在一起？

法罗：格兰顿·塞尔斯——正如你所知，是一个为人轻率的傻帽。三年前他坐拥五千万美金的家产。现在——谁知道呢？也许五千美金吧，也可能就剩五毛了，可是他花园里照样有水晶的泳池和希腊神庙，还有……

克莱尔：……还有凯伊·贡达。

法罗：啊，是的，还有凯伊·贡达。贡达是他的一个昂贵的小玩意儿，或者说小艺术品，就看你怎么看了。当然这个是两年以前，现在不是了。我知道，在昨晚圣芭芭拉的那顿晚餐之前，她一年多没见过塞尔斯了。

克莱尔：他们之间发生过什么争吵吗？

法罗：没有。从来没有。据我所知，那个傻帽几次三番地向她求婚。贡达早就可以享用他、希腊神庙和油井之类的，只要她回赠秋波。

克莱尔：那她之后遇到什么麻烦了吗？

法罗：没有。什么都没有。事实上，她今天应该跟我们续签合同。她之前明确答应我五点准时过来，结果……

索泽：（突然用手抱住脑袋）托尼！那个合同！

法罗：合同怎么了？

索泽：可能她再一次变卦了，不要续签了。

克莱尔：那是惯用的姿态吧，索泽先生，只是姿态而已。她拍完每部片子都那么说。

索泽：是吗？要是你这两个月像我们一样跪在她屁股后面说尽甜言蜜语，你就开心了吧。"我不想再做了。"她说，"我的工作有什么意义吗？"每一部片子都是五百万美金进腰包啊——有什么意义吗！"我值得做下去吗？"什么啊！我们一周给她两万美金，她却在问值不值得做！

法罗：好了，好了，索尔。矜持一点。贡达五点钟不一定不来。她太令人难以捉摸。我们一定不要用常人的方法分析她。对于她来说——什么都有可能。

索泽：那么，托尼，那个合同怎么样？她又坚持谈什么条件了……又包括了关于米克·瓦茨的条款吗？

法罗：（叹气）不瞒你说，是的。我们又要写进关于米克·瓦茨的条款。只要她还是我们的人，米克·瓦茨就要做她的私人发言人。不瞒你说，是这样的。

克莱尔：她整天就召集些这样的狐朋狗友，但是咱们都配不上她呀！如果她现在把自己的事情搞砸的话——我会开心的。是的，我会开心的！我不明白咱们现在为什么要这么担心。

麦克尼特：我他妈才没有担心！我更愿意导胡安·图德的戏呢。

克莱尔：我也愿意给莎莉·斯惠妮写剧本。她那么甜美，那么……

（门突然被撞开。德蕾克小姐冲了进来，把门重重撞上，就像要挡住什么人一样）

德蕾克小姐：她来了！

法罗：（一跃而起）谁？贡达？！

德蕾克小姐：不是！塞尔斯小姐！弗雷德莉卡·塞尔斯小姐！

（众人倒吸一口凉气）

法罗：什么？！在哪儿？！

德蕾克小姐：（呆呆地指着门）那儿！就在那儿！

法罗：我的天呐！

德蕾克小姐：她想见你，法罗先生。她要求见你！

法罗：快让她进来啊！天呐你赶快让她进来！（就在

德蕾克小姐快要冲出去的时候)等等!(对众人)你们还是出去吧!这是机密。(把他们赶到右侧的便门)

索泽:(在出去的时候)你可一定要让她告诉你啊,托尼!我的老天爷,让她开口吧!

法罗: 你们没必要担心!

(索泽、克莱尔和麦克尼特从右侧下台。法罗直奔向德蕾克小姐)

法罗: 你站在那儿发抖干吗!快带她进来啊!

(德蕾克小姐急匆匆地跑了出去。法罗匆忙坐下,故作镇定。房门被猛地推开,弗雷德莉卡·塞尔斯走进来。她个子高挑,神态严肃,虽是中年但已满头花白。她穿着黑色的丧服,身体僵直)

德蕾克小姐: 这是弗雷德莉卡·塞尔斯小姐,法……

塞尔斯小姐:(把德蕾克小姐一把推开)法罗,你的工作室也太没点儿规矩了吧!这可不是什么好事。(德蕾克小姐闪到门外,带上房门)有五个记者在大门那儿突袭我,一直跟到你的办公室来。我猜晚报会有报道的,连同我内裤的颜色一起。

法罗: 我亲爱的塞尔斯小姐!近来如何呀?你来我这里我真是感到万分荣幸,蓬荜生辉啊!你放心,我……

塞尔斯小姐： 凯伊·贡达在哪儿？我要见她，现在就见。

法罗：（看着她，颤抖着，然后说）塞尔斯小姐，你还是坐下说吧。请允许我对你弟弟的去世表示最沉痛的哀悼，他……

塞尔斯小姐： 我弟弟处事太不够精明。（坐下）我早就知道他会落得这样的下场。

法罗：（谨慎地）抱歉，我还没来得及详细地了解这个不幸是怎么发生的。塞尔斯先生是怎么去世的呢？

塞尔斯小姐：（锐利地看着他）法罗先生，你的时间很宝贵。我的时间也很宝贵。我来这儿不是回答问题的。事实上，我来这儿也不是来跟你讲话的。我来找凯伊·贡达。这才是当务之急。

法罗： 塞尔斯小姐，我们把话都说明白好了。我从早上很早的时候就开始联系你。你大概应该知道是谁开始传播这些谣言的。你也一定意识到了这一切是多么荒谬。贡达小姐昨晚恰好跟你的弟弟吃了晚餐。他今天早上被发现枪击致死……十分不幸，我确实感到很惋惜，你要相信这一点，但是这样就足够怀疑一个像贡达小姐这样的弱女子谋杀了他吗？仅仅是因为他最后一次被别人看到的时候是跟她在一起？

塞尔斯小姐： 而且她之后就失踪了。

法罗： 她真的……真的杀人了吗？

塞尔斯小姐： 无可奉告。

法罗： 昨晚在你的住所还有别人吗？

塞尔斯小姐： 无可奉告。

法罗： 但是，天呐！（控制住自己的情绪）这么说吧，塞尔斯小姐，我当然能够理解你不能透露给媒体，但是你总可以私下里告诉我吧？你弟弟是怎么死的？

塞尔斯小姐： 我跟警方供述过了。

法罗： 可是警方连一个字都不愿意告诉我！

塞尔斯小姐： 他们这么做一定有他们的原因。

法罗： 塞尔斯小姐！你能不能换位思考一下我的处境！我有权知道。昨天晚上晚餐时到底发生了什么？

塞尔斯小姐： 我可没监视格兰顿和他的情人。

法罗： 可是……

塞尔斯小姐： 你有没有问贡达小姐啊？她是怎么说的？

法罗： 这样吧，你不说——我也不说。

塞尔斯小姐： 我没要求你说。实际上我对你要说的内容一丁点都不感兴趣。我想见贡达小姐。在我看来，这是为了她，也是为了你。

法罗：我可以给她带个话。

塞尔斯小姐：你的伎俩有点过于幼稚了，老兄。

法罗：但是，老天爷，这都是什么事啊？如果是你指控她谋杀，那么你就无权到这里来要求见她！而且如果她已经藏起来了，难道她不会像躲着别人一样躲着你吗？

塞尔斯小姐：如果她藏起来了的话，那就太不幸了。这可很不明智，相当不明智。

法罗：这样吧，咱们交易一下。你先告诉我你知道的，我再带你去见贡达小姐，但是我不能先带你见她。

塞尔斯小姐：（起身）早就有人奉劝我说，电影界的人都是一肚子坏水。实在令人遗憾。你告诉贡达小姐，我已经仁至义尽，我的责任到此为止。

法罗：（跑过去追上她）等等！塞尔斯小姐！请等一下！（她转向他）不好意思！原谅我！我现在……我现在千头万绪，你一定能理解我的感觉。我求求你了，塞尔斯小姐，想想这对我意味着什么！荧屏巨星！全世界影迷的梦中情人！千万人崇拜她，迷恋她，掀起一波波狂热的浪潮。

塞尔斯小姐：我从来都不喜欢那种电影。从来都没看过。那是傻瓜用来消磨时间的东西。

法罗： 如果你看了她的影迷来信，你大概就不那么想了。你以为只有些无所事事的女郎或者学生给她来信吗？像那种老套的垃圾玩意儿？不是。凯伊·贡达的信可不是这么回事。有大学教授寄来的，还有的来自作家、法官和政府的头头脑脑！从农民到外国影迷，所有人！真的是非同一般！在我的经历当中，这样的情况还真是前所未有。

塞尔斯小姐： 真的吗？

法罗： 我不知道她对他们做了什么——但是她一定做了什么。她的存在对于他们来说已经远远超越一个影星的意义了——她是女神。（他赶忙纠正自己的话）哦，原谅我这样说。我明白你对她怎么看。当然，我们都知道贡达小姐并非无可指责。她事实上很不讨人喜欢……

塞尔斯小姐： 我倒觉得她是个挺迷人的女孩。就是有点无精打采，可能是维生素摄入不足吧。（突然转向他）她幸福吗？

法罗：（看着她）你为什么问这个？

塞尔斯小姐： 我觉得她不幸福。

法罗： 塞尔斯小姐，其实这也是我一直以来问自己的问题。她确实有些怪癖。

塞尔斯小姐： 确实。

法罗： 但是你没有恨她入骨，以至于想方设法要加害于她吧？

塞尔斯小姐： 我一点也不恨她。

法罗： 那么就看在老天的分上，帮我挽回她的名声吧！无论如何你也一定要告诉我发生了什么。我们要赶紧制止那些流言蜚语！赶快制止它们吧！

塞尔斯小姐： 老兄，你再这样我就生气了。最后一次问你，你到底能不能让我见贡达小姐？

法罗： 抱歉，这恐怕不太现实，而且……

塞尔斯小姐： 那么我只好说要不然你是一个蠢货，要不然就是你也不知道她在哪儿。无论是哪种都实在令人遗憾。祝你好运吧，再见了。

（塞尔斯小姐此时在大门口，舞台右侧的小门猛地被撞开。索泽和麦克尼特冲进来，米克·瓦茨在两人中间也被拽了进来。米克·瓦茨个子很高，大概有三十五岁，金黄色的头发蓬乱不整。他的脸像恶棍一样凶相毕露，却有着一双婴儿般的蓝色眼睛。他明显是喝醉了）

麦克尼特： 你要的米克·瓦茨给你带过来了！

索泽： 你猜猜我们在哪儿找到他的？他在……（看到塞尔斯小姐，他顿了一下）啊，真是抱歉！我们以为塞尔斯小姐已经走了!

米克·瓦茨：（挣脱拉着他的二人）塞尔斯小姐？！（晃晃悠悠地走向她，愤怒地）你跟他们说了什么？

塞尔斯小姐：（漠然地看着他）那么你这又是怎么回事呢？

米克·瓦茨：你到底跟他们说了什么？

塞尔斯小姐：（傲慢地）我什么都没有说。

米克·瓦茨：管好你的嘴！管好你的嘴！

塞尔斯小姐：我当然会。（离开房间）

麦克尼特：（暴怒地转向米克·瓦茨）为什么啊，你个醉鬼！

法罗：（介入进来）等等！发生了什么？你们在哪儿找到的他？

索泽：就在楼下的宣传部！想想看啊！他径直走进来，后面跟着一群记者，直接扑向他，给他灌酒——

法罗：哦我的老天爷！

索泽：——然后这就是他打算交给媒体去报道的！（索泽把他手中攥着的纸团摊开，念道）"凯伊·贡达不是你们想象中的贤良女人。她根本不打高尔夫，没有领养过孩子，从未捐助过流浪马医院。她没有孝敬过她亲爱的老母亲——她根本没有亲爱的老母亲。她不是你我一样的常人，从来都不是。她一丁点都不是你们这些杂种昼思夜想的那个女神！"

法罗：（挠头）他们听懂了吗？

索泽：你觉得我是傻子吗？我们及时把他从人群中拽出来了啊！

法罗：（走近米克·瓦茨，奉承地）坐下吧，米克，坐下吧。好孩子。

（米克扑通在一张椅子上坐下，一动不动，眼睛盯着半空）

麦克尼特：你现在要是准许我揍这个王八蛋一下，他保准开口。

（索泽用胳膊肘使劲捅了捅麦克尼特叫他闭嘴。法罗走到橱柜旁，找出一个玻璃杯和一个玻璃酒瓶，斟满一杯）

法罗：（在米克·瓦茨身前跪下，把那杯酒递给他，表现出很关切的样子）米克，来杯酒吗？（米克·瓦茨依旧一动不动，一声不吭）今天天气还不错呢，米克。天气不错，但是有点热。确实很热。跟我一起喝一杯吗？

米克·瓦茨：（以一种毫无起伏的声调）我什么都不知道。给我喝酒也没有用。去死吧。

法罗：你说什么？

米克·瓦茨：我什么都没说——这就是我想说的所有

东西。

法罗：你很能喝酒的，对吧？我看你有点渴了。

米克·瓦茨：关于凯伊·贡达，我一无所知。我都没听说过她……凯伊·贡达。名字很有创意嘛，是吧？我有次去忏悔，很久以前了——他们跟我讲罪恶的救赎。如果你们想被救赎的话，喊"凯伊·贡达"可帮不上你们的忙。多做做祷告——你们的心灵会重返圣洁。

（众人面面相觑，无奈地耸耸肩表示没有听懂）

法罗：我插一句嘴，米克，我真的不会给你灌酒喝了，但是你吃点什么吧。

米克·瓦茨：我不饿。我已经很多很多年没有体会过饥饿的感觉了，但是她很饥饿。

法罗：谁？

米克·瓦茨：凯伊·贡达。

法罗：（急切地）那你知道她的下一餐是在哪里吗？

米克·瓦茨：在天堂。（法罗绝望地摇摇头）在一个种满白百合的蓝色天堂。很白很白的百合。只是她永远也找不到。

法罗：我不懂你的意思，米克。

米克·瓦茨：（慢慢移动目光，第一次直视法罗）你不懂？她也不懂。懂了也没有用的。试着挖掘这一切是徒劳的，因为你越去挖，手上就沾上越多的土，多得你擦都擦不完。世界上没有足够的毛巾来擦干净那么多土。毛巾不够，这是最大的问题。

索泽：（不耐烦地）瓦茨，你一定还知道些什么。你最好还是跟我们联手。想想看，你已经被东海岸和西海岸的每一家报社拒绝了——

米克·瓦茨：——还有两个海岸中间的每一家。

索泽：——所以如果贡达遭遇什么不测，你可就没工作了，除非你现在帮助我们来……

米克·瓦茨：（无情地）你觉得如果不是为了她，我会跟你们这帮差劲的人待在一起吗？

麦克尼特：老天，我真为他们对贡达那个婊子的看法感到震惊！

（米克·瓦茨转过身，两眼恶毒地紧盯着麦克尼特）

索泽：（试图和解）好了，好了，米克，他不是那个意思，他是开玩笑的——

（米克·瓦茨缓缓站了起来，神态有些做作，不慌不忙地走向麦克尼特；米克一个大巴掌扇在对方的脸上，麦克尼特痛苦地摔倒在地。法罗冲过去，把被吓坏的麦克尼特扶了起来。米克·瓦茨站在那里一动不动，好像什么都没有

发生，双臂无力地耷拉着）

麦克尼特：（仍倒在地上，抬起头）那个混蛋……

法罗：（试图让麦克尼特冷静下来）有点规矩，比尔，有点规矩。控制你的……

（门再次猛地被撞开，克莱尔·皮默勒气喘吁吁地闯了进来）

克莱尔： 她来了！她来了！

法罗： 谁？！

克莱尔： 凯伊·贡达！我恰好看到她的车在街角转弯！

索泽：（看看他的手表）老天爷！真的是五点整！难以置信！

法罗： 我知道她会来的！我知道的！（冲向对讲电话，大喊道）德蕾克小姐！把合同拿过来！

克莱尔：（拽拽法罗的袖口）托尼，你一定不要告诉她我刚刚说了什么。我一直是她最好的朋友！我为了让她开心可以牺牲一切！我一直都……

索泽：（抓起一个电话）接通宣传部！快点！

麦克尼特：（冲向米克·瓦茨）我刚刚是开玩笑的，米克！我只是在开玩笑。不要当真，好吗？

（米克·瓦茨没有动也没有看他。瓦茨是舞台上一片混乱中唯一一个一动不动的人）

索泽：（在电话里喊道）喂，是米格力吗？……把报社都叫来！叫他们给我预留头版头条的位置！待会儿再跟你解释！（挂电话）

（德蕾克小姐走了进来，抱着一大摞法律文件）

法罗：（坐在他的桌子后面）德蕾克小姐，就放在这儿吧！谢谢！（脚步声慢慢逼近）微笑，各位！微笑！不要让她感觉到我们刚刚……

（众人都服从法罗的安排，除了米克·瓦茨，所有的眼睛都看着那扇门。门开了，泰伦斯小姐踏过门槛走了进来。她显得一本正经，但是长得颇丑，像一只小虾米）

泰伦斯小姐：贡达小姐在吗？

（众人叹息）

索泽：老天爷！

泰伦斯小姐：（看着受惊的众人）怎么了？

克莱尔：（上气不接下气）你……你是开着贡达小姐的车来的吗？

泰伦斯小姐：（好像自尊心受伤了一样）当然了。贡达小姐五点在这里有约，我觉得作为她的秘书，我有必要过来告知法罗先生，贡达小姐很有可能无法守约。

法罗：（无精打采地）看起来是的。

泰伦斯小姐：我还有一件怪事要问你们。工作室里有没有人昨晚去过贡达的住处啊?

法罗：(表示出极大的兴趣)没有。怎么了,泰伦斯小姐?

泰伦斯小姐：那就真是奇怪了。

索泽：怎么了?

泰伦斯小姐：我真的不明白了。我问了她的仆人,他们都说没有拿。

法罗：拿什么?

泰伦斯小姐：如果没有任何人拿的话,那么贡达小姐昨晚一定回过家。

法罗：(急切地)泰伦斯小姐,你什么意思?

泰伦斯小姐：昨天她去圣芭芭拉之前我还看到在桌子上,今天早上我进她的屋子的时候却没有了。

法罗：什么东西没有了?

泰伦斯小姐：六封贡达小姐的影迷来信。

(众人失望地叹息)

索泽: 噢！呸！

麦克尼特: 我还以为是什么呢！

(米克·瓦茨毫无征兆地突然大笑起来)

法罗: (愤怒地)你在笑什么？

米克·瓦茨: (小声地)凯伊·贡达。

麦克尼特: 哦我的老天，快把这个醉醺醺的混蛋给我扔出去！

米克·瓦茨: (没有看任何人)你们的追求不错！可惜只有绝望的人才这样做。我们为什么要有希望？我们为什么明知道否认希望的存在可以让我们活得更好，却还要追逐希望？她为什么要追逐希望？她为什么注定被伤害？(猛地站起，狂怒而憎恨地环视四周)你们他妈的都不会有好下场的！(冲出去，门砰地关上)

(幕落)

Ideal
Act
I

第一幕

第一场

大幕拉开,一块屏幕已布置好,一封信投影在屏幕上,缓缓展开。信的书写干净整齐,没有半点潦草,着实让人称赞。

亲爱的贡达小姐:

我不常看电影,但是我从未错过你的电影。你身上有我难以形容的特质,这样的特质我也曾有过,但那已经过去了太久。可我感觉你在替我保存着这样的特质,也在替所有人保存着它。你一定明白它是什么:当你还很年轻的时候,你意识到你活着是为了一个理想,这个理想是那样远大，以至于你如履薄冰地追寻，但是你耐得住等待，你乐于等待。然而时光流逝，想要的却没有到来。然后有一天，你发现你不能再等了。等待变成了一件愚蠢的事，因为你自己都不知道在等待什么。当我面对我自己的时候，我也不知道我在等待什么；但是当我面对你的时候——我知道了。

如果有一天，奇迹降临，你进入我的生活，我会放弃一切跟你在一起，拜倒于你的石榴裙下，献出我的全部生命，因为，你懂得，我仍是一个凡世的人。

诚挚的

乔治·S. 佩金斯

加利福尼亚，洛杉矶，S. 胡佛路

信件读完后，关闭所有灯光。此时屏幕被撤下，灯光再次打开，舞台布置成乔治·S.佩金斯的客厅。

这个房间普通到与其他成千上万个家庭的成千上万个房间没有分别。房间的主人是平头百姓，收入也只能说差强人意。

舞台中央靠后的位置有一扇朝向大街的玻璃门，屋子左侧有一扇门通向其他房间。

此时正值夜晚，街上漆黑一片。佩金斯夫人站在房间中央，神情紧绷、愤怒。乔治·S.佩金斯这时刚刚把钥匙插入房门，佩金斯夫人盯着门的方向，心中燃着怒火。佩金斯夫人像一只被逮到笼子里的鸟，身体已经干枯得不成样子，看起来从未有过青春年华。乔治·S.佩金斯身材矮胖、柔弱，头发是金色的，年逾四十。他吹着欢愉的口哨，兴高采烈地走了进来。

佩金斯夫人：（没有动，凶巴巴地）你回来晚了。

佩金斯：（兴高采烈地）哦，宝贝儿，我这次晚回家可有很不错的理由。

佩金斯夫人：（语速很快）是么？但是你听我说，乔治·佩金斯，你要尽一个父亲的职责。我们儿子的数学又没及格。如果一个父亲对自己的孩子不闻不问，你觉得这孩子将来会有出息……

佩金斯：啊，亲爱的，我们就放过那小子一次吧——来庆祝一把。

佩金斯夫人：庆祝什么？

佩金斯： 那么你觉得当水仙花罐头公司副经理的夫人怎么样？

佩金斯夫人： 那当然不错，不过我可没盼着有朝一日能如此平步青云。

佩金斯： 宝贝儿，你现在就是了，从今天开始。

佩金斯夫人：（稍显怀疑地）哦。（朝内间喊道）妈妈！你快过来！

（史莱夫人从左侧的门蹒跚地走进来。她很胖，一看就是一向愤世嫉俗的人，对一切事物都十分不满。佩金斯夫人的话语中既有吹嘘，也有嘲讽）

妈妈，乔治升职了。

史莱夫人：（挖苦地）真是难得啊。

佩金斯： 不不，你没有理解。我现在是副经理——（观察史莱夫人的表情，发现她毫无反应，又心虚地补充道）——水仙花罐头公司的副经理。

史莱夫人： 哦？

佩金斯：（无奈地摊开双手）好吧……

史莱夫人： 我只想说，你升职的第一天就这么晚才回来，我们都在等你吃晚饭，真不错。

佩金斯： 我……

史莱夫人: 我们还好啦,用不着担心!我真是没见过哪个男人这么不在胡他的家庭,一点都不在胡![1]

佩金斯: 真的很抱歉。我跟老板去应酬了。我本应该打电话告诉你们的,可我不能叫他等我啊。是老板请我去吃饭的,私人的。

佩金斯夫人: 然后让我一直干等。我有件事要告诉你,是个惊喜,就是……

史莱夫人: 你别告诉他,罗茜。才不要告诉他,他活该。

佩金斯: 但是我本以为你们会理解的。我以为你们会很开心——(赶忙改口)——至少是惊讶,因为我现在是——

佩金斯夫人: ——副经理!老天啊,我这辈子都要听你念叨这个了吧?

佩金斯: (温柔地)罗茜,我等了二十年了。

史莱夫人: 孩子,这没什么可炫耀的!

佩金斯: 很长很长时间了,二十年了。我为之费尽了心机和精力,我累了。但是现在可以轻松下来了……放下

---

[1] 这里,年迈的史莱夫人将英文中的"care two hoots",即"不在乎",误用为"care two hoops",而且重复强调了两次。——译注

这一切……（突然很急切地）……明白吗，放下这一切……（又回到现实，抱歉地）……我只是说，可以轻松一点。

史莱夫人： 听听他这些胡言乱语！你挣多少钱啊，洛克菲勒先生[1]？

佩金斯：（自豪而不露声色地）一百六十五美元。

佩金斯夫人： 一周？

佩金斯： 是啊，亲爱的，一周。每周都拿这么多。

史莱夫人：（惊讶地）这么多！（做作地）哎，你还站着干吗？赶紧坐下吧。你忙了一天都累坏了。

佩金斯：（脱掉外衣）我把外衣脱了吧。今晚有点闷。

佩金斯夫人： 我去给你拿睡衣。你千万别着凉了。（从左侧出去）

史莱夫人： 我们得好好合计合计。一百六十五美元的周薪可能干不少事儿，当然也有人一周花掉两百美元的。不过，一百六十五美元可不是开玩笑的。

佩金斯： 我在想……

佩金斯夫人：（拿着一件闪闪发光的条纹法兰绒睡衣）

---

[1] 二十世纪美国著名资本家，垄断石油市场，成为全世界第一个全球首富，是富豪巨贾的代名词。——译注

穿上吧，宝贝儿，又好看又舒服。

佩金斯：（听话地穿上）多谢……亲爱的，我有个计划……我计划了很久了，每天夜里我都在想着……计划着……

佩金斯夫人：计划？都不跟我商量商量？

佩金斯：哦，我只是自己瞎想罢了……我想……

（楼上传来巨响，是扭打的声音，一个孩子尖叫起来）

男孩：（在后台）不要！不，不要！你是坏人！

女孩：妈妈！

男孩：我要教训教训你！我要……

女孩：妈妈！他打我屁股！

佩金斯夫人：（一把推开左侧的门，朝楼上喊道）给我安静下来，马上去睡觉，否则我就把你们的屁股打开花！（猛地把门关上。楼上的打闹停止了，还有几句轻声的抱怨）我到现在都不懂，这世上有那么多小孩子，可是我怎么就摊上了这样的。

佩金斯：求你了，我们今天不纠结这个好不好。我挺累的。我想说说……那个计划。

佩金斯夫人：什么计划？

佩金斯：我在想……保守的话，我们可以去度个假……一两年之内……去欧洲，比如瑞士或者意大利……（满怀希望地看着她，看到她毫无反应地听着，又继续说）……那里有连绵不绝的山脉。

佩金斯夫人：然后呢？

佩金斯：然后……还有很大的湖，还有终年积雪的山峰，还有美丽的日落景色。

佩金斯夫人：可是我们去那儿做什么呢？

佩金斯：嗯……就是……休养生息。然后四处转转，差不多是那样。纯白的天鹅，漂浮的木舟，只有我们两个人。

史莱夫人：只有你们两个人。

佩金斯夫人：我跟你说，乔治·佩金斯，你就是天天想着怎么能浪费钱。我呢，天天省吃俭用，当牛做马，想着怎么能省下哪怕是一分钱。天鹅吗，好啊！但是你去瞧那些天鹅之前，我们必须得买个冰箱，我就说这么多。

史莱夫人：还要买一个蛋黄酱搅拌器，还有洗衣机。而且，我觉得我们应该考虑买辆新车吧，原来的那辆简直是个摆设。还有……

佩金斯：哎，你没有理解。我不要买我们需要的东西。

佩金斯夫人：什么？

佩金斯： 我想要的是我们根本不需要的东西。

佩金斯夫人： 乔治·佩金斯！你喝多了吧？

佩金斯： 罗茜，我……

史莱夫人：（决绝地）我受够你的胡言乱语了！乔治·佩金斯，你现在给我想清楚点。我们有重要的事情需要考虑。罗茜有个惊喜要告诉你。一个美丽的惊喜。罗茜，告诉他吧。

佩金斯夫人： 我今天才知道的，乔吉[1]。你听到一定会很开心的。

史莱夫人： 岂止是开心，他听到一定会乐不可支。你继续说吧。

佩金斯夫人： 嗯，我……我今天上午去医生那儿了。我怀孕了。

（沉默。两个女人笑得合不拢嘴，然而她们看到的却是佩金斯受惊而扭曲的表情）

佩金斯：（声音哽咽地）怀孕了？

佩金斯夫人：（高兴地）是呀，我们的小宝贝。（佩金斯一言不发地盯着她）嗯？（他依然那样盯着她）你这是怎么

---

[1] 乔治的昵称。——译注

了?(他没有作声)你不开心吗?

佩金斯:(缓慢地、沉痛地)我们不能要这个孩子。

佩金斯夫人: 妈妈!听听他在胡说八道什么?

佩金斯:(一板一眼地、音调毫无变化地)你明白我的意思。我们不能要这个孩子。我们不会要这个孩子。

史莱夫人: 你疯了吧?你难不成是在想……想……

佩金斯:(无精打采地)是。

佩金斯夫人: 妈妈!

史莱夫人:(暴怒地)你知道你在跟谁讲话吗?那是我的女儿,不是风尘女子!一个人竟然能面对他的妻子……他的妻子……想到这些。

佩金斯夫人: 你今天怎么了?

佩金斯: 我不是故意惹你。现在这样的手术一点都不危险……

佩金斯夫人: 妈妈你快让他闭嘴啊!

史莱夫人: 你到底从哪儿学来的这些?我们这些有文化的人都不该了解这些!你也许是从痞子和妓女那里听说的,但我们可是守法的人家!

佩金斯夫人: 你今天怎么了?

佩金斯: 跟今天没关系,罗茜。我不是今天才这么想的……只不过是现在我的工作稳定了，我能够好好照顾你和孩子们，但是再多一个小孩儿——罗茜，我总不能把他扔掉吧。

佩金斯夫人：我听不懂你在胡诌些什么。你现在这些收入除了多养个孩子之外还有什么更好的去处吗？

佩金斯：想想看吧，去医院，看医生，廉价的蔬菜汤，上学，麻疹。又要从头开始，就这样。

佩金斯夫人：你就这么点责任感吗！没有什么比家庭更加神圣、更值得赞美。我这辈子都在为你持家，你到底有没有一点正派男人的责任心？我问你你还想要什么？

佩金斯：罗茜，我不是不喜欢我现在拥有的这些。我很喜欢，只是……就像我身上的睡衣一样，我很高兴能有这件睡衣，又暖和又舒服，我挺喜欢的，我也很喜欢其他的一些东西。对，就是这样，就到此为止。可是，不应该到此为止，在这之外还应该有别的。

佩金斯夫人：哦，"我还挺喜欢的"！那是我为了你的生日特意买的上好的睡衣！如果你不喜欢，就去换一件啊。

佩金斯：罗茜，不是这么回事！我只是想说，人不能为了睡衣而活，也不能为了其他类似的物件而活。这些东西，对人而言没有意义——我是说内在的意义。人应该追求的是那些令他们感到敬畏的东西——畏之而乐之。比如说去教堂——不仅仅是去教堂。人需要仰视，仰视一个很高的地方——很高很高，罗茜……就是这样，很高。

佩金斯夫人：如果你喜欢的是文化，我干脆也加入月读书友会[1]好了。

佩金斯：我就知道我跟你解释不清！我现在只想说，罗茜，我们不能要那个小孩儿了，再养个孩子我真的受不了。如果我不做我要做的事情，我就会变老，但是我不要变老。不，老天，我不要现在就变老！就再给我几年时间，罗茜！

佩金斯夫人：（泪流满面）我再也不要听到你跟我说这些了！

史莱夫人：（奔向她）罗茜，亲爱的！别哭了，别哭了。（转向佩金斯）看看你做了什么？你要是再敢冒出一个不敬的词，就有你的好看！你难道想弄死你的妻子吗？想想那帮外国佬，他们流产成风，所以才会佝偻病盛行，一个个面黄肌瘦。

佩金斯：好吧，妈妈，那你这个是从哪儿听说的呢？

---

1 二十世纪流行于美国的读书俱乐部，其运行方式十分特殊，读者须寄回读后感才能获得下期的廉价图书。——译注

史莱夫人：你倒反咬一口了是不是！

佩金斯：我不是这个意思……我的意思是……

佩金斯夫人：（一边哭泣一边说）不许跟妈妈这么说话，乔治。

佩金斯：（歇斯底里地）但是我没有……

史莱夫人：我明白了。我到现在算是明白了，乔治·佩金斯。现在啊，像我这样的老女人，只配闭上嘴巴等着进坟墓吧！

佩金斯：（坚定地）妈妈，我希望你不要……（勇敢地）……挑拨离间、制造事端。

史莱夫人：哟？我还制造事端了？我对你而言不过是个负担，对吧？好，我很高兴我们今天能把这些挑明，佩金斯先生！我就这么缺心眼地为这个家卖命，原来它不是我的家！这就是我得到的回报。好好好，我这就滚蛋，我这就从你面前消失。（冲向左侧，摔门而去）

佩金斯夫人：（惊慌失措）乔治！……乔治，你要是不道歉，妈妈没准真的就要离家出走了！

佩金斯：（突如其来地有了胆量）由她去。

佩金斯夫人：（极端诧异地看着他）你都到这一步了？你升职了之后就这副嘴脸？回到家就见谁咬谁，把妈妈一把扔在边上？我也不能忍受了，我……

佩金斯：听好了，我的忍耐是有限度的，我受够了。她走了最好，这一天迟早要来的。

佩金斯夫人：乔治·佩金斯，你也听好了！如果你明早之前不跟妈妈道歉，我这辈子就不跟你讲一句话！

佩金斯：（厌烦地）这句话你说了多少次了？

（佩金斯夫人向左侧的门跑去，出门后把门猛地摔上。佩金斯厌倦地坐着不动。此时，老式的钟敲响了九点的钟声。他慢慢站起，关上了灯，把玻璃大门上的百叶窗合上。屋子里很昏暗，只有炉火边的一个台灯亮着。他靠着壁炉，枕着自己的胳膊，疲劳地半卧着。门铃响了，声音急促、不安、鬼鬼祟祟。佩金斯站了起来，惊奇地看着大门。他迟疑了一下，还是走过去开了门。在观众还没看到门外的人时，他极度震惊地大叫起来）

我的老天爷！！

（佩金斯让开到一边，凯伊·贡达就站在门外。她穿着特别平淡无奇的黑色套装，很摩登，很严肃；她的帽子、鞋、长筒袜、手提包和手套都是黑色的。和她一袭黑衣相对的是她闪闪发光的淡金色头发，还有惨白的脸庞。她的脸很奇怪，眼睛让人感到不安。她很高，而且出奇地瘦。她的

动作不紧不慢，走起路来悄然无声。她让人觉得很不真实，让人觉得不属于现实世界。与其说她是个女人，还不如说她是个鬼魂）

凯伊·贡达： 麻烦别出声，让我进来。

佩金斯：（结结巴巴地）你……你是……

凯伊·贡达： 凯伊·贡达。（她走了进来，顺手关上了门）

佩金斯： 怎……怎么会……

凯伊·贡达： 你是乔治·佩金斯吗？

佩金斯： 是，是……我的天呐！……是我……

凯伊·贡达： 我夜里得藏在你这儿。外面很危险。我能待在这儿吗？

佩金斯： 这儿？

凯伊·贡达： 是的，我要待一晚。

佩金斯： 可是……那……你怎么会……

凯伊·贡达：（从包里拿出他的信）我看了你的信。我觉得没人会来这里找我，我相信你会帮我的。

佩金斯： 我……贡达小姐，你一定要原谅我，因为这样足以……我的意思是，如果我没说清的话……我的意思是，如果你需要帮助，你以后可以一直住在这儿，贡达小姐。

凯伊·贡达：（平静地）谢谢你！（她把包随手放在桌上，摘掉帽子和手套，就像是在自己家一样。他一直盯着她）

佩金斯： 你的意思是说，他们真的在抓你吗？

凯伊·贡达： 警方。（补充道）因为谋杀。

佩金斯： 我不会让他们抓到你的，如果有任何事情我可以……（他止住了话头，左侧门后有逼近的脚步声）

佩金斯夫人的声音：（在后台）乔治！

佩金斯： 怎么啦……亲爱的？

佩金斯夫人的声音： 刚刚谁按的门铃？

佩金斯： 没有啊……亲爱的，没人。有人搞错地址了。（他听到脚步声逐渐远去，然后轻声说）那是我妻子。我们还是小声点比较好，她还好啦，但是……她肯定不能理解。

凯伊·贡达： 如果他们发现我在这儿，你也会很危险。

佩金斯： 我不在乎。（她的嘴角慢慢上扬，佩金斯指了指这个房间）用不着有什么拘束。你可以睡在这个沙发上，我待在外面给你望风……

凯伊·贡达： 不用了，我不想睡觉。你待在这里吧，跟我一起，我们有不少事情可以聊。

佩金斯： 是的，那当然……嗯……关于什么呢，贡达小姐？

（她坐着没有应声。而佩金斯则坐在椅子的边沿，整理他的睡衣，浑身都很别扭。她期待地看着他，目光中好像有个无声的问号。他眨了眨眼，清清嗓子，鼓起勇气）

今天夜里挺冷的。

凯伊·贡达： 是啊。

佩金斯： 这就是加利福尼亚的天气……所谓黄金西岸……白天阳光普照，但是很冷……而夜里就变得更冷。

凯伊·贡达： 给我支烟。

（他猛地从椅子上起来，掏出一盒烟，划了三根火柴才燃着了一根。她往后靠了靠，点燃了烟卷，用两根手指夹着）

佩金斯：（他无助地喃喃自语）我抽的就是这种，抽完嗓子不会难受，是的，是的。（他难为情地看着凯伊·贡达。他要告诉她的太多，磕磕巴巴地说了一大堆。最后他说）现在乔·塔克——我的一个朋友——乔·塔克改抽雪茄了，不过我不抽，从来没抽过。

凯伊·贡达： 你有挺多朋友吗？

佩金斯： 是的，当然，那当然。我也不想啊，但这不是没办法么。

凯伊·贡达： 你喜欢他们吗？

佩金斯： 我挺喜欢他们的。

凯伊·贡达： 那他们喜欢你吗？他们对你十分肯定，在街上碰到都要毕恭毕敬地跟你打招呼吗？

佩金斯： 嗯……差不多是。

凯伊·贡达： 你多大年纪了，乔治·佩金斯？

佩金斯： 我到六月份就四十三岁了。

凯伊·贡达： 要是你丢了工作，流落街头，你的日子可就不好过了。你会一个人孤独地在昏暗的大街上，朋友走过时都当你是空气。你想尖叫，或者想冲上去跟他们讲话，但是没有人理睬，没有人答话。这样的日子不太好过，你觉得呢？

佩金斯：（听得一头雾水）怎么会……我什么时候会这样呢？

凯伊·贡达：（平静地）当他们发现我在这儿的时候。

佩金斯：（果决地）你不用担心，没人会发现你的。我也一点都不害怕。就算他们发现是我帮你找到的藏身之处又能怎么样呢？换了别人也会保护你的呀，所以有谁会反对我呢？他们为什么要反对我呢？

凯伊·贡达： 因为他们恨我，他们恨所有跟我站在一边的人。

佩金斯： 他们干吗要恨你？

凯伊·贡达：（淡定地）因为我是杀人犯，乔治·佩金斯。

佩金斯： 要我说，我才不信。我连问都不会问，我不信。

凯伊·贡达： 要是你说的是格兰顿·塞尔斯的话……不，还是不要提他。我们不提他。尽管如此，我还是个杀人犯。比如我来了你这儿，然后我也许会毁了你的一生——你四十三年来积累下来的一切。

佩金斯：（低声说）那无关紧要，贡达小姐。

凯伊·贡达： 你经常去看我的电影吗？

佩金斯： 是的，经常去。

凯伊·贡达： 你看完出来的时候很开心吗？

佩金斯： 是的，当然了……不不，我觉得也许不太开心。不对啊，我之前没有想过……贡达小姐，如果我告诉你的话，你不要笑话我。

凯伊·贡达： 不会的。

佩金斯： 贡达小姐，我……我看完之后回家会哭。我把自己锁在卫生间里，抱头痛哭，每次都是。我不知道为什么。

凯伊·贡达： 我早就预料到了。

佩金斯： 为什么？

凯伊·贡达： 我跟你说了，我是一个杀人犯。我会杀死人们身上的很多东西，我杀死他们赖以为生的东西；但他们还是会来看我的电影，因为只有我让他们意识到，他们希望这种东西被杀死，至少他们自认为是这样。这就是他们全部的骄傲。

佩金斯：我恐怕没有听懂你说的，贡达小姐。

凯伊·贡达：你总有一天会理解的。

佩金斯：不过那是真的吗？

凯伊·贡达：什么？

佩金斯：格兰顿·塞尔斯是你杀的吗？（她看着他，轻轻一笑，耸耸肩）我只是在想你为什么要杀他。

凯伊·贡达：因为我忍无可忍了，人的忍耐有时会达到极限。

佩金斯：这个我同意。

凯伊·贡达：（直勾勾地看着他）你为什么要帮我？

佩金斯：我不知道……只是因为……

凯伊·贡达：你在信里说……

佩金斯：哦！我还以为你永远都不会看那些垃圾。

凯伊·贡达：那些不是垃圾。

佩金斯：我相信你一定有很多很多影迷和来信。

凯伊·贡达：我喜欢那种自己对别人而言十分重要的

感觉。

佩金斯：如果我信里说了太粗鲁或者不太礼貌的话，你一定要原谅我。

凯伊·贡达：你说你不幸福。

佩金斯：我……我不是要抱怨，贡达小姐，我只是……觉得我的生活中缺失了很重要的东西。我不知道它是什么，但是我知道我缺失了这样东西。我只是不知道为什么。

凯伊·贡达：也许是你期望这种缺失。

佩金斯：不是。（他的声音突然变得很坚定）不是。（他站起来，直直地看着她）我不是不幸福，你能看得到。事实上我是个很幸福的人——表面上看来，但是在我的灵魂中，总是有一种我从未有过的生活，一种从未有人有过的生活，我希望过上那样的生活。

凯伊·贡达：既然你意识到了，为什么不去过那样的生活呢？

佩金斯：谁过上了那样的生活呢？谁能做到呢？谁曾经有过……有过可能可以过上那样的"最好"的生活呢？我们都在妥协，我们总是止步于"次好"的生活，就是这样；但是……我们内心的上帝，它懂得另一种生活……"最好"的生活……可是这种生活从未实实在在地到来过。

凯伊·贡达: 那么……如果它到来了呢?

佩金斯: 我们会抓住它,不会放手……因为我们的内心都有那个上帝。

凯伊·贡达: 那么……你真的希望你一直都保有你内心的上帝吗?

佩金斯: (疯狂地)我明白了,我明白了:让他们来吧,让警察来吧,让他们现在就来抓你吧,任由他们毁了这房子吧。这房子是我建的——然后我用了十五年才付清了建房子的花销。他们要想抓到你,就必须先把这房子踏平。让他们来吧,无论是谁……(左边的门被猛地推开,佩金斯夫人冲了进来;她上身穿着一件很旧的灯芯绒睡衣,里面是暗粉色的棉质睡袍)

佩金斯夫人: (倒吸一口气)乔治!……

(凯伊·贡达立刻站了起来,看着他们两个)

佩金斯: 亲爱的,别出声!千万别出声……快进来……把门带上!

佩金斯夫人: 我觉得我听到了说话声……我……
(她哽咽着说不出话来)

佩金斯: 亲爱的……这位……贡达小姐,请允许我介绍——我的妻子。亲爱的，这是贡达小姐，凯伊·贡达小姐！（凯伊·贡达抬起了头，但是佩金斯夫人没有任何反应，依然紧盯着贡达小姐。佩金斯歇斯底里地说）你能理解吗？贡达小姐遇上了些麻烦，你听说过的，报纸上说……（他没有继续讲下去。佩金斯夫人没有作声。一片寂静）

佩金斯夫人：（对凯伊·贡达说，装作毫无情绪地）你为什么来这里？

凯伊·贡达：（平静地）佩金斯先生会帮我解释的。

佩金斯： 罗茜，我……（停住）

佩金斯夫人： 嗯？

佩金斯： 罗茜，没什么可激动的。简而言之，贡达小姐现在被警方通缉——

佩金斯夫人： 哦。

佩金斯： ——是因为一起谋杀——

佩金斯夫人： 哦！

佩金斯： ——所以她需要在这里过夜。事情就是这样。

佩金斯夫人：（不慌不忙地）你给我听好，乔治·佩金斯，要么她现在给我出去，要么我现在出去。

佩金斯： 你听我解释……

佩金斯夫人： 我不需要听任何解释，我现在就把我的东西装走，我也要把孩子带走。我希望再也不会见到你。（她顿了顿，他没有搭话）让她出去。

佩金斯： 罗茜……我不能那么做。

佩金斯夫人： 乔治，我们一直同甘苦共患难，对吗？同甘共苦，十五年。

佩金斯： 罗茜，只一夜而已……如果你知道……

佩金斯夫人： 我不想知道。我不知道我的丈夫干吗要自找麻烦，风尘女子，或者是杀人犯，或者两者都是。乔治，我一直对你没有二心。我为你牺牲了我的青春年华。我给你生了孩子。

佩金斯： 你说得都对，罗茜……

佩金斯夫人： 这对我不公平。你仔细想想，你藏匿一个杀人犯会是什么下场？再想想我们的孩子。（他没有回答）还有你的工作，你刚刚升职。我们还要给客厅添置新的窗帘，绿色的那套，你最喜欢的。

佩金斯： 是啊……

佩金斯夫人： 还有你想去的那个高尔夫俱乐部，他们的会员个个都是社会名流，声名显赫，受人尊敬，清清白白，从不招惹是非。

佩金斯：（声音弱得几乎听不到）不……

佩金斯夫人：你知道如果人们得知你干出这样的事情，会有什么后果吗？

佩金斯：（寻求着凯伊·贡达的一个回应或者一瞥。他希望她能够下个定论，然而凯伊·贡达无动于衷，好像这一切与她毫不相干。他问她，好像在哀求一样）如果人们得知我这么做，会有什么后果？

（凯伊·贡达没有回答）

佩金斯夫人：我来告诉你会发生什么。没有任何正派的人会跟你说话了，他们直接炒了你的鱿鱼，把你扔出水仙花公司！

佩金斯：（缓缓地、恍惚地重复着，像是远处的声音）……一个人孤独地在昏暗的大街上，朋友走过时都当你是空气……你想尖叫……（他盯着凯伊·贡达，睁大双眼。她毫无反应）

佩金斯夫人：亲爱的，你所拥有的一切都会化为乌有，却换来了什么？暗无天日的小巷，无所依靠的寒夜，被全世界鄙视、驱逐、抛弃！……（他没有回应，也没有看佩金斯夫人。他看着凯伊·贡达，然而眼神里已然是另一种神情）想想我们的孩子，乔治……（他定住了)乔治,我们一直生活美满,对吗?十五年啊……

(她的声音渐渐低了下去,沉默了很久之后,佩金斯把目光从凯伊·贡达身上一点点转向了他的妻子。他的肩膀耷拉了下去,瞬间就已垂垂老矣)

佩金斯:(看着他的妻子)贡达小姐,我很抱歉,但是鉴于这样的情况……

凯伊·贡达:(平静地)我懂了。

(她戴上帽子,拎起她的包,拿起手套。她的举止很轻,不紧不慢。她走到门口,经过佩金斯夫人的时候,她停下脚步,异常平静地说)

抱歉,我弄错地址了。

(她走了出去。佩金斯和他的妻子一起看着凯伊·贡达离开了视线)

佩金斯:(搂着妻子的腰)妈妈睡了吗?

佩金斯夫人: 我不知道。怎么了?

佩金斯: 我觉得我应该进去跟她说几句,算是道个歉吧。她养孩子比较有经验。

(幕落)

第二场

大幕拉开,另一封信投影在屏幕上。这封信的字很小,字迹潦草,有些乱糟糟的。

亲爱的贡达小姐:

我信奉决定论,坚信我的职责是让人类免于痛苦。我每天都看到这令人发指的社会所导致的断壁残垣、苦海无边,但是我从你的电影里汲取勇气,坚持我的理想,我意识到了人类所能达到的极乐世界。你所践行的艺术挖掘出了我那被抛弃的兄弟姐妹们潜藏的能量。没有人能够选择他自己的人生,没有人选择去过我们正深陷其中的黯淡无光的生活,我们是被迫的。人类的希望就在于跟从你,为你倾倒。

诚挚的

扎克·芬克

加利福尼亚,洛杉矶,春天街

灯光关闭,屏幕撤下,舞台上布置出扎克·芬克的客厅。这是一间装潢已经破旧的平房,门设在右侧,旁边有一扇大窗,墙的中间有一扇通往卧室的门。此时已经入夜,尽管屋内有照明设备,但是并没有打开,屋子靠一角的煤油灯照明。住户马上就要搬走了,所以两个很破的大箱子和几个纸箱散放在屋子的中间。壁橱、衣柜都大敞着,也被清得差不多了,各式各样的衣服、书、盘子等能够想到的家什都混在一起堆在地上。

大幕拉开,扎克·芬克独倚窗前,向外张望着,他大概有三十岁,身材颀长,深色的头发好似马鬃,面色由于贫血而煞白,小胡子打理得整整齐齐。他很不耐烦地看着窗外匆匆行过的路人,这时外面传来了嘈杂的说话声。他好像看到了一个人,于是大喊:

芬克: 吉米,来来来!

吉米的声音: (后台) 嗯?

芬克: 过来一下!

(吉米出现在窗外;他是个憔悴的年轻人,衣衫褴褛,眼睛浮肿,有血从他额头上很深的伤口里渗出来)

吉米: 哦,芬克,是你啊。我还以为是个警察。你找我干吗?

芬克： 你看到范妮了吗？

吉米： 范妮啊！

芬克： 你看到她了吗？

吉米： 冲突刚开始的时候我瞅见她了。

芬克： 她受伤了吗？

吉米： 有可能。冲突刚开始我就瞅见她了。她往窗户里扔了个铅锤。

芬克： 到底发生了什么？

吉米： 警察扔了催泪弹。他们逮了好几个我们的人，所以我们打起来了。

芬克： 但是后来没人看到范妮吗？

吉米： 去你的范妮吧！到处都有人浴血奋战，壮烈牺牲，这一仗干得漂亮！

（吉米跑走了，芬克从窗边撤到了屋里。他踱着步，神情紧张地看着手表。街上的吵闹声减弱了，于是芬克继续打包，敷衍了事地把几样东西扔进纸箱。大门突然被打开了，范妮·芬克走了进来。她不到三十岁，瘦高，生得有棱有角，发型很邋遢，不怎么有女人味。她穿平底鞋，一件男式大衣斜搭在她的肩膀上。此时她正倚着门框，头发蓬乱，脸色煞白）

芬克： 范妮！（她没有动）你还好吗？发生了什么？你

去哪儿了?

范妮：（声音沙哑、单调）有没有红药水?

芬克：什么东西?

范妮：红药水。（她甩掉她的大衣，她的衣服破了好几处，胳膊受了伤；一只前臂在流血）

芬克：天呐!

范妮：哎呀，你不要像个白痴似的站着!（忍痛走到壁橱前，翻腾着里面的东西，拿出来一个小瓶）别那么看着我啊!没什么可一惊一乍的!

芬克：过来，我帮你。

范妮：没事，我自己来。（在胳膊上涂了些红药水）

芬克：你那么长时间都在干什么?

范妮：我在局子里。

芬克：什么?!

范妮：我们所有人，宾基·汤姆林森、巴德·米勒、玛丽·菲尔普斯，还有好几个，总共十二个人。

芬克：发生了什么?

范妮：我们罢工抵制夜班。

芬克：然后呢?

范妮：巴德·米勒一开始把一个没罢工的工人脑袋给

打了,结果其实警察早有准备。比孚刚刚把我们保释出来。有烟吗?(她自己找到了一支烟,燃着了;她很紧张地吸着,并在谈话的进行中不断抽烟)下周上法庭,那个被打的工人好像是醒不过来了,所以你可以好好享受假期了。(苦笑着说)你才不在乎的,对吗,亲爱的?对于你来说,我不在这儿的话,你可以过些安稳日子。

芬克: 这简直令人发指!我不会允许这样的事情发生的!我们有权……

范妮: 是啊,是啊,那个叫什么C.O.D的权利吗?没有钱都是他妈的狗屁。谁理你啊?

芬克: (烦躁地半仰在椅子上)太过分了!

范妮: 那就别想了……(看了看四周)看起来你也没打包多少啊,我们今天晚上怎么把这些混账东西都装完?

芬克: 着什么急啊?都乱死了。

范妮: 着什么急?我们早上要是不搬走,他们就都当垃圾给扔了,扔到街上去。

芬克: 这就够受的了!你还上法庭!你还卷进这么一档子事儿!这怎么办啊?

范妮: 好吧好吧,我来装吧。(她开始搜罗东西,可连看都不看就满腔怒火地把它们扔进纸箱)亲爱的,你说我们是去大使馆住还是去贝弗利日落宾馆住？（他没有回答。范妮又把一本书扔进箱子）我看贝弗利日落宾馆不错……我们要订一间七居室的套房——你觉得七间住得下吗？（他没有作声。范妮又把一堆内衣扔进了纸箱）对了，还得有个泳池。（把一个咖啡壶狠狠地扔进箱子）容纳两辆车的大车库！我们把劳斯莱斯停进那个车库里！（扔飞了一个花瓶，它没有落进箱子，在椅子腿上砸得粉碎。她突然歇斯底里地尖叫起来）他妈的！为什么有人就那么有钱啊！

芬克：（没有动，懒洋洋地）亲爱的，你这是幼稚的逃避主义。

范妮：哦哦哦，用词不错啊！我他妈最讨厌的两件事就是一张嘴就大放厥词，还有天天担心别人会不会看到自己的丝袜有个地方脱线。

芬克：干吗不把脱线的地方缝好呢？

范妮：亲爱的，你闭嘴吧！要想讽刺的话你就给杂志的编辑投稿好了——没准什么时候他们就收你的了呢。

芬克：没那个必要吧，范妮。

范妮：不要自欺欺人了。你知道我们这类人可以用什么词来形容吗？我确信至少可以形容我们俩。你知道吗？你的那些词汇里面有这个词吗？失败，就是这个词。

芬克：亲爱的，失败是相对的。

范妮：对，是相对的。拿租金的数目和家财万贯比，怎么比？（她把一堆衣服扔进箱子）对了，你知道这是第五次了吗？

芬克：什么第五次？

范妮：我的老天爷，我们第五次被轰出出租屋了！我数过了，三年以来的第五次。我们基本上就是只能付第一个月的房租，然后赖到人家把我们轰走。

芬克：好莱坞的很多人都是这样的生活方式。

范妮：你能不能假装担心呢——只是表现得礼貌一点。

芬克：亲爱的，干吗要在这种事情上浪费感情？这是不公平的社会分配制度的必然结果，可是你现在在为此责备一个个体。

范妮：这可不是你原创的句子。

芬克：不是原创。

范妮：你从我的文章里剽窃的。

芬克：啊，是的。那篇文章啊，不好意思。

范妮：但它还是发表了啊。

芬克：对啊，你说得对。六年以前的事。

范妮：（抱起一堆旧鞋子）你在那以后还挣过一分钱稿

费吗?(把怀里的东西倒进一个箱子里)现在怎么办?我们明天怎么办?

芬克:世界上潦倒者成千上万,你干吗这么担心这个个案?

范妮:(她刚要义愤填膺地回嘴,却在黑暗中耸耸肩,转身踏过几个纸箱)真他妈混蛋!他们把我们轰走就够可以,还把电给断了!

芬克:(耸耸肩)私有财产。

范妮:我真希望煤油不要那么难闻。

芬克:煤油只有穷人才用,但是我记得俄罗斯已经发明了一种无味煤油。

范妮:不错,俄罗斯的东西都不会发臭。(从柜子里拿出一个纸箱,箱里装满了牛皮纸信封)这个箱子你打算怎么处置?

芬克:里面是什么东西啊?

范妮:(念出信封上的字)都是你的一些文件。卡拉克社会研究所受托人……低能儿职业学校顾问……辩证唯物主义免费夜校秘书……工人大剧院顾问……

芬克:把工人大剧院的那些扔掉,我烦透他们了。他们写信都不在抬头写我的名字。

范妮：（把信封扔在一边）那剩下的怎么办？都装起来，到时候你自己拿？

芬克： 我当然会自己拿，否则该丢了。你帮我捆起来吧，好吗？

范妮：（拿起一沓报纸来包裹那些文件。她突然被一则报道吸引住了，停了下来，仔细看了看）哎，这个好逗啊，关于凯伊·贡达的。

芬克： 什么报道？

范妮： 晨报上的，那起谋杀案。

芬克： 哦，那个啊，胡扯的，根本就不是她干的。都是些小道消息。

范妮：（继续包裹文件）那个塞尔斯很有钱的。

芬克： 以前很有钱，不过现在不是了。我当时帮着塞尔斯能源的工人罢工的时候，就听说塞尔斯早就大势已去了。

范妮： 不过现在又说塞尔斯能源东山再起了。

芬克： 塞尔斯本人嘛，可能没那么幸运。他的继承人可能会好些了吧。

范妮：（举起一摞书）二十五本《镇压者必被镇压》——（低头仔细看了看）——作者是扎克·芬克！……这个怎

么弄?

芬克:(尖锐地)你觉得呢?

范妮: 天呐! 你打算带多少东西走? 你觉得全美国能有二十五个人买你的大作吗?

芬克: 销量并不是衡量一部作品好坏的标准。

范妮: 当然不是,但至少是一个因素吧。

芬克: 你难道希望我去迎合那些中产阶级白痴的口味吗,当一个资本主义的笔杆子? 你开始退缩了,范妮。你要变成资产阶级小女人了。

范妮:(发狂地)谁要变成资产阶级小女人了? 我干的事情比你想干的都多! 我从来不给三流的出版社投稿。我在《国家杂志》[1]上发表过文章!《国家杂志》! 如果我没被你拽到这种泥潭一样的……

芬克: 范妮,你要知道,社会改革的第一道战壕恰恰是在贫民窟的泥潭当中挖筑而成的。

范妮: 哦,我的老天爷,你醒醒吧。看看其他人啊,看看米兰达·朗姆金,她是《通讯员报》的专栏作家,在棕榈泉购置了房产! 她上大学的时候可比我差得远多了! 所有

---

[1] 美国历史最悠久的周刊,创刊于一八六五年,被称为"左派的旗帜"。——译注

人都觉得我有超乎常人的思想。(指了指房间)这就是一个人思想超乎常人的下场。

芬克: (温柔地)亲爱的,我理解。你累了,你被吓坏了,我不责备你,但是,你应该知道,我们的工作要求我们放弃一切,放弃所有的个人利益和舒适的生活。我践行了这一点,我放弃了自我。我希望有一天所有人听到扎克·芬克的名字,都能以之为旗帜!

范妮: (也温柔了下来)我知道,我明白你的意思,不过你得看看现实,扎克,人是自私的。

芬克: (好似在做梦一般)也许五百年之后,有人会为我作传,书名就是《扎克·芬克——无私者》。

范妮: 那我们被一个小小的房东轰得到处跑这一段一定显得相当无厘头!

芬克: 那是当然。人得明白要放长线钓大鱼,所以……

范妮: (突然仔细地听着门外的动静)嘘!我觉得好像有人在门外。

芬克: 谁?没人会来这里的,他们早都把我们抛弃了,他们把我们遗弃在……(敲门声。二人面面相觑。芬克走到门边)谁啊?(没有回应,敲门声再次响起。他愤怒地打开门)你到底想……(他马上止住了,凯伊·贡达走进了房间,她穿着与上一场相同的衣服。他惊得倒吸一口凉气)哦!……(他盯着她,一半是担惊受怕,一半是难以理解。范妮往前走了一步,站住。没有人讲话)

凯伊·贡达: 是芬克先生吗?

芬克: (一通点头)是的,扎克·芬克。是我……你……你是凯伊·贡达,对吗?

凯伊·贡达: 对,我得躲起来,警察要抓我。我没有地方藏身,我能在你们这儿过夜吗?

芬克: 哦,我怎么这么倒霉!……不不,不好意思!

范妮: 你想藏身在这里?

凯伊·贡达: 对,如果你们不介意的话。

芬克: 但是你怎么会选……

凯伊·贡达: 因为我在这里就没人能发现我,而且我读了芬克先生的信。

芬克: (试图控制自己)是啊是啊!我写的信,我就知道你会在成千上万的来信里面看到我写的那封。写得不错吧?

范妮: 我跟他一块儿写的。

芬克: (大笑起来)真巧!我都不记得我什么时候写的了……这个世界真是神奇!

凯伊·贡达：（看着他）我被以谋杀罪通缉。

芬克：哦，不必担心。我们不介意的，我们思想很开放。

范妮：（赶紧把百叶窗降下）你在这里很安全。你不会介意……东西摆放得不太整齐，对吧？我们正在考虑搬家。

芬克：请坐吧，贡达小姐。

凯伊·贡达：（坐下，脱帽）谢谢。

芬克：我做梦都想不到可以这样跟你讲话，我有好多好多问题想问你。

凯伊·贡达：我喜欢被问各种问题。

芬克：他们说的格兰顿·塞尔斯的事儿是不是真的？你知道的，对吧？他们说他常常兽性大发，对女人……

范妮：扎克！你净问这些不相关的……

凯伊·贡达：（淡淡一笑）他们说得不对。

芬克：我当然不是要谴责任何东西，我不在乎道德与否。我还有一件事情想问：作为一个社会学家，我很感兴趣的是经济状况对一个人的影响。请问一个影星实际上挣多少钱？

凯伊·贡达：我这一期的合同好像是一万五还是两万的周薪——我不太记得了。

(范妮和芬克交换了惊奇的眼神)

芬克：那你应该多捐些钱啊！我一直相信你是一个慈善家。

凯伊·贡达：我是慈善家？也许，不过我讨厌慈善，讨厌人性。

芬克：不是吧，贡达小姐！

凯伊·贡达：有些人是心怀理想地生活着的，这样的人不多，但是确实有这样的人。还有些人既有理想——又为人正直，这样的人相当罕见。我喜欢这样的人。

芬克：但是他必须能担负得起这些！每个人都为经济条件所累。比如说，以一个影星的工资为例……

凯伊·贡达：（尖锐地）我不想跟你讨论这个。（以一种近乎恳求的声音）你不想问问关于我工作的事情吗？

芬克：哦，对啊，有好多要问！……（突然很诚恳地）我好像没什么要问的。（凯伊·贡达仔细地看着他，微微一笑。他头一次真诚而单纯地补充道）人们不能……讨论你的工作。我不能。（又补充道）我不会以看一个影星的眼光看你，我不会像看琼安·图道尔或者莎莉·斯惠妮或者其他什么人那样看你。倒不是因为你拍的那些故事实在垃圾——恕我直言，它们简直是垃圾；而是因为其他的原因。

凯伊·贡达：（看着他）是什么？

芬克：你的一言一行，一举一动，尤其是你的眼睛。你的眼睛。

范妮：（忽然变得急切）你好像不是人，不像我们周围的人。

芬克：我们都梦想成为最完美的人类，但是其实没有人目睹过这样的存在。你是，而且你在向我们展示。你好像知道一个大秘密，这个秘密被世界遗忘，一个秘密以及一个希望。一个通体纯净的人，一个全能的人。

范妮：当我在银幕上看到你的时候，我会觉得愧疚，同时我也会觉得自己变得年轻，获得了崭新的、骄傲的自我。我想像这样举起我的手臂……（她把手举过头顶，摆出胜利的、狂喜的姿势；然后，尴尬地）不好意思，我们简直是太幼稚了。

芬克：也许我们本来就很幼稚，但是在我们单调乏味的生活中，我们必须得握住每一束光亮，无论在何处，甚至是在电影里。为什么不从电影中汲取光亮呢？电影是最好的麻醉剂。你比任何一个慈善家都更多地拯救了那些最下层的人，你是怎么做到的？

凯伊·贡达：（没有看他）每个人都可以在很长一段

时间里独自去做这些。每个人都可以以一己之力、拼尽能量——然后这个人就开始需要帮助，于是便需要找到一个回应的声音，一首赞歌，一个回音。我非常感谢你。(敲门声。他们面面相觑，芬克鼓起勇气向大门处走去)

芬克：谁？

女人的声音：(在后台)扎克，我们能借点奶油吗？

芬克：(愤怒地)去你妈的！我们没有奶油。烦死了，这么晚来扰民！(后台传来低沉的骂声，脚步声退去。他回到了大家在的地方)天呐，我还以为是警察呢！

范妮：我们今晚不能让任何人进来。这附近那些饿着肚子的流浪汉都指望着告发你——(她的声音突然变化了，变得奇怪，就好像后面的词是一不小心说漏嘴了一样)——获得赏金。

凯伊·贡达：你们没有意识到你们把我藏起来的风险吗？

芬克：他们要想抓你，就要先踏过我的尸体。

凯伊·贡达：你们不知道你们面临着怎样的危险……

芬克：我们不需要知道。我们只知道你的电影对我们来讲有非同寻常的意义。范妮，对吗？

范妮：(她一直站在一边，此时她陷入了沉思)什么？

芬克：我们知道贡达小姐的电影对我们来讲有非同寻常的意义，对不对？

范妮：（毫无感情地）啊，是的……是……

凯伊·贡达：对你们有非同寻常的意义……你们不会背叛吗？

芬克：人不会背叛他灵魂中最好的东西。

凯伊·贡达：嗯。

芬克：（看到范妮正在想别的事情）范妮！

范妮：（猛然惊醒）怎么了？

芬克：你要不然跟贡达小姐说说我们总是……

范妮：贡达小姐一定很累了，我们让她去休息吧。

凯伊·贡达：是啊，我有点累了。

范妮：（突然打起了精神）你可以睡在我们的卧室……对，你用不着觉得这样不好，我们睡在外面的沙发也挺舒服的。况且，我们得帮你望风啊，这样就不会有人进来了。

凯伊·贡达：（起身）非常感谢。

范妮：（举起煤油灯）请不要介意，我们的电路出了点小问题。（带路向卧室）这边请。卧室里又舒服又安全。

芬克：晚安，贡达小姐。不要担心，我们会帮你守着的。

凯伊·贡达： 谢谢，晚安。(她跟范妮一起去了卧室，芬克打开了百叶窗，皎洁的月光射进屋子。他开始清理沙发上堆放的杂物。范妮回到了房间，把门从身后关好)

范妮： (低声说)嗯，我们怎么办？(他张开手臂，耸了耸肩)奇迹不会发生的!

芬克： 我们还是小点声为妙，她可能听得到……(从卧室的门缝可以看到里屋的灯被关掉了)我们还要不要收东西？

范妮： 别管那些东西了。(他把箱子里的被单和毛毯掏了出来。范妮站在一边，倚着窗户，默然看着他。然后她低声说)扎克……

芬克： 嗯？

范妮： 我再过几天就要上法庭，还有另外十一个年轻人。

芬克： (看着她，惊奇地)嗯。

范妮： 我们不要自欺欺人了，他们会把我们全都关起来的。

芬克： 是的。

范妮： 除非我们有钱能贿赂他们。

芬克： 是的，但是我们没有钱，所以就别想了。(短暂

的沉默,他继续弄被单和毛毯)

范妮: (耳语道)扎克……你觉得她听得到我们吗?

芬克: (看了看卧室的门)她听不到。

范妮: 她杀了人。

芬克: 嗯。

范妮: 她杀的是一个百万富翁。

芬克: 是的。

范妮: 我觉得他的家人一定很想知道凶手在哪儿。

芬克: (抬头看着她)你说什么?

范妮: 我在想,他的家人会乐意付点钱来搞清凶手的藏身地点。

芬克: (走近她,威胁道)你个混蛋……你在想些什么……

范妮: (一动不动)可能会赏五千美元吧。

芬克: (顿了一下)什么?

范妮: 可能会赏五千美元。

芬克: 混蛋!你给我闭嘴,否则我宰了你!(沉默。他开始脱衣服,然后说)范妮……

范妮: 嗯?

芬克: 你确实觉得他们——会给五千块?

范妮： 当然了，连普通的绑架案都得这么多。

芬克： 算了吧，闭嘴！（他继续脱衣服）

范妮： 扎克，我会进监狱的。可能要好几个月，甚至好几年。

芬克： 是啊……

范妮： 还有其他人也是一样。巴德、宾基、玛丽，还有别人。你的朋友，你的战友。（他定住了）你需要他们，我们的事业需要他们，他们是先锋队，是中坚力量。

芬克： 唉……

范妮： 有这五千块，我们就能请纽约最好的律师，他会帮我们打赢这场官司……我们也就不用搬家了，我们也就不用每天提心吊胆，你可以继续你伟大的事业……（他没有搭话）想想那些穷人、那些需要你帮助的人……（他还是不搭话）想想因为你而进了监狱的十二个人……我们十二个人就靠你一个，扎克……（他不搭话）想想你的千万兄弟姐妹，他们就靠你一个。（沉默）

芬克：范妮……

范妮：嗯？

芬克：那我们应该怎么做？

范妮：很简单。我们趁她睡着的时候赶紧出去，去警察局带着一队警察回来，不难的。

芬克：如果她听到了怎么办？

范妮：她不会听到的，但是我们得抓紧时间。（她要往门那里走，他拦住了她）

芬克：（耳语道）她会听到开门的声音的。（指了指打开的窗户）我们走这里……

（他们两人从窗户溜了出去，屋子里寂静无人。此时卧室的门开了，凯伊·贡达从里面走出。她静静站了几秒，然后穿过房间走出了门，没有把门关上就匆匆离开）

（幕落）

第三场

屏幕上显示出一封字体毛糙粗大、咄咄逼人的来信。

亲爱的贡达小姐：

我现在还是一个不知名的艺术家，但是我知道我将来一定会家喻户晓，因为我高举着神圣的不败旗帜——你。我的画里全都是你，你是我每一张画布上站立的女神。我从未见过你的真身，但是我不必见你。我闭着眼睛就可以画出你的脸，因为我的灵魂永远倒映着你的光辉。

总有一天你会从人们嘴里听到我的名字。这只是我为你写的第一篇颂词，我是虔诚信仰你的牧师——

德怀特·朗格力

加利福尼亚，洛杉矶，诺曼底大街

灯光关闭，屏幕撤下，舞台上布置成德怀特·朗格力的工作室。这是间很大的屋子，装潢俗丽夸张，破烂不堪。透过舞台中央后部的大窗户可以看到暗色的天空和树冠打下的阴影。房间的入口在左侧，去隔壁的门在右侧。墙上、画架上还有地上都摆放着各种画作和素描。画面上的人物都是凯伊·贡达，有头像，有全身像，有穿着摩登服饰的，有穿着花纹裙子的，还有全裸的。

一些杂七杂八的人站满了整个房间：身着各色服饰的男人和女人，他们的衣着从燕尾服和女式晚礼服到沙滩式的休闲装和宽松的长裤，各不相同。这些人看起来都不怎么体面，而且都有一个共同的特征——端着一个玻璃杯——众人都显得微微有些醉意。

德怀特·朗格力在中央的沙发上舒展地卧着。他很年轻，面庞紧绷、黝黑，但是不失帅气。他的头发蓬乱，乌黑发亮。此时他正骄傲地微笑着，他的微笑是诱人的。优妮斯·哈蒙德站得离客人们较远，她不时转过身子看着朗格力，神情紧张。她是一个很漂亮的年轻姑娘，举止文静。她穿着一身合体的全黑裙装，明显比屋子里其他人穿的要昂贵得多。

大幕拉开，客人们举杯为朗格力敬酒，他们的说话声从收音机吵闹的音乐声中撕扯般凸显出来。

穿礼服的男人： 为朗尼[1]干杯!

穿毛衣的男人： 为加利福尼亚的著名艺术家德怀特·朗格力干杯!

穿晚礼服的女人： 我们这些穷开心的失败者为最棒的胜者干杯!

窘迫的绅士： 为前无古人、后无来者的伟大艺术家干杯!

朗格力：（站起身，敷衍了事地挥了挥手）谢谢你们。

（每个人都饮下杯中酒，有人打碎了杯子，发出巨大的声音。当朗格力从人群中走出来时，优妮斯走向他）

优妮斯：（向他举杯，温柔地耳语道）祝贺! 我们为这一天梦想了太久了，亲爱的。

朗格力：（漠不关心地转向她）哦……哦，是啊……（机械地与她碰杯，连看都没看她）

穿宽松长裤的女人：（对优妮斯大声说）优妮斯，以后他就不归你管了，再也不归你管了。从现在开始——德怀特·朗格力属于全世界!

穿晚礼服的女人： 容我说一句，我不是说朗尼的成就

---

[1] 朗格力的昵称。——译注

不值一提,但是,尽管这已经是十年来最好的展览了,可也不过只是泡沫。除了几张画还算有想法,剩下的那些所谓艺术家搞出来的垃圾作品,还有胆量展出!

娘气的青年男子:哦天呐!可不是这个道理!

穿礼服的男人:朗尼从中脱颖而出!十年一度的大奖得主!

朗格力:(毫不谦虚地)难道不是本应如此吗?

窘迫的绅士:朗格力是个天柴[1]画家!

娘气的青年男子:当然了!超天才的!

(朗格力走到餐柜处斟满了酒。优妮斯站在他身边,握住他的手)

优妮斯:(温和地低声说)德怀特,我还没来得及祝贺你呢,我今天晚上一定要好好祝贺你。我太开心了,我太为你骄傲了,我都不知道该怎么说,但是你懂的……亲爱的……你知道这个奖于我是多么重要。

朗格力:(甩掉她的手,毫无感情地)谢谢。

优妮斯:我忘不了往昔,我忘不了你曾经落魄,我忘不了我们一起谈未来……

---

[1] 这位绅士发音不清,故如此。——译注

朗格力：那些事现在就不必提了吧。

优妮斯：（苦笑道）是啊，不必了，我怕说起来没有礼貌。（忽然失去了控制）我不能再压抑我的内心了，我爱你。

朗格力：我知道。（走开）

金发姑娘：（与穿宽松长裤的女人并排坐在沙发上）过来，朗尼！我得跟天才说两句话啊。

朗格力：（忽然在两个女孩儿中间坐下）你好。

穿宽松长裤的女人：（搂住朗格力的肩膀）朗格力，你的那幅画看得我无法自拔，就是现在还挂在那儿的那幅。它让我久久不能忘却。

朗格力：（骄傲地）喜欢吗？

穿宽松长裤的女人：岂止是喜欢，而且你起的标题也很帅，叫什么来着？希望，信念，博爱？不不不，等等，我想想。自由，平等，嗯……

朗格力：道德。

穿宽松长裤的女人：哦，对，"道德"。你这个标题有什么深刻含义啊？

朗格力：不要试图去理解它。

穿礼服的男人：那个女人！朗格力，你画里的那个女人！啊，她，绝无仅有！

穿宽松长裤的女人：白皙的脸，还有那双眼睛，那双眼睛可以直接参透你的灵魂！

穿晚礼服的女人：嗯，是啊，她叫什么来着？

穿礼服的男人：凯伊·贡达，他一直画她。

穿毛衣的男人：朗尼，你不打算画点别的女人吗？你干吗总是画这一个？

朗格力：艺术家只创作作品，不解释作品。

穿宽松长裤的女人：对了，贡达和塞尔斯的事儿真是逗死了。

穿礼服的男人：我赌她肯定没杀人，她不会那样做的。

娘气的青年男子：想想看凯伊·贡达被处以绞刑的样子吧！她的金发被罩上头套，能从外面隐约看到她的小鼻子。天啊，一定很好看！

穿晚礼服的女人：你有新题材了，朗尼。"绞架上的凯伊·贡达"。

朗格力：（暴怒地）你们都给我闭嘴！她根本没有杀人！你们不许在我的地盘议论她！

（客人们沉默了一会儿）

穿礼服的男人：我在想塞尔斯手里到底还剩了多少钱。

穿宽松长裤的女人：报纸上说他正在摆脱颓势，他跟加利福尼亚联合石油还是什么别的公司签了个大单,不过现在好像也就那样了。

穿毛衣的男人: 不不,晚报上说他的姐姐正在努力地推进那个项目。

穿晚礼服的女人: 不过警察呢?警察批准了吗?

穿礼服的男人: 谁知道。

穿晚礼服的女人: 真逗……

穿毛衣的男人: 哎,优妮斯,还有酒没有?问朗尼不管用,他从来都不知道这些东西放在哪儿。

穿礼服的男人:(一把搂住优妮斯的肩膀)贤妻良母哟,艺术家的绝佳搭档!

(优妮斯摆脱了男人的手臂,虽然不那么唐突,但是很显然她并不开心)

娘气的青年男子: 你们知道优妮斯还给他补袜子吗?哦,我的老天爷,这是真事儿!我见过的,超好的!

穿毛衣的男人: 幕后英雄啊,为他做好后勤,指引他前行,在不如意时给他鼓励。

穿晚礼服的女人:(低声对穿宽松长裤的女人说)不仅给他精神鼓励——还有经济支持。

穿宽松长裤的女人: 真的吗?

穿晚礼服的女人：我亲爱的，这早都不是秘密了。你觉得他"不如意时"钱都从哪儿来？哈蒙德可是个小富婆。其实老哈蒙德早都把她轰走了，是的，不过她存了些私房钱。

娘气的青年男子：是的是的，连社会名人录里也没有她的一席之地。但是她才不会在乎，一点都不在乎。

穿毛衣的男人：（对优妮斯说）怎么样了，优妮斯？还有酒吗？

优妮斯：（犹豫中）恐怕……

朗格力：（站起来）恐怕她不同意我们再喝了，但是我们偏要喝。（他疯子一样地在橱柜里翻找着）

穿宽松长裤的女人：哎哎，你们啊，天已经很晚了……

穿礼服的男人：就再喝一杯，然后我们就都回去了。

朗格力：哎，优妮斯，杜松子酒在哪儿？

优妮斯：（没有作声，打开一个柜子，拿出两个酒瓶）在这儿。

穿毛衣的男人：哈哈！我都等不及了！

（众人冲到酒瓶边上）

穿礼服的男人：最后一杯了，然后我们就要各奔东西。

来吧,再干一次杯!为德怀特·朗格力和优妮斯·哈蒙德干杯!

优妮斯: 为德怀特·朗格力的未来干杯!

(众人附和着,饮尽杯中酒)

众人: (同时吵闹着)朗尼,说两句吧! ……快来啊! ……讲两句啊,朗尼! ……哎呀来呀!

朗格力: (站到一把椅子上,有些不稳,讲起话来故作真诚)艺术家一生最痛苦的事情就是成功。艺术家的本职工作是吹响号角去打一场没有人愿意去打的战役,于是这个世界忽略我们,驱逐我们。艺术家恳求人们对艺术之壮丽唯美敞开大门,但是人们从未敞开过他们的人生之门……从未敞开……(好像要继续说些什么,但是他把他的手从一个表示绝望的手势的位置放了下来,然后在无声的悲情当中结尾)……从未……(掌声,声浪被一阵敲门声打断了。朗格力从椅子上下来)请进!

(门开了,女房东穿着一身脏乎乎的中式和服,怒气冲冲站在门外)

女房东: (尖声发着牢骚)朗格力先生,你们绝对不可以再闹了!三更半夜的。

朗格力: 滚出去!

女房东： 住在315的女客人说再这样她就要报警了！住在……

朗格力： 你听见我说的没有！给我滚出去！你以为我必须得住这个混账垃圾堆里吗？

优妮斯： 德怀特！（对女房东说）约翰逊女士，我们会安静的。

女房东： 对，你们给我小心着点！（她怒气未消地离开了）

优妮斯： 德怀特，我们真的不应该……

朗格力： 别指手画脚！从今天开始，我不许别人指手画脚！

优妮斯： 可我只是……

朗格力： 你现在简直是一个可恶的唠叨婆！

（优妮斯紧盯着他，一动不动）

穿宽松长裤的女人： 朗格力，你刚才那句话可能有点过分了！

朗格力： 我现在特别烦那些都这么大年纪了还多管闲事的人！伪善啊——伪善啊！

优妮斯： 德怀特！你难道不觉得我……

朗格力： 我特别清楚你怎么想！你觉得你早就已经买到我了，啊？你觉得你可以用那些超市账单换取我的人生吗？

优妮斯：你说什么？（突然尖叫起来）我听错了吧！

穿毛衣的男人：朗格力，别激动，你刚刚肯定是说错了，你……

朗格力：（把他一把推开）你去死！不乐意的话你们都他妈给我去死！（对优妮斯说）至于你的话……

优妮斯：德怀特……不要……

朗格力：我偏偏要说！我偏偏要大家都听着！（对客人说）你们觉得没有她我就不能活吗？我倒要让你们看看！我们现在一刀两断！（对优妮斯说）听见了吗？我们现在一刀两断！（优妮斯一动不动地站着）我自由了！我要做大事情了！我要做你们做梦都想不到的事了！我会见到我唯一钟爱的女人——凯伊·贡达！我等了这么多年，我终于可以见到她了！这就是我活着的意义！没有人可以阻挠我！

优妮斯：（她走到左侧的门边，拿起角落里她的帽子和外套，再次转向朗格力，悄声说）再见了，德怀特……（离开）

（众人又进入了死一般的寂静瞬间，穿宽松长裤的女人第一个打破了寂静，她走过去拿起她的外衣，转向朗格力）

穿宽松长裤的女人：我记得你刚刚画了一幅画叫

《道德》。

朗格力：我可懒得听你挖苦我……(穿宽松长裤的女人冲了出去，把门重重摔上)你们都去死吧！(对众人说)你们都他妈给我出去！所有人！滚出去！

(众人纷纷拿起自己的帽子和外套)

穿晚礼服的女人：我们被轰走了……

穿礼服的男人：还好啦，朗尼可能不太开心吧。

朗格力：(冷静了些)我很抱歉，感谢你们。我可能只是需要一个人待一会儿。(客人纷纷离开，朗格力不怎么热心地挥挥手)

金发姑娘：(她是最后一个离开的。她迟疑了一下，试探着小声说道)朗尼……

朗格力：出去！所有人都给我出去！(她离开了，剩下朗格力一个人茫然地环顾着工作室里的杯盘狼藉。敲门声)给我出去！我谁都不需要！(敲门声。他走过去猛地把门打开，凯伊·贡达走了进来。她一言不发地看着他，于是他不耐烦地问道)嗯？(她没有作声)你什么事？

凯伊·贡达：你是德怀特·朗格力吗？

朗格力：不错。

凯伊·贡达：我要你帮我个忙。

朗格力：你怎么了？

凯伊·贡达：你不知道吗？

朗格力：我怎么可能知道你发生了什么？我都不知道你是谁。

凯伊·贡达：（顿了顿）凯伊·贡达。

朗格力：（看着她，哈哈大笑）哟！你怎么不说你是特洛伊里的那个海伦[1]啊？或者杜巴丽夫人[2]？（她不作声）你进来，说啊，你这演的是哪一出？

凯伊·贡达：你难道不认识我了吗？

朗格力：（轻蔑地打量了她一下，手插着兜，笑道）哼，你跟凯伊·贡达长得还挺像，不过她的替身也跟她长得很像，好莱坞有好几十个姑娘都长得和凯伊·贡达差不多。你是哪个啊？小姑娘，我不会雇你当模特的，我可能都不会给你试镜的机会，所以你就死了心吧。快说，你来干吗的呀？

凯伊·贡达：你是真的没有理解吗？我现在很危险，我需要一个藏身之处。我想在你这儿藏一夜。

---

[1] 出自希腊神话中的特洛伊之战，海伦本是斯巴达公主，被特洛伊抢走，于是斯巴达人为了夺回海伦与特洛伊爆发了战争。——译注

[2] 法国国王路易十五的最后一个情妇，得宠期间在幕后左右法国朝政，后在法国大革命中被送上断头台，她临死时刻的遗言"再等一下"尤为著名。海伦和杜巴丽两个人物家喻户晓，在小说、戏剧、电影等许多体裁中都有演绎。——译注

朗格力： 你把这儿当什么地方了，小旅店吗？

凯伊·贡达： 我真的没有地方可去了。

朗格力： 好莱坞有一家老旅店。

凯伊·贡达： 我藏在这儿他们就找不到我。

朗格力： 谁？

凯伊·贡达： 警察。

朗格力： 是吗？那为什么堂堂凯伊·贡达会来我这里避难呢？（她拉开了她的手提包，但是又合上了，没有作声）我怎么知道你就是凯伊·贡达？你能证明吗？

凯伊·贡达： 我不能，不过眼见为实。

朗格力： 少废话！你来干什么的？你把我当……（重重的敲门声）怎么回事？你们这都排好了？（他用力把门打开。一个穿制服的警察走进了房间，凯伊·贡达赶紧转过身，背对着他们）

警察：（好脾气地）晚上好。（无奈地看着他）刚刚有人举报狂欢聚会啊？这怎么？

朗格力： 那是帮疯子！警官，我们没办什么聚会。刚刚我这里有几个朋友，现在他们都走了。

警察：（好奇地看着凯伊·贡达）哎，你别跟别人讲啊，我觉得举报什么噪声扰民的真是无理取闹。照我看啊，年轻人热热闹闹的挺好的嘛。

朗格力：（好奇地观察着警察对凯伊·贡达的反应）我们没打扰到任何人。你还有什么需要调查的吗，警官，还有什么吗？

警察：没有了，先生。不好意思这么晚来打扰你。

朗格力：现在这儿真的只有我们了——（指了指凯伊·贡达）——我和这位女士，不过你还是可以进来看看。

警察：不不，先生，真的不用了。不用了。晚安。（退了出去）

朗格力：（等到警察的声音消失在了楼梯中，他捧腹大笑，对凯伊·贡达说）看看，看看，这下你露馅了吧？

凯伊·贡达：什么？

朗格力：那是个警察，如果你真的是凯伊·贡达的话，如果警方在追捕你，那他刚才干吗不把你逮捕了呢？

凯伊·贡达：他没看到我的脸。

朗格力：他要是想看的话，他早看了。我真的不懂你演的是哪一出了。

凯伊·贡达：（走近一步，聚光灯打向她）德怀特·朗格力！你看着我！你看看你画的这些画！你难道不认识我了吗？你所有的工作时间都与我为伴，你的大好年华都与我为伴，你都不记得吗？

朗格力： 别把我的作品扯进来，我的作品无论是与你的生活还是我的都毫不相关。

凯伊·贡达： 我不明白，为什么你的艺术里充满了我，而你却不愿意帮助我？

朗格力： （表情肃穆地）听好了。凯伊·贡达象征着我为这个世界带来的美，一种我们永远只能远观的美。面对凯伊·贡达，我们只能称颂，她遥不可及。我们只能不懈前行，但是我们永远也到不了终点；我们只能尝试，但是我们永远也不能达到我们的梦想。这就是人生悲剧，但是我们以绝望为荣。你给我出去！

凯伊·贡达： 我需要你的帮助。

朗格力： 滚！

（她无力地垂着双臂，转身走了出去。德怀特·朗格力把门重重关上）

（幕落）

Ideal
Act
II

第二幕

第一场

屏幕上投影着一封来信,书写华丽得让人眼花缭乱,用的是一种过时的字体。

亲爱的贡达小姐:

有些人也许会说我写这封信给你是一种亵渎,但是当我落笔的时候,我不觉得我是一个罪人。因为当我在荧幕上看到你的时候,我发觉我们在为了同一项事业而奋斗,是的,我和你。也许告诉你会吓你一大跳吧,我是一个虔诚的福音派教徒。而当我告诉人们生命的神圣意义时,我感觉到，你身上有我追求的"真理"，只是我用言语无法表达。贡达小姐，我们，殊途同归。

克劳德·伊格那提亚斯·希克斯谨上
加利福尼亚，洛杉矶，斯罗森大道

灯光关闭，屏幕撤下。大幕拉开时，舞台上还一片漆黑，克劳德·伊格那提亚斯·希克斯的教堂在黑暗中隐约可见。人们只能依稀看到房门的轮廓，在舞台的右侧，这扇门面向一条同样没有灯光的大街；房间的其他部分因为黑暗都看不清。一个发光的十字架在墙面中间闪闪发亮，恰好照亮了克劳德·伊格那提亚斯·希克斯的面部和肩膀，他看起来在距离地面很高的地方（事实上他站在讲道坛上，但是因为四周很黑暗，人们看不到讲台）。他高瘦、枯槁，一袭黑衣。他的发际很高。此时他的手臂挥舞着，朝黑暗作着演讲。

希克斯：但即便是我们中最黑暗的部分，也有庄严的曙光，这是每一个贫瘠的灵魂必被恩赐的甘露。所以人所受的苦难，那些生命的悲戚和苦痛，都来自对这团火光的背叛。我们都背叛了它，我们都逃不过惩罚。我们都……

(有人在右侧房门附近的黑暗中打了个喷嚏,希克斯停了下来,惊恐地问道)谁啊?

(他按下开关,打开了台子两侧两盏蜡烛形状的电灯。我们现在能够看清教堂的样子了。这是一间狭长的仓库,墙壁和屋梁都没有漆过。房间没有窗户,只有一扇门。木头长凳都年头很久了,面对讲台一排排码放着)

(爱希·图梅修女站在舞台右侧,靠着门。她身材矮墩,差不多有四十岁。她的金黄色卷发披在肩膀上,颜色淡得好像已经褪色了一样。她戴着一顶粉色帽子,帽檐以铃兰花装饰。除此之外,她还身着一条天蓝色披肩)

爱希·图梅:(庄严举起右臂)赞美主!晚上好,希克斯修士。请继续,不要打扰到你了。

希克斯:(惊恐地、愤怒地)怎么是你?你为什么要过来?

爱希·图梅:我走在大街上就听见你的声音了——你神圣的嗓音,尽管你的肚子蛮大的——哦哦,我真的不想打断你。我只是碰巧路过,进来看看。

希克斯:(冷漠地)请问你需要帮忙吗?

爱希·图梅:你接着排练吧,你的布道很有感染力,相当棒,就是有点老套,不够新潮。希克斯修士,我就不会这样布道。

希克斯： 我好像没问你的建议啊，图梅修女。而且我很想知道，你不请而来，到底有何贵干？

爱希·图梅： 赞美主！我是传播佳音的信使。的确，我有个大想法想跟你说说。

希克斯： 那我可要把丑话说在前头，我们从来就没有什么共同的兴趣。

爱希·图梅： 是啊，是啊，希克斯修士，你说得真是太对了，所以我猜你一定会喜欢我下面的提议。（舒舒服服地坐在了一条长凳上）事情是这样的，修士：一山容不得二虎。

希克斯： 图梅修女，这是我听你说过的第一句真理。

爱希·图梅： 这附近的人没法支撑两个教会，这就好比一渊不两蛟。

希克斯： 修女，那我是不是可以认为你良心发现，打算搬出我的地盘了？

爱希·图梅： 谁？让我搬走？（严肃地）天方夜谭，希克斯修士，你根本不知道我的教会所担负的神圣使命。走进教堂的大门，迷失的灵魂即刻得到拯救——哦，赞美主！……（尖利地）不，修士，我付你钱，你走人。

希克斯：你说什么？！

爱希·图梅：其实我不用这样做的，你根本不是我的对手，但是我觉得这样做是一劳永逸的办法。这是我的地盘。

希克斯：（激动地）你难道以为我的"永真教堂"是你可以买下来的吗？

爱希·图梅：好了，好了，希克斯修士，我们想开一点。先不提交易的事儿，但是事实是，你现在大势已去，修士。

希克斯：我跟你说……

爱希·图梅：你这里才有多少人？最多的时候三五十人吧？可是每天晚上都有两千多人到我的教会去，追寻主的光辉！两千多双眼睛，我亲自数过！我今天午夜召集了布道——"天使之夜"——我预计有三千人到场。

希克斯：（挺起胸）每个男人都会经历磨难，磨难考验着他为人们献身的决心。我不是有意挑衅，但是我把你当作恶魔的使臣，我的教堂之所以屹立不倒，就是要在这里……

爱希·图梅：好了，我清楚，我二十年前就知道，但是修士，时代变了，现在没有人需要你了。你还活在中世纪呢吧——哦，赞美主！

希克斯：我的教义对我而言足够之好。

爱希·图梅：也许，也许，但是对于你的顾客而言，并非如此。就好比说你这教堂的名字吧："永真教堂"，这都什么时代了，才没有人会过来呢。瞧瞧我起的是什么名字："开心小教堂"，这样的名字一下就把人们吸引住了，修士。他们于是蜂拥而入。

希克斯：我不想跟你讨论这个问题。

爱希·图梅：你想想看，你刚才排练的那段，内容让人昏昏欲睡。一点不假。这样的台词不能再用了。比如我上次布道的时候——"精神加油站"，修士啊，好好学着点！我在我的讲台后面——（她站起来走到讲台处）对对，就是这儿——建了一个加油站。高高的机器是用玻璃和金子打造，标上"纯洁""祷告"或者"祷告和信仰的混合"。然后再画上穿白色制服的男孩子——每个都英俊潇洒——他们有金色的翅膀，戴着写有"'教义'石油公司"的帽子。这才叫创意！

希克斯：这简直是渎神！

爱希·图梅：（迈到讲台上）讲台——（看看她的手指）——你的讲台落满灰尘。希克斯修士，这可不好！我的讲台布置成了金色的小轿车,（想到了什么）我就对我的信徒们说，当你的人生道路遇到了荆棘，你的油箱里需要装满"信念"的汽油，你的轮胎需要充满"博爱"的空气，你的水箱里需要灌满"节制"的圣水，你的电瓶也要充满"正义"的能量。你还要小心那些狡诈的绕行路标将你引入歧途，让你堕入地狱！（恢复了她正常的语气）听听，是不是相当有冲击力！赞美主！你知道吗，台下的人群情激昂，掌声如雷！然后他们走过做成油箱形状的捐款箱时，我当然就不用担心啦！

希克斯：（竭力遏制自己内心的愤怒）图梅修女，我要你现在就从我的讲台上下来！

爱希·图梅：（往下走）咱们长话短说，修士，我给你五百块，你卷铺盖走人。

希克斯：五百块钱你就想骗走永真教堂？

爱希·图梅：五百块怎么了？你就知足吧。五百块都能买辆二手车了。

希克斯：二十年来，我没有把任何人从教堂里请出去过。现在我要第一次这么做。（他用手指着大门）

爱希·图梅：（耸耸肩）那你自己看着办吧，修士。记住，上帝有眼，但是他看不到这一切。……要是像你说的那样，我这一夜就惴惴不安去了？（举起手臂）赞美主！（出门离开）

（就在她离开时，依兹瑞的脑袋在门后偷偷往里看了看。依兹瑞年纪轻轻，是个傻大个）

依兹瑞：（小声呼喊着）哎，希克斯修士！

希克斯：（吓了一跳）依兹瑞！你干吗呢？进来。

依兹瑞：（怯懦地走了进来）哇，比看戏都好玩儿哎！

希克斯：你刚刚偷听了没有？

依兹瑞：哇！刚刚那是爱希·图梅修女吗？

希克斯：是的，依兹瑞，你要保证不把我们的对话传出去。

依兹瑞：不会的，先生，我发誓。（敬畏地看了看门）哇，刚刚那个修女真能说！

希克斯：不许这么说，图梅修女是个坏女人。

依兹瑞：明白了，先生……哇，但是她的头发卷卷的真好看！

希克斯：依兹瑞，你信奉我的教义吗？你愿意来这里祷告吗？

依兹瑞：嗯，先生……克鲁姆普家的双胞胎说，图梅修女那里好像有个飞行机[1]呢，这是真的呢！

希克斯：（歇斯底里地）孩子，你听我说，为了你的灵魂……（他停住了，凯伊·贡达走进房间）

凯伊·贡达：希克斯先生？

希克斯：（眼睛盯在她身上不动，声音沙哑地）依兹瑞，你快走。

依兹瑞：（吓坏了）是的，先生。（赶快跑了出去）

希克斯：你不会就是……

凯伊·贡达：是我。

希克斯：我为什么能有如此荣幸……

凯伊·贡达：因为一起谋杀。

希克斯：你是说那些谣传都是真的？

凯伊·贡达：你要是不愿意我连累你，你可以现在把我轰走，甚至你可以叫警察都没关系，不过你必须现在决定。

希克斯：你在寻找藏身的地方吗？

凯伊·贡达：就藏一个晚上。

---

[1] 依兹瑞想说"飞机"，但是又不知道该怎么说，故自己胡编了一个单词：airyplane。——译注

希克斯：（走向敞开的大门，关门，上锁）这扇门二十年没有关过，不过今天晚上要锁上了。（他把钥匙交给她）

凯伊·贡达：（惊奇地）你为什么把钥匙给我？

希克斯：直到你把门打开，这扇门都会一直锁着。

凯伊·贡达：（她笑了，把钥匙放到了包里，然后说）谢谢。

希克斯：（坚决地）不，不要谢我。我不想让你待在这里。

凯伊·贡达：（困惑地）你——不想？

希克斯：但是你是安全的——如果这就是你所需要的安全的话。我把这个教堂交给你了，你想待多久待多久。你可以自己决定。

凯伊·贡达：你不是想让我藏身于此吗？

希克斯：不是。

凯伊·贡达：（若有所思地看着他，然后走到一条长凳前坐下，细细打量他。她不紧不慢地说）那你想要我做什么呢？

希克斯：（矗立在她面前，挺胸抬头，神态肃穆）我把重担交给你了。

凯伊·贡达：我担不起。

希克斯：威胁你的那些人现在找不到你了，但是这样有多大意义呢？

凯伊·贡达：那么你不想救我吗？

希克斯：我想拯救你，但不是帮你逃脱警方的追捕。

凯伊·贡达：那是逃脱什么？

希克斯：逃脱你自己。(她死死盯着他，目光汇聚在他的眼睛上，没有作声)你犯下了滔天罪行，你谋杀了一个活生生的人。(指指房间)这样的一个地方——或者任何一个地方——还保护得了你吗？

凯伊·贡达：不能。

希克斯：你的罪行是洗不掉的，所以就不要侥幸了。放弃吧，投降吧，忏悔吧。

凯伊·贡达：(缓缓地说道)我要是投降了，他们就会要了我的命。

希克斯：如果你不那么做，你自己就会要了你的命——你会丧失你永生的灵魂。

凯伊·贡达：所以我需要选择其中之一吗？我难道不是只有死路一条吗？

希克斯： 总是有选择的，总是这样。

凯伊·贡达： 为什么？

希克斯： 人世间的欢愉要靠天堂里的惩罚来偿还，但是如果我们选择受难，我们就能获得永久的幸福。

凯伊·贡达： 那么我们来到人世，就是为了受难而来的吗？

希克斯： 苦难越多，我们的灵魂越圣洁。（她低下了头）你现在要做出庄严决定，你要依照自己的意愿，接受你的苦难。你会声名狼藉，你会名声扫地，你会深陷囹圄，但是惩罚会指引你走向光辉！

凯伊·贡达： 此话怎讲？

希克斯： 你会进入天堂。

凯伊·贡达： 我为什么希望进入天堂？

希克斯： 如果你知道生活之极美尚存——你为什么不想踏入这样的美好呢？

凯伊·贡达： 我为什么不想在此时此刻享用这样的美好呢？就在人世间。

希克斯： 我们的世界是缺憾的，是暗无天日的。

凯伊·贡达： 何谓缺憾？缺憾是天成的呢，还是人为的呢？

希克斯： 人世是无足轻重的，所以在人世无论遇上了怎样的美好，我们都要牺牲它——这样我们在天堂才能获得更多的美好。（她没有看他，于是他停下来看了她一会儿，接着他的声音变得富有感情，他轻声说）你知道你现在有多美吗？（她抬起头）你永远都不能理解，我望穿秋水，看着银幕中的你。我会牺牲自己，保证你的安全。纵使是千刀万剐，我也不会让人动你的一根头发。我现在要你走出这扇门，去迎接你的苦难。这便是我的牺牲，我已经把我最珍贵的东西放弃了。

凯伊·贡达： （柔和地低声说）当你我都作了牺牲，这会给世界带来什么改变呢？

希克斯： 在我们之后，那些病痛中的灵魂会看到前路的光亮，他们将不会在绝望的泥沼中徘徊。他们也会学会牺牲。你的名气会使得你的忏悔成为经典，举世闻名。你会拯救来到这里的凡人们，还有普天下那些在贫民窟中生存的蝼蚁们。

凯伊·贡达： 就比如刚刚来这里的男孩儿吗？

希克斯： 对，就比如那个男孩儿。他只是一个象征而已，他也将牺牲。

凯伊·贡达： （慢慢地说道）那我需要去做什么呢？

希克斯：坦白你的罪行，向公众忏悔，向众人说出真相，让全世界听到！

凯伊·贡达：就在今晚？

希克斯：就在今晚。

凯伊·贡达：但是这么晚了，也找不到"众人"了。

希克斯：是很晚了……（绞尽脑汁想着）听着，现在很多人都聚集在一个罪恶的教堂，在六个街区以外。那是一个恐怖的地方，属于一个据我所知最卑鄙的女人。我带你过去，我们会给她一个大礼物——她从未想象过的轰动效果。你向她的信徒忏悔，她会揽走这个功劳，她会因此出名。唉，她真是不值得获得这样的荣誉。

凯伊·贡达：那么，这个也是牺牲的一部分么？

希克斯：当然是。

（凯伊·贡达站了起来。她走到门口，用钥匙打开锁，推开门。然后她朝希克斯转过身去，把钥匙扔到他的脸上。他被砸了一下，而她却跑了出去。他一动不动地站着，垂头丧气）

（幕落）

第二场

屏幕上依旧投影一封信,字体清晰、干练、讲究。

亲爱的贡达小姐:

我拥有人生在世所渴求的一切。我什么都经历过了,所以感觉好像刚看完一场三流垃圾电影,行走在脏乱的小巷。我没有选择死亡的唯一原因,就是我的生活已经如同坟墓般空虚,死亡对于我来说已经不很新奇。我任何时候都可以迎接死亡,没有人——甚至包括现在写下这些字的人——都不会觉得有任何不同。

但是在我离开人世之前,我希望尽我未尽的愿望,我将向你致以我最终的敬意。在你身上,我看到我想要的世界。将死之人向您致意[1]!

迪特里西·冯·伊斯哈齐

加利福尼亚,贝弗利山,贝弗利日落宾馆

---

[1] 此处为拉丁语,引自苏维托尼乌斯所著《罗马十二帝王传》一书。——译注

灯光关闭，屏幕撤下，舞台上是迪特里西·冯·伊斯哈齐的套房中的会客厅。房间很大，奢华到极致，装潢摩登、简约。一扇宽敞的大门设在左墙，右墙靠舞台前部的地方有一扇较小的门通往卧室。透过左侧的大窗户，可以俯瞰公园的夜景。右侧靠后部有壁炉。屋里亮了一盏台灯。

大幕拉开，迪特里西·冯·伊斯哈齐和拉萝·詹斯一同推门进来。迪特里西·冯·伊斯哈齐四十出头，身材高瘦，似乎由于穿了一身礼服而显得显赫高雅。拉萝·詹斯则是一个不一般的女人，把自己隐藏在一件华丽的睡袍和貂毛围巾里，她步履蹒跚地走着，精疲力竭地倒在舞台后部的沙发上。她伸展着双腿，显出倦怠的娇媚。迪特里西·冯·伊斯哈齐默不作声地跟在她身后。她示意他帮她把围巾拿走，但他没有靠近，也没有看她。她耸耸肩，把围巾向后一甩，从她赤裸的胳膊上滑了下来。

拉萝：（懒洋洋地看着她身边桌子上放的表）才两点啊……亲爱的，我们真的没有必要那么早走……（伊斯哈齐装作没有听见，不作声。他并不持敌意，但是很冷漠。他走到窗边，倚着窗陷入了沉思，对拉萝毫不理睬。她打了个哈欠，点上一支烟）我想回家……（没有回应）我说我想回家……（卖弄风情地）当然了，如果你坚持……（伊斯哈齐不作声。她耸了耸肩，坐得更舒服了些。她一边看着自己吐出来的烟雾，一边慢慢地说）瑞吉，我们必须得回热水镇[1]去。这次我会放在暗黑酋长那儿的。很有把握……（伊斯哈齐不作声）对了，瑞吉，我司机的工钱昨天就该给了……（转身看着他，有点不耐烦）瑞吉？

伊斯哈齐：（突然回过神，猛地转过身，礼节性地答道）亲爱的，你刚刚说了什么？

拉萝：（不耐烦地）我刚刚说，我的司机的工钱昨天就该给了。

伊斯哈齐：（相当心不在焉地）哦，好，我知道了。我会弄的。

拉萝： 瑞吉，你怎么了？不就是我输了点钱吗？

伊斯哈齐： 亲爱的，不是的。你晚上玩儿得挺开心的，我也很开心。

拉萝： 不过你现在肯定觉得我不是玩轮盘赌的好手。如果我们没有这么早回来的话，我一定可以赢回来的。

伊斯哈齐： 我错了，我刚才太累了。

---

[1] 西班牙语地名，因只加利福尼亚州就有众多以"热水"为名的地方，故具体是其中哪个不可考证。——译注

拉萝：而且，一千零七十块算什么？

伊斯哈齐：（站着看她。他突然浅浅一笑，像是做了一个决定。然后他伸手从兜里掏出一个账本，递给她）你可以看看这个。

拉萝：（满不在乎地接过本子）这是什么啊？银行给的？

伊斯哈齐：看看在银行里……还剩多少。

拉萝：（低头看本子）三百六十美元……（一目十行地浏览完所有存根）瑞吉！你竟然是从这个账户里划的那张一千块的支票！（他笑着，默默点头）你明早必须立刻从别的账户上把钱汇过来。

伊斯哈齐：（不紧不慢地）我已经没有别的账户了。

拉萝：你什么意思？

伊斯哈齐：我没有钱了，我的所有钱都在你那里了。

拉萝：（她懒散的模样烟消云散）瑞吉！你开玩笑的吧！

伊斯哈齐：亲爱的，我没有开玩笑。

拉萝：但是……但是这可不是闹着玩！这……这不可能！我们会……预先知道的啊……我们应该知道的。

伊斯哈齐：（镇定地）我是知道的，我两年来一直知道，但是不到最后一刻，运气是不会消失的。我们总有东西可以变卖、抵押、借贷，总有人乐意借给我们钱，但是现在情况变了，我们现在一无所有。

拉萝：(愕然) 可……可钱都去哪里了呢？

伊斯哈齐：(耸耸肩) 我怎么知道？剩下的那些东西，内在的东西，你人生起步之初的那些东西，又去哪儿了呢？开销？十五年真的是一段不短的时间。从奥地利被驱逐出来的时候，我的口袋里有数百万家产，但是剩下的——剩下的，我想，当时就已经消失了。

拉萝：听起来很美！可我们该怎么办？

伊斯哈齐：我不知道。

拉萝：但是明天……

伊斯哈齐：明天，迪特里西·冯·伊斯哈齐伯爵会被要求解释一笔坏账。可能会。

拉萝：都到这个时候你还笑得出来！你觉得这很好玩吗？

伊斯哈齐：我觉得很神奇……第一位迪特里西·冯·伊斯哈齐伯爵在耶路撒冷的城墙下战死。第二位在城堡的断壁残垣中咽气，至死对国家忠贞不渝。最后一位迪特里西·冯·伊斯哈齐伯爵在通风不佳的赌场开了一张空头支票……这真的很神奇。

拉萝：你说什么呢？

伊斯哈齐： 我在说一件怪异的事情——灵魂的堕落。日子一天一天地过去，灵魂却一步一步离你远去，就好比你的裤兜漏了个洞，硬币从里面掉出去一样，闪闪发光的小硬币，闪亮的，发着光的，再也找不回来。

拉萝： 我不能理解你说的！怎么变成我的事了？

伊斯哈齐： 我仁至义尽了，拉萝。我警告过你。

拉萝： 但是你不能像个白痴似的袖手旁观，任由事情……

伊斯哈齐：（温柔地）不瞒你说，我希望事情像现在这样。几个小时以前我全是麻烦事，就像一张密实的大网，我太累了，我不想去解决这些纷繁的问题。现在我解脱了。我解脱了，因为我无能为力了。

拉萝： 你难道一点都不在乎吗？

伊斯哈齐： 如果我还在乎的话，我就不会像现在这样恐惧。

拉萝： 所以你现在很恐惧吗？

伊斯哈齐： 我倒想呢。

拉萝： 那你为什么不做点什么呢？打电话给你的朋友们啊！

伊斯哈齐： 亲爱的，他们的反应一定跟你一样。

拉萝：你倒怪起我来了！

伊斯哈齐：我没有怪你啊，我反倒感谢你呢。你让我的未来变得简单了很多——如此简单。

拉萝：哦天呐！那我怎么还能开得起凯迪拉克？还有我记到你账上的珠宝首饰？还有……

伊斯哈齐：还有酒店的钱，花工的钱，还有上次开派对的开销，以及给克莱特·多赛买的貂皮大衣。

拉萝：（一跃而起）你说什么？！

伊斯哈齐：亲爱的，你真的认为你是……唯一？

拉萝：（怒视着他。她几乎要尖叫起来，但是她笑了，痛苦地、挑衅地笑着）你觉得我真的在乎吗——现在我还会在乎吗？你难道认为我现在会倒在你怀里哭吗，你现在就是一个一无是处的……

伊斯哈齐：（轻声说）那么难道你不认为你现在应该回家吗？

拉萝：（愤怒地系上围巾，冲到门口，猛地转身）你想清楚了给我打电话。我会接你电话的——你最好明天就打。

伊斯哈齐：如果我还在这里的话——明天。

拉萝：什么？

伊斯哈齐：我说，如果我还在这儿的话——明天。

拉萝：我不懂你什么意思，你是说你要逃跑还是别的什么。

伊斯哈齐：（肯定地）还是别的什么。

拉萝：你少来这出！（出门，把门猛地砸上）

（伊斯哈齐一动不动地站着。忽然他轻轻战栗，像是在平复心情，而后他耸耸肩，回到了右侧的卧室里，没有关门。此时电话铃响，他走出来，正装外衣换成了整洁的休闲夹克）

伊斯哈齐：（接起电话）喂？……（惊奇地）都这么晚了有人来找？她叫什么？……她不愿意透露名字？……好吧，让她上来吧。（挂断。他点起一支烟，有人敲门，他微笑着）请进！

（凯伊·贡达推门进屋。他脸上的微笑不见了，一动不动。他站起来，看着她，两支手指夹着烟放在嘴边。他唯一的动作是一甩手腕把烟头丢在了一边——然后冷静地深深鞠躬）

贡达小姐，晚上好。

凯伊·贡达：晚上好。

伊斯哈齐：你刚刚是戴了面纱还是墨镜？

凯伊·贡达：什么？

伊斯哈齐：希望楼下的伙计没有认出你来。

凯伊·贡达：（突然笑了，从口袋里掏出一副墨镜）我戴了墨镜。

伊斯哈齐： 好主意。

凯伊·贡达： 什么？

伊斯哈齐： 你过来藏身，主意不错。

凯伊·贡达： 你怎么知道？

伊斯哈齐： 因为只有你会这么做，因为只有你会敏感地意识到我给你写的信是我一辈子唯一一封真诚的信。

凯伊·贡达：（看着他）真的吗？

伊斯哈齐：（毫不掩饰地打量着她，很平常地说）你比电影里看起来高——而且看起来很不真实。你的头发比我想象的还要金黄，声音也高一些。可惜的是电影里都看不出你口红的深浅。（语气变了，温柔地、自然地）我是你的忠实影迷，就让我们坐下来休息一会儿吧，忘记这些烦心的事情。

凯伊·贡达： 你真的愿意我待在这里吗？

伊斯哈齐：（看看房间）这个地方还是挺舒服的，小风透过窗户吹进来。虽然楼上的人有的时候有些吵闹，但他们平时还是不会打扰到邻居的。（看着她）我可能忘记告诉你，你能光临我真是太开心了。我很少遇到这样的事情，我都不习惯了。

凯伊·贡达:（落座）谢谢。

伊斯哈齐: 你为什么谢我?

凯伊·贡达: 为你忘记告诉我的事。

伊斯哈齐: 你知道吗,是我得谢谢你。不仅感谢你光临,而且要感谢你在众多夜晚中选择了今晚来。

凯伊·贡达: 为什么?

伊斯哈齐: 也许你活着就是为了拯救我。(顿了顿) 很久以前——不不,这样说是不是很奇怪?——差不多只是几分钟以前——我打算自杀。不,你不要那样看着我,这并不可怕。可怕的是我已经彻底漠然了,漠然面对死亡,甚至于漠然面对自己的漠然。然后你来了……我也许可以把这当作恨你的理由。

凯伊·贡达: 我觉得是的。

伊斯哈齐: (突如其来的激情,让人无法预料) 我不想重拾希望,我早已戒掉希望,但是现在我又看到希望了,因为你的到来,因为我经历了这世上独一无二的事。

凯伊·贡达: 你说你忘记告诉我你见到我很开心了,那你还是最好不要说吧。我不想听。我总是听到人这样说,但是我不相信这样的话。而且我也不觉得我今晚就会相信。

伊斯哈齐：其实你一直是相信的。这是一种无法治愈的疾病——相信人性的光明。我想让你否认它，我想让你毁掉内心对它的饥渴，让你不再追求除了干瘪朽烂之外的任何东西，因为旁人都以世间的干瘪朽烂为生，但是我做不到，因为你做不到。这是你身上的诅咒，我也同样。

凯伊·贡达：（怒火中烧地恳求道）我不想听！

伊斯哈齐：（坐在座椅扶手上，温柔地轻声说）当我还是孩子的时候——当我还是小孩子的时候——我以为我的前途无量，我为我的光明未来感到激动万分……（耸耸肩）每个人的童年都是这样。

凯伊·贡达：每个人？

伊斯哈齐：几乎是这样，尽管不完全是。

凯伊·贡达：（突然精神崩溃地，急切而信任地）我在很小的时候见过一个人。他站在山顶的一块巨石上，张开双臂，身体后仰。他就像天地间的一张大弓。他一动不动地站着，紧绷着，像一根弦，弹奏着这世间从未有过的狂喜之声……我不知道他是谁，但是我知道这是我想要的生活……（她的声音渐渐消失）

伊斯哈齐：（急切地问）然后呢？

凯伊·贡达：（声音变了）然后我回到家，我母亲把晚餐端上桌。她很开心，因为烤肉的汁很多。然后她祈祷，感谢上帝的恩赐……（一跃而起，愤怒地转向他）你不要听我说话！你不要那么看着我！……我试过否认，我也觉得我应该闭上眼睛，承受这一切，过和常人一样的生活。我努力让自己和旁人一样，我努力让自己忘记这些。我承受了所有，所有，但是我忘不掉那个在巨石上的人，我忘不掉！

伊斯哈齐：我们永远都忘不掉。

凯伊·贡达：（急切地）你理解我说的了？不是只有我如此？……天呐！我一定不是唯一的一个！（突然轻轻地说道）那么你为什么要放弃？

伊斯哈齐：（耸耸肩）别人为什么要放弃？因为我所追求的永远不会到来。我得到的是什么？赛艇、赛马、赌场，当然还有女人——全都是弯路——全都是一时的快乐。这些不是我想要的。

凯伊·贡达：（温和地）你确定吗？

伊斯哈齐：我没有机会改变，但是如果它真的会到来，如果我有一点点机会，一个最后的机会……

凯伊·贡达：你确定吗？

伊斯哈齐：（盯着她，毅然决然地走到电话旁，拿起了听筒）我找哥拉斯顿2-1018……喂，卡尔？……是关于巴拿马女皇号上的两间特等舱，你之前跟我说的——你还想转给别人吗？是的……是的，我需要……早上七点半？……到时见……我明白……谢谢。（挂断电话。凯伊·贡达疑惑地看着他。他镇静地对她说）巴拿马女皇号早上七点半驶离圣佩德罗[1]，去巴西。巴西不会引渡嫌疑犯。

凯伊·贡达： 你想做什么？

伊斯哈齐： 我们一起逃吧。我们都犯法了——我们。我现在有奋斗目标了，我的前辈如果看到我一定会嫉妒的。因为我现在的追求就是这个世界，真实、鲜活、近在咫尺。他们一定不懂我。这是我们的秘密，天知，地知，你知，我知。

凯伊·贡达： 你还没有问我愿不愿意走呢。

伊斯哈齐： 我不用问。如果我需要问的话——那么我一定没有权利拉上你一起走了。

凯伊·贡达： （淡淡一笑，然后说）我想告诉你。

伊斯哈齐： （定住了，真诚地看着她）你说吧。

凯伊·贡达： （盯着他，她的眼神里充满了信任，她的

---

[1] 美国港口。——译注

声音小得好像耳语）我愿意跟你走。

伊斯哈齐：（与她对视，然后好像故意掩饰互相的诚意一样，看了看表，随意地说）我们还有几个小时。我去把壁炉点上吧，这样我们就能暖和点。（他一边走向壁炉，一边开心地说）我要带上一点东西……你也拿上在船上需要的吧……我没有太多钱，但是我在黎明前可以弄到几千块……我不知道从哪里要，现在还不知道，但是我会弄到的……（她在火旁的椅子上坐下，他坐在她脚边，看着她）巴西的太阳很毒，希望不会晒伤你的小脸蛋。

凯伊·贡达：（兴高采烈地，像少女一样）我总是被太阳晒伤。

伊斯哈齐：我们要在丛林里盖一个房子，不过我觉得砍树是个尴尬的事儿——我没有砍过树。我会学会的。然后你要学做饭。

凯伊·贡达：我一定会学的。如果我们需要，我什么都会学的。我们的生活从头开始，我们的日子要从世界的起源开始过起——我们的世界。

伊斯哈齐：你不害怕吗？

凯伊·贡达：（温柔地笑着）我很害怕，但是我也从来没有这么开心过。

伊斯哈齐： 我们要辛勤地工作，你的手……你的手也不会像今天这样白皙……（他捧起她的手，又赶紧放下。他突然变得很严肃、很做作）我只是你的建筑师，你的侍从，你的看门狗——我不会觊觎我不应得的东西，除非到了那一步。

凯伊·贡达： （盯着他）你在想什么？

伊斯哈齐： （心不在焉地）我在想明天的黎明，我在想我们的未来……很远很远……

凯伊·贡达： （开心地）我想住在海边，或者在河畔。

伊斯哈齐： 你的房间伸出去一个大阳台，下面就是波光粼粼的水面，可以看日出……（不情愿地）晚上，皎洁月光泻进房间……

凯伊·贡达： 我们不要有邻居……没有……方圆几里都没有人……没有人会看我……更没有人花钱看我……

伊斯哈齐： （低声说）我不会让任何人看你的……清晨你可以在海里游泳……碧绿如翡翠的海水……黎明的第一束阳光照在你的身上……（他站起来，弯腰在她耳边低语道）然后我会把你抱回家……抱到山上……

（他抓住她，疯狂地亲吻她的嘴，她很顺从。他捧起她的脸，亲昵地轻轻笑着）这就是我们即将迎来的生活，对不对？你不用再装了。

凯伊·贡达：（困惑地）你说什么？

伊斯哈齐：为什么要装得像两个大人物一样呢？我们跟别的男女一样。（又贴到她脸上要吻她）

凯伊·贡达：放开我！（她把他推开）

伊斯哈齐：（放肆地笑着）我放开你，你去哪里呢？你无处可逃！（她怀疑地紧盯着他，神情惊愕）这么说吧，迟早都要来的，那么是今天还是以后，有什么区别呢？我们为什么要搞得这么复杂？（她冲向门口，被他一把抓住。她尖叫，却被伊斯哈齐的手捂住）你别乱动！不许喊！……你这是杀头的罪啊——否则……（她歇斯底里地笑了起来）小声点！……我凭什么在意你以后怎么看我？……我为什么要在乎明天？

（她挣脱出来，跑到门口，逃走了。他站着一动不动。他听到她的笑声，洪亮、放肆、渐行渐远）

（幕落）

第三场

屏幕上投影着一封信,字体有棱有角、歪歪斜斜。

亲爱的贡达小姐:

我在抬头写了你的名字,其实这封信是写给我自己的。

我一边写一边想,读这封信的女人是世界尚存的唯一证明,也是唯一有胆量担起这一责任的人。她不是那种发几个小时的呆,空想着伟大的荣耀,然后立刻回归到柴米油盐酱醋茶的现实生活的人。她无时无刻不在追寻这样的荣耀。她的生活不被诅咒困扰,不为妥协所累,她的生活是一首赞美诗。

只要我知道这样的一个她存在,我就可以什么都不要。所以我在给你写这封信,尽管你可能不会看到,或者即便看完却一头雾水。我不知道你是谁,我在给我想象中的那个你写信。

强尼·道斯

加利福尼亚,洛杉矶,缅因大街

灯光熄灭，屏幕撤下，舞台上是强尼·道斯的阁楼。房间破败不堪，天花板低矮、倾斜，脏乎乎的墙面上有些地方石膏已经剥落，显露出断裂的横梁。这种家徒四壁的景象甚至让人觉得这里无人居住，好像属于另一个奇异的、不可捉摸的世界。右侧的墙边有一张窄窄的行军床，屋里还有一张破桌子，椅子就拿几个箱子凑合。左侧舞台的后部有一扇半掩着的门。中间的墙上是一扇大窗子，被窗格隔成棋盘状的一块一块。透过窗户可以俯瞰洛杉矶的天际线，在摩天大楼暗影的夹缝间，露出黎明的淡粉色天空。大幕拉开，舞台上空无一人，漆黑一片。观众基本上看不到房间，只能模模糊糊地看到窗外的景象。窗外的景致占了舞台的主要部分，所以观众没有注意到房间，好像舞台上只有城市和天空。（在这一场中，天空逐渐变亮，粉色的曙光带越来越宽、越来越高。）

台阶上传来脚步声。门缝里投射出颤颤巍巍的微光。门开了，凯伊·贡达走了进来。她身后跟着莫那亨夫人，是一位年迈的女房东。莫那亨夫人把蜡烛放在桌上，因为爬楼梯而气喘吁吁，她疑神疑鬼地打量着凯伊·贡达。

莫那亨夫人：就是这里了。

凯伊·贡达：（扫视房间）谢谢。

莫那亨夫人：你是他的家属，对吗？

凯伊·贡达：不是。

莫那亨夫人：（充满敌意地）是啊，我早都猜到了。

凯伊·贡达：我之前都没有见过他。

莫那亨夫人：我只是想告诉你他不是什么好人，他是个孬种，一点不假。他从生下来就没干过正事儿，从来不交房租，但凡找到一个工作，不出两周准被炒鱿鱼。

凯伊·贡达：他什么时候回来？

莫那亨夫人：随时——或者永远都不回来，我就知道这么多。他整夜都在闲逛，天知道他在哪儿。他就是个走街串巷的闲散游民，回来的时候还醉醺醺地像个……哦他还真不会醉醺醺的，因为他不喝酒。

凯伊·贡达：我会等他的。

莫那亨夫人：随你便啦。（机灵地看了她一眼）莫非你要给他个工作干？

凯伊·贡达：没有，我没有雇他。

莫那亨夫人：他又被开除了，三天之前。在这之前他是个酒吧的服务员，相当不错的工作。他干长了吗？

当然没有，就像他当苏打水销售员或者路易汉堡店的伙计一样，他又被炒了鱿鱼。他不靠谱，我只好这么跟你说了，我了解他，比你了解他。

凯伊·贡达：我一点都不了解他。

莫那亨夫人：我也不能怪他的老板什么，因为他确实是个怪胎。他不笑，从来不会逗人开心。（鬼鬼祟祟地）你知道路易汉堡店的老板跟我说什么吗？他说，"自负的小混混"。他还说，"有他准没好事"。

凯伊·贡达：路易汉堡店的老板真这么说？

莫那亨夫人：那可不。（鬼鬼祟祟地）你知道吗？他上过大学呢，就这个孩子。你看看他现在做的这些工作，真是让人想象不到，但是他真上过大学。天知道他在大学里学了啥，不过肯定没学好。而且……（住口，侧着耳朵听，楼梯上传来了脚步声）他回来了！没有人会搞到这么晚才回家的。（走到门口）你好好想想吧，没准你能帮帮他。（离开）

（强尼·道斯进了房间，他不到三十岁，身材高瘦。他面容憔悴，颧骨凸出，嘴边带着狠相，目光炯炯。他看着凯伊·贡达，直直地站着。他俩你看我，我看你）

强尼：（声音里没有惊恐或是迟疑，毫不慌张、不紧不慢地)晚上好,贡达小姐。

凯伊·贡达:(她仍然盯着他,她的声音反而听起来十分惊讶)晚上好。

强尼:请坐吧。

凯伊·贡达:你不想让我待在这儿。

强尼:你已经在这儿了。

凯伊·贡达:你没有问我为什么来。

强尼:你已经来了。(坐下)

凯伊·贡达:(她突然走近他,用手捧起他的脸)怎么了,强尼?

强尼:没什么——真的。

凯伊·贡达:看来你见到我不太开心。

强尼:我知道你会来的。

凯伊·贡达:(她走到一边,疲乏地坐在行军床上。她看着他,微微一笑;她的笑容既不开心,也不真诚)大家都说我是个明星,强尼。

强尼:是的。

凯伊·贡达:他们说我拥有一个人想要的一切。

强尼:你认为是这样吗?

凯伊·贡达:不。可你是怎么知道的?

强尼：你怎么知道我知道？

凯伊·贡达：你说话的时候总是这样毫不畏惧，是吗，强尼？

强尼：不，我总是畏惧，经常畏惧。我也经常不知道该说什么——不过现在还好。

凯伊·贡达：我是个坏女人，强尼。你听说的关于我的一切传言都是真的。一切的一切——乃至更多。我来是要告诉你，你不要认为我是像你信中所说的那样的人。

强尼：你来是告诉我，我在信里写的一切都是真的，一切的一切——乃至更多。

凯伊·贡达：（轻轻地苦笑着）你真是不开窍啊！我不会怕你的……你知道我一周挣两万美元吗？

强尼：嗯。

凯伊·贡达：你知道我有五十双鞋和三个管家吗？

强尼：差不多。

凯伊·贡达：你知道我的电影红遍了全世界的每个角落吗？

强尼：嗯。

凯伊·贡达：（暴怒地）不要再那么看着我！……

你知道影迷每年花好几百万美元来看我的电影吗？我不需要你再回答我了！我的影迷足够多了！我对于他们来说非常重要！

强尼：你对于他们来说什么都不是。你自己心里是清楚的。

凯伊·贡达：（用近乎憎恨的眼神看着他）我以为我清楚——一个小时以前。（转身面对着他）你为什么不请求我给你些什么呢？

强尼：你觉得我应该请求你给我什么？

凯伊·贡达：你为什么不请我在电影界给你找个工作之类的呢？

强尼：我唯一需要你给我的东西，你已经给我了。

凯伊·贡达：（看着他，干笑着，她的声音变了，是她从未有过的大众化的声音）听着，强尼，我们不要再互相隐瞒了。我跟你摊牌吧。我杀了人，窝藏嫌犯风险很大。你为什么不把我轰出去呢？（他坐着不回答）为什么呢？你不能那样做吗？那么好，看着我，我是你见过的最漂亮的女人。你为什么不跟我上床呢？为什么呢？就现在啊，我不会反抗的。（他毫无反应）你连这个都不会做吗？那好，你知道我的悬赏金是多少吗？

你为什么不报警,把我交给警察呢?那么多钱够你用一辈子。

强尼:(温柔地)我觉得你不幸福。

凯伊·贡达:(走到他身边,跪下)救救我,强尼!

强尼:(在她面前跪下,把手放在她的肩膀上,温柔地)你为什么来这里?

凯伊·贡达:(抬起头)强尼,如果你们去看我的电影,倾听我的台词,然后崇拜我——谁又可以让我倾听?谁可以让我倾听,让我的生命得以延续?我希望在有生之年能够看到,我创造出的幻象变成真实而鲜活的荣耀。我要那些幻象成真!我想要知道还有其他人也在追逐同样的东西!否则,为了一个不可能的愿景不断地眺望、奋斗、燃尽生命又有什么意义呢?一个人的灵魂也是需要燃料的。精神也会枯竭。

强尼:(他站了起来,把她领到行军床前坐下,自己站在她面前)我只想告诉你:只有少数人看懂了你的电影。这些人赋予了生命真正的意义。其他人——其他人就是你看到的,凡夫俗子而已。你肩负着责任。你要活下去。你只需要活在这世上,让他们看到你可以存在在这世间。你要奋斗下去,尽管一切都是徒劳的。我们不能把世界让给其他那些人。

凯伊·贡达：（温存地看着他）你是谁，强尼？

强尼：（惊恐地）我？……我——什么都不是。

凯伊·贡达：你从哪里来？

强尼：我曾经也有父母和家庭，但是我不记得了……我不记得在我身上发生过的事。我的过去不值得记住。

凯伊·贡达：你有没有朋友？

强尼：没有。

凯伊·贡达：你有没有工作？

强尼：有……不，没有。我三天之前被解雇了，我差点忘了。

凯伊·贡达：你以前住在哪儿？

强尼：很多地方，我数不清了。

凯伊·贡达：你会憎恨你身边的人吗，强尼？

强尼：不会，我从不在意他们。

凯伊·贡达：你的梦想是什么？

强尼：不知道。有梦想又能怎么样呢？

凯伊·贡达：那么活着又能怎么样呢？

强尼：我觉得不能怎么样，但这是为什么呢？

凯伊·贡达：因为人们没有梦想。

强尼：不对，因为人们只有梦想。

凯伊·贡达：你是不是很不幸福？

强尼：没有吧……你不要再问我这样的问题了。我没法给你一个合适的回答。

凯伊·贡达：有一位伟人曾经说过："我爱那些只知道为没落而生活的人。"[1]

强尼：（轻声说）我觉得我就不应该降生在这世上。我没有抱怨。我不惧怕，我也不后悔，但是我总是想死。我不想改变这个世界——我也不想融入它，不想融入世界如今的面貌。我不曾拥有你手中的武器。我甚至不曾拥有寻找武器的愿望。我想平静地、自愿地离去。

凯伊·贡达：我不要听你这样说。

强尼：总有些东西让我不得不继续活着，总有些东西必须在我离开人世之前到来。我希望经历属于我自己而不属于任何人的一刻，这一刻应当与别人的快感无关。这是癫狂的一瞬，纯粹、绝对，以至于不应该存在……他们从未给予我生命，所以我总是希望我能选

---

[1] 断章取义自德国哲学家尼采所著《查拉图斯特拉如是说》。——译注

择死亡。

凯伊·贡达：不要么说。我需要你。我在这里。我不会让你死。

强尼：（顿了顿，用怪异的眼神看着她，他的声音干瘪、平淡）你？你是个杀人犯，一个会被逮捕，然后送上绞刑架的杀人犯。

（她惊讶地看着他。他走到窗前，站着向外看。窗外，天空已经明亮了起来，太阳即将升起。光线在摩天大楼的黑色剪影之间形成光晕。他没有转身便突然问道）

你真的杀了他？

凯伊·贡达：我们还是不要提这个了吧。

强尼：（没有转身）我知道格兰顿·塞尔斯，我在圣芭芭拉的高尔夫俱乐部当过他的球童。他不太好相处。

凯伊·贡达：他很不幸福，强尼。

强尼：（转过身来）有人在旁边吗？

凯伊·贡达：你说什么？

强尼：你杀他的时候。

凯伊·贡达：我们一定要讨论这个吗？

强尼：我必须得知道。有人看到你杀他吗？

凯伊·贡达：没有。

强尼：警方有证据证明是你杀的人吗？

凯伊·贡达：不能，除非我招供，但是我不会招的，我也不会对你承认的，至少现在不会。不要再问我了。

强尼：悬赏金是多少钱？

凯伊·贡达：（愣了一下，用奇怪的口吻说）你刚刚说什么，强尼？

强尼：（一字一顿地）我刚刚问你，悬赏金是多少钱？（她盯着他）算了。（他走到门口，把门推开，喊道）莫那亨夫人！过来！

凯伊·贡达：你要干什么？（他没有理睬，也没有看她。莫那亨夫人慢吞吞地走到门口）

莫那亨夫人：（气愤地）你这是要干啥？

强尼：莫那亨夫人，你认真听。你下楼用你的电话报警，让他们立刻过来。告诉他们凯伊·贡达在这儿。你明白了吗？凯伊·贡达。快去吧。

莫那亨夫人：（惊愕地）明白了，先生……（慌张地离开）

（强尼关上门，朝凯伊·贡达转过身去。她试图冲向门口，可桌子恰好在二人之间。他打开抽屉，掏出一把枪）

强尼：别动。（她定住了。他退到门口锁上门，她无

力地站着)

凯伊·贡达：(目光落在别处,语调平淡、毫无生气地)把枪放下吧,我跑不掉的。(他把枪塞进口袋,倚着门站住。她背对着他坐下)

强尼：(轻声说)我们还剩下三分钟。我现在觉得我们什么都没有发生过,也不会再发生什么了。世界在一分钟以前停止了,而三分钟之后它会继续运转下去,但是当下——当下的这个暂停是属于我们的时间。你在这里,我看着你。我看到了你的眼睛——还有人们曾追逐的一切真理。(她重重垂下头)现在世界上没有别人,只有你我。你的身旁,只有这个世界,你呼吸着它的空气,你消融在其中,你听着我说的话,没有丑恶,没有痛苦……我从来不知道感激,但是现在我想对你说的一切都汇成三个字：谢谢你。你离开的时候,要记住我的这句感谢。你要记住——无论这里会发生什么……(她抱头抽泣着。他站起身,仰着头,闭上眼睛)

(楼梯上传来急促的脚步声,强尼和凯伊·贡达一动不动。沉重的敲门声。强尼转身把门锁打开,开门。警长带着两名警官走了进来。凯伊·贡达站起来,面对

着他们)

警长： 我的老天爷！(他们惊愕地看着她)

警官： 我还以为又是谎报军情。

警长： 贡达小姐，很高兴见到你。我们都快被搞疯了，因为……

凯伊·贡达： 把我带走吧，随你们处置。

警长： (向前一步)我们不得不……

强尼： (轻声地、有力地命令道，众人都看着他)离她远点。(警长停了下来。强尼转向警官，指着桌子说)坐，拿纸拿笔。(警官看看警长，警长困惑地点头。警官听话照做)照我说的写：(一字一顿地口述，毫无语气)我，强·道斯，承认在五月五日的夜里蓄意谋杀了加利福尼亚州圣芭芭拉的格兰顿·塞尔斯。(凯伊·贡达深深吸了一口气)我已经连续三个晚上没有回家，房东希拉·莫那亨可以作证。她也可以证明我五月三日被阿罕布拉宾馆辞退。(凯伊·贡达笑了起来。那是世界上最轻巧、最愉快的笑声)我一年前曾经在格兰顿·塞尔斯手下工作，是在圣芭芭拉的格林戴尔高尔夫俱乐部。我身无分文，走投无路，于是我计划在五月五日晚上以公开我掌握的信息为把柄敲诈格兰顿·塞尔斯。我拿枪顶着他，可他还是不满足我的要求，所以我开了枪。从圣芭芭拉回来的路上，我把枪扔到海里销毁了。我没有其他同伙，没有任何人牵连其中。(补充道)你写完了吗？拿给我看。(警官把供词递给他，他签了字)

警长：(不能理解他看到的一切)贡达小姐，这是怎么回事？

凯伊·贡达：(歇斯底里地)不要问我！我现在不能回答这个问题！不要跟我讲话！

强尼：(把供词交给警长)你现在可以放贡达小姐走了。

警长：你等等，别着急。我们还有很多事情没有解释。你是怎么进入塞尔斯家的？你又是怎么逃走的？

强尼：你现在知道的内容就足以判我死刑。

警长：你开枪的时候是什么时间？而且贡达小姐现在为什么在这儿？

强尼：你知道的够多了。你知道的足够保证贡达小姐不受牵连，我都招了。

警长：对，但是你必须能够证明。

强尼：它会站住脚的——即便我不去证明，尤其是在我不在这里进行证明的情况下。

警长：不错嘛，那跟我们走一趟吧。走。

凯伊·贡达：（向前一步）等等！你们必须得听我说，我有话要说。我……

强尼：（后退一步，从兜里掏出枪，朝众人晃晃）你们都不许动。（对凯伊·贡达说）不要动，不要说话。

凯伊·贡达：强尼！你疯了吧！不要，亲爱的！把枪放下。

强尼：（举着枪，对她微笑道）我听到你说的了。谢谢你。

凯伊·贡达：我还有话没跟你说！你不知道！我不会有事的！

强尼：我知道你不会有事的，你一定不会的。后退。不用害怕，我不会伤害任何人的。（她照做）我要你们看着我。你们以后可以跟你们的孙子孙女说，你们看到了你们再不会见到、他们也无法见到的奇迹——一个终极快乐的人！（把枪口对着自己，开枪，倒地）

（幕落）

第四场

凯伊·贡达住处的门厅，屋顶很高，大而无当，风格简朴、摩登。厅里没有配置任何家具，也没有装饰。后部是突起的长方形平台，平行地将房间分成两个部分，从平台上延展出来三级宽台阶与地面相连，高耸的方柱从台阶后部直伸至房顶。右侧靠前的墙上有通向其他房间的门。正面后墙由玻璃板制成，正门在墙的正中。房子外面怪石嶙峋，石头之间有条蜿蜒曲折的窄径，透过石头可以隐约看到沙滩，一望无垠的湛蓝大海、落日黄昏的火红天穹尽收眼底。门厅里光线很暗，只有落日的余晖。

大幕拉开，米克·瓦茨正坐在最高的一级台阶上，弯着身子凑近一位相貌温文尔雅的管家。管家坐在较低一级台阶上，身躯僵直，别扭地端着一个托盘，托盘里有一个斟满酒的高脚酒杯。米克·瓦茨的衬衫领扣没有系，领带也松脱着，头发蓬乱。他紧紧攥着一张报纸，神情镇静。

米克·瓦茨：（继续说话，显然已经说了很久。他语气没有抑扬，态度坦诚）……然后皇帝把他们都叫到宝座边上，说："我受够了。我受够了这个王国，这里的人民没有一个配得上我来统治。我受够了我光泽全无的王冠，它没有照射出这片土地应有的光辉。"……你瞧，他就是一个很愚蠢的皇帝。有些人呐喊、尖叫，就像皇帝一样，然后撞墙自尽；另外的人踟蹰向前，像追逐影子的狗，明知道影子是虚幻的，还是追赶着，追到心脏被挖空，爪子渗出血来……然后皇帝临终时对他们说——哦，这是后来的事了，这个时候皇帝已经快要死了——他说："这将是了结，但是我不会放弃希望。不会有了结，只要我永远……永远不放弃希望。"（突然看了一眼管家，好像刚刚看到他一样，指着他，用一种完全不同的声音问道）你他妈在这儿干吗？

管家：（起身）我可不可以说，先生，你一个小时十五分钟之前就开始说话了？

米克·瓦茨： 真的吗？

管家： 是的，先生。所以，请原谅我，我只是随意地坐在这里而已。

米克·瓦茨：（惊讶地）我的老天，你一直坐在这儿！

管家： 是的，先生。

米克·瓦茨： 啊，那你来这儿是干什么的？

管家：（把托盘举得近些）你的威士忌，先生。

米克·瓦茨：哦！（伸手去拿酒杯，但是他停了下来，晃晃被攥成一团的报纸，突然问道）你看这个了吗？

管家：是的，先生。

米克·瓦茨：（一把掀翻托盘，托盘翻倒在地，杯子摔得粉碎）快滚蛋！我他妈才不想喝威士忌！

管家：是你要我送来的，先生。

米克·瓦茨：那也给我滚蛋！（管家弯腰拾起托盘）滚出去！别来烦我！出去！我今天晚上不想看到任何贱人在这里晃来晃去！

管家：是，先生。（从左侧出去）

（米克·瓦茨把报纸展平，看了看，又恶狠狠地把它揉成一团。他听到门口的脚步声，立刻转过身去。弗雷德莉卡·塞尔斯在门外，匆匆迈向门口；她手里拿着一份报纸。还没等她来得及按响门铃，米克·瓦茨已经走到门口，打开门）

塞尔斯小姐：晚上好。

（他没有作声，闪身让她进来，关上门，默默站着，打量着她。她环视四周，目光停在了他的身上，神色不安）

米克·瓦茨：（一动不动）怎么？

塞尔斯小姐：这是凯伊·贡达的住处吗？

米克·瓦茨：正是。

塞尔斯小姐： 我可以见她吗？

米克·瓦茨： 不可以。

塞尔斯小姐： 我是塞尔斯小姐，弗雷德莉卡·塞尔斯小姐。

米克·瓦茨： 我不在乎你是谁。

塞尔斯小姐： 那你能不能告诉贡达小姐我在这儿？如果她在家的话。

米克·瓦茨： 她不在家。

塞尔斯小姐： 你预计她什么时候回来呢？

米克·瓦茨： 无可奉告。

塞尔斯小姐： 天呐，简直是荒唐！

米克·瓦茨： 确实。你最好给我出去。

塞尔斯小姐： 先生你说什么？！

米克·瓦茨： 她随时可能回来，我知道的。现在我们没什么好说的。

塞尔斯小姐： 天呐，你知不知道……

米克·瓦茨： 我知道的比你知道的多。我要告诉你的是你根本帮不上忙。所以你现在不需要见她。

塞尔斯小姐： 我能知道你是谁以及你在说什么事吗？

米克·瓦茨： 我是谁不重要。我在说——（把报纸展平）——这个。

塞尔斯小姐： 对，我也看了，我不得不说这报道莫名其妙，而且……

米克·瓦茨： 莫名其妙？岂止是莫名其妙！是荒谬至极！你看到的只是冰山一角！（把控住情绪，淡淡补充道）当然了，我也只看到了冰山一角。

塞尔斯小姐： 你听我说，我必须要把这事情搞个水落石出，否则这可就要乱套了……

米克·瓦茨： 是已经乱套了。

塞尔斯小姐： 所以我得……

（凯伊·贡达从外面回来，衣着与之前几幕相同。她很平静，但是很疲惫）

米克·瓦茨： 你回来了！我就知道你会这时候回来的！

凯伊·贡达：（用平缓的语气轻声说）晚上好，塞尔斯小姐。

米克·瓦茨： 贡达小姐，这是我两天来第一次可以松口气！想不到我见到你会这么开心！但是你得能理解……

凯伊·贡达：（漠不关心地）我知道。

塞尔斯小姐：你得能理解，事情的惊人转变实在超乎我的预料。你有理由躲着任何人，但是你没有必要躲着我。

凯伊·贡达：我没有躲着任何人。

塞尔斯小姐：那你去哪儿了？

凯伊·贡达：我出去了一趟而已，跟塞尔斯先生的死无关。

塞尔斯小姐：但是当你听到那些荒唐的传言说是你杀了人的时候，你应该赶紧来找我啊！那天晚上我嘱咐你，不要跟任何人透露我弟弟遇害的细节，我并没有假定你有嫌疑。我一直在尽可能联系你，请相信我，我没有散布关于你的传言。

凯伊·贡达：我从来都没有那样认为。

塞尔斯小姐：我想知道是谁散布的那些荒诞之辞。

凯伊·贡达：我也想知道。

塞尔斯小姐：所以我表示诚挚的歉意。你一定能明白，我从一开始就觉得我有责任说出真相，但是你也明白我为什么一直没有开口的机会。然而，现在一切都尘埃落定了，于是我来找你，我现在没有什么顾虑了。

凯伊·贡达：（漠然地）十分感谢。

塞尔斯小姐：（转身对米克·瓦茨说）小伙子，你可以告诉你那个扯淡的工作室，贡达小姐并没有谋杀我弟弟。你让他们看他写的绝命书，明天报纸上会登出来的。他说他不愿再活下去了，因为他的事业已经败落，而且他爱的唯一一个女人拒绝了他的求婚。

凯伊·贡达： 我很抱歉，塞尔斯小姐。

塞尔斯小姐： 我没有责备你的意思。（对米克·瓦茨说）圣芭芭拉警方知道一切详情，但是他们让我必须守口如瓶。我必须得封锁住我弟弟自杀的消息，因为我在谈判一桩兼并案……

米克·瓦茨： 兼并加利福尼亚联合石油。你不想让他们知道塞尔斯公司的窘况。不错的主意。我猜你现在已经把事情搞定，把加利福尼亚联合骗到手了。祝贺。

塞尔斯小姐：（惊愕地对凯伊·贡达说）这个古怪的小伙子怎么什么都知道？

米克·瓦茨： 看起来好像是的，对吧？

塞尔斯小姐： 那么，你究竟为什么要让大家都怀疑是贡达小姐杀了人？

凯伊·贡达： 塞尔斯小姐，你难道不觉得这是不让大家搞清真相的最好办法吗？已经过去了。这是过去的事了,过去的事情都让它过去吧。

塞尔斯小姐: 那是当然,不过我还有一个问题想问你,我完全被搞糊涂了。我觉得你可能可以解释。(指指报纸)就是这个。这个莫名其妙的故事……我没有听说过这个男孩儿,他饮弹自尽……还有那个不可思议的供词……这是怎么回事?

凯伊·贡达: (淡定地)我不知道。

米克·瓦茨: 什么?

凯伊·贡达: 我也从来没有听说过他。

塞尔斯小姐: 那么我只能认为这是个恶作剧,一定是有个心理变态的……

凯伊·贡达: 正是,塞尔斯小姐。一个心理变态的人。

塞尔斯小姐: (顿了顿)差不多了,贡达小姐,晚安。我会马上把我的声明发给报社,为你正名。

凯伊·贡达: 谢谢你,塞尔斯小姐。晚安。

塞尔斯小姐: (转身向门)祝你好运。在这次的不幸中,你表现得相当好,容我一句感谢。

(凯伊·贡达鞠躬还礼,塞尔斯小姐出门)

米克·瓦茨: (恶狠狠地)嗯?

凯伊·贡达: 米克,你回家好吗?我特别累。

米克·瓦茨： 你过得……

凯伊·贡达： 路上给工作室打电话，告诉他们我明天签合同。

米克·瓦茨： 你过得不错吧！你觉得挺好玩的，对吗！我算是受够了！

凯伊·贡达： 明早九点工作室见。

米克·瓦茨： 我受够了！天呐，我要辞职！

凯伊·贡达： 你自己都知道你不会辞职的，米克。

米克·瓦茨： 真他妈混蛋！你也知道，是吧！我干吗要一直给你当牛做马，而且还要继续给你当牛做马呢？我干吗要一直迁就你的那些鬼主意呢？我干吗明知道你没有杀人，还要去散布你谋杀的谣言呢？就因为你要弄清一件什么事情吗？那么，你弄清了吗？

凯伊·贡达： 嗯。

米克·瓦茨： 你弄清了什么？

凯伊·贡达： 我的上一部电影有多少人看？你还记得那个数字吗？

米克·瓦茨： 七千五百六十万零三百一十二人。

凯伊·贡达： 对，米克，七千五百六十万人都恨我。他们因为他们眼中的我而恨我，因为我象征着他们的背叛。

我对于他们而言什么都不是，我只值得被羞辱……但是还有剩下的三百一十二——或许只有那一十二个人。还有一些人崇尚最高的可能，他们不愿止步于某处，不愿以其他东西为生……我明天是为这些人签合同的。我们不能把世界让给其他那些人。

米克·瓦茨：（把报纸递到她眼前）那这是怎么回事？

凯伊·贡达：我已经告诉你了。

米克·瓦茨：那你就是个杀人犯啊，凯伊·贡达！你杀了那个男孩儿！

凯伊·贡达：不，米克，我没有杀他。

米克·瓦茨：但是那个蠢蛋觉得他得救你的命！

凯伊·贡达：他确实得救我。

米克·瓦茨：什么意思？！

凯伊·贡达：他自寻短见，我得以生存。事情就是这样。

米克·瓦茨：你难道没有意识到你做了什么吗？

凯伊·贡达：（目光穿过他的身体，不紧不慢地）米克，他该感激我的。

（幕落）

THINK TWICE

三思

序言

纽约的大萧条年代对于安·兰德而言也是一次经济挑战：她依靠《一月十六日夜》的收入过活，并为一些电影公司审剧本。因此，她只能抽空进行写作，但是她的创作依然颇有进展。一九三五年，她已经开始为《源泉》打草稿，并开始做撰写其所需要的建筑学准备工作。她发现《源泉》需要很长时间才能完成，于是在写作它的过程中，她几度停下来写些短作。一九三七年，她写成了中篇小说《一个人》(由新美国图书馆出版社出版了单行本)。一九三九年，她将《我们活着的人》改编成舞台剧版，并在百老汇以《胜利者》为标题上演(演出并不成功)。同年，她完成了她第三部，也是最后一部舞台剧作品，哲学谋杀悬疑剧《三思》，这部剧作没有登上舞台。

《三思》的写成要比《理想》晚五年。它的完成,以及它所表达出的文学元素、思想内涵,都意味着安·兰德已经准备好创作《源泉》了。剧作的主题是典型的安·兰德道德观:利他主义的罪恶,以及人对独立的自我存在的渴求。男主角不仅在本剧中终于超过了女主角的重要性,也鲜明地成为安·兰德作品中的经典形象。情节的节奏十分紧凑,富有逻辑,剧情转折相当有创造力。故事描述了一个利他主义者随心所欲行事,一心追求凌驾于他人之上的权力,结果成了众人希望除掉的对象。(故事中的苏联人在原剧中是一个德国纳粹;五十年代,兰德女士对剧本做了修改,把他改为了苏联人。)全剧的文风很流畅,不在场证明、动机和线索的设计也十分巧妙。从写作上来看,本剧体现了安·兰德风格的明晰,她对戏剧冲突的把握,以及她的思想和智慧。甚至,在本剧中第一次出现了科幻元素,这在后来成了《阿特拉斯耸耸肩》中约翰·高尔特发明的新式发动机。

安·兰德日后的小说所表现出的写作能力中,最令人震惊的就是她能够把情节和主题结合在一起。这样的能力在《三思》中初见端倪,即哲学与谋杀悬疑的结合。这不是一个普通的谋杀案演绎,因为它中间穿插了许多较为抽象和哲学的对话。当然，它也不是被各种无关紧要的琐事打乱的闲聊。这部剧作是思想和行为的统一：各个人物的思想都解释了他们的行为，行为也反过来强化和印证了那些哲学观点，哲学观点则使得这些行为变得举足轻重。这样就达到了思想深度和情节生动的无缝对接，这两大元素后来被称为"艺术性"和"娱乐性"。

十年之后的一九四九年八月二十八日，安·兰德在她的日记里写下了如下的话：

> "艺术性"和"娱乐性"的对立，也就是认为艺术性必然导致严肃、单一，而娱乐性则必然导致空洞、愚蠢，后者的享受是更佳的——这样的观点都来自违背人性的、利他主义的道德判断。如果上述的观点果然正确，那么好的(根据上述观点中艺术性的要求)就一定是枯燥乏味的，而不枯燥乏味的又一定是罪恶的，因为享受本身就是一种沦落，是应当摒弃的。所有的作品都应该以严肃性为必然追求，也就必须枯燥乏味，这样才能给读者以启发。如果一个作品以严肃的方式体察生活，那么它的枯燥乏味是必然结果，因为人的生活恰恰

就本应这样。一部娱乐的、给人以享受的剧作则不可能探索生活的深刻意义,它只能是肤浅的,因为生活不应以享受为目的。

兰德小姐写下这段话的时候应该并没有想到她早先的作品,但是这部剧作确实是她观点的一个实例。《三思》兼有艺术性和娱乐性,在娱乐大众的同时,深刻地挖掘了生活的内在含义。

我第一次看这个剧本是在二十世纪五十年代,当时兰德女士就在我身边,不时问我觉得谁是凶手。我猜遍了正确答案之外的所有选项。每次我做出猜测,兰德女士都灿烂地微笑着,然后说,"你要三思"。当我看完全剧的时候,她告诉我,只有了解她以及她的哲学思想,才能一下便猜到凶手。她又说,她没法写一系列谋杀悬疑作品,因为那样的话,每个人都会知道凶手是谁。"怎么知道的呢?"我当时问她。

现在试试看你们能否猜到凶手是谁。我把安·兰德给我的答复附在了剧本的结尾。

伦纳德·佩科夫

人物一览表(以及时间地点)

人物： 沃尔特·布雷肯里奇

库蒂斯

瑟奇·苏琴

哈维·弗莱明

托尼·戈达德

史蒂夫·英格尔斯

比利·布雷肯里奇

福来舍·科琴斯基

阿德莉安·诺兰

海伦·布雷肯里奇

格里高利·黑斯廷

迪克逊

地点： 康涅狄格州一处人家的客厅

时间： 第一幕，第一场——七月三日午后

　　　　第二场——当天晚上

　　第二幕，第一场——半小时后

　　　　第二场——次日清晨

Think Twice
Act
I

第一幕

第一场

七月三日午后，康涅狄格州一家人的客厅里。房间不小，虽然没有极尽奢华，但是这样的室内装潢既展示了这家人的财富，也说明了他们的品位。装潢相当富丽堂皇，富有殖民地风格的元素——一定是屋子的主人有意为之。所有的物件都很新，由于从未用过而闪闪发亮，就好像连价签都是刚刚摘下来的一样。

中央是巨大的法式窗户，向外可以看到远方的地平线，还有远处的大湖，只可惜阴沉的灰色天空实在大煞风景。舞台的右侧有几级台阶，通往一扇门；舞台前部也有一扇门,通向一楼的其他房间。入口在左侧,入口往舞台后部一点是一个壁炉,还没有用过,柴火整整齐齐地堆放着。壁炉上面挂着沃尔特·布雷肯里奇的大幅肖像。

大幕拉开,沃尔特·布雷肯里奇独自一人站在壁炉前。他年过半百,面色庄严,头发花白,相貌气质如同圣贤;他是那种很"人性"的圣贤:慈祥、高贵、幽默,还有点臃肿。他站着,手里拿着把枪,目不转睛地仰视着他的肖像。

过了一会儿,管家库蒂斯从右侧的门走了进来,抱着两个空花瓶。库蒂斯已经上了年纪,举止文雅。他把两个花瓶分别放在桌子上和橱柜里。布雷肯里奇没有转身,所以库蒂斯没有看到他手里的枪。

库蒂斯: 先生,有什么需要我帮忙吗?(布雷肯里奇没有反应)布雷肯里奇先生……(没有回应)有事吗,先生?

布雷肯里奇:(回过神来)哦……没有……应该没有……我只是在想……(他指指肖像)你说,几个世纪以后,人们会觉得他是一个伟大的人吗?(朝库蒂斯转过身去)库蒂斯,他跟我像吗?(库蒂斯看到了枪,倒吸一口气,后退了几步)你怎么了?

库蒂斯: 布雷肯里奇先生!

布雷肯里奇： 你这是怎么了？

库蒂斯： 先生，不要！不要！

布雷肯里奇： （惊奇地看着他，然后发现自己手里的枪，他哈哈大笑）哦，这个啊？……库蒂斯，不好意思，我忘记我还攥着枪了。

库蒂斯： 可是……

布雷肯里奇： 哦，我刚刚让人开车去火车站接夫人了，我不想让她看到车上有把枪，所以就把枪拿了出来。我们不能告诉她……我现在枪不离身的原因，我怕她担心。你明白了吗？

库蒂斯： 明白了，先生。抱歉，我刚刚被吓到了。

布雷肯里奇： 我不会怪你的，我也很讨厌枪。（走到橱柜前，把枪扔进一个抽屉里）真是可笑，说实话，我很害怕枪，但是我一点都不怕我在实验室里的那些危险品，放射性元素、辐射，都快可以把整个康涅狄格州夷为平地了。我从来没有感觉到半点恐惧，但是这个东西……（指指抽屉）你觉得是不是我太老了，所以有点……神经过敏？

库蒂斯： （责备地）您不算老！

布雷肯里奇： 岁月不饶人啊，库蒂斯，岁月无情！我不理解人们为什么要庆祝生日,每一次生日的到来都意味着我们离地狱又近了一步。但是我们还有很多事情要做。(看着肖像说)你刚刚进来的时候我就在思考这个问题,我是否在我的一生中完成了足够多的事?我做得够吗?

(瑟奇·苏琴走了进来。他今年三十二岁,脸色苍白,头发金黄,从他的面色和举止可以看出他是一个狂热的理想主义者。他衣着寒酸,但是打理得很整齐。他抱着一大捆鲜花)

啊,瑟奇……多谢……谢谢你这么帮忙。

瑟奇: 希望布雷肯里奇夫人会喜欢这些花。

布雷肯里奇: 她最喜欢花了,我们一定要摆上很多花……放在这儿,瑟奇……(指了指那些花瓶,瑟奇过去摆花)我们把花摆在这儿——还有这儿,橱柜上——在壁炉那里也摆上一些,放些就好。

瑟奇: (怀旧地)我们在莫斯科的时候,有好多好多漂亮的花。

布雷肯里奇: 别想了,瑟奇,有些事情还是忘记比较好。(对库蒂斯说)烟你弄好了吗?

(库蒂斯赶紧去装烟盒了)

瑟奇: (漠然地)有些事情一个人一辈子也忘不了。不过,不好意思,我不该提的,至少今天不该提的,对不对?今天是个好日子。

布雷肯里奇: 瑟奇,你说得对。今天对于我而言是个好日子。(指指椅子) 我觉得那个椅子的位置不对。库蒂斯,你能不能把它往这边挪挪? 对,靠近桌子一点。(库蒂斯照做) 这样就好多了,谢谢。我们需要保证万无一失,库蒂斯。我们今天来的都是贵宾。

库蒂斯: 是,先生。

(后台传来了柴可夫斯基的《秋之歌》,琴声悠扬。布雷肯里奇转身朝着声音传来的方向,有点恼怒地耸耸肩,对瑟奇说)

布雷肯里奇: 你今天会遇到很多有趣的人,瑟奇。我希望你好好跟他们聊聊,因为这样你会更了解我。朋友是了解一个人的最好手段。

瑟奇: (朝上看看那边的台阶,漠然地) 也不尽然吧。

布雷肯里奇: (朝台阶看看) 哦,史蒂夫吗? 你不用管史蒂夫,别让他坏了你的兴致。

瑟奇: (冷冷地) 英格尔斯先生,他不友好。

布雷肯里奇: 是啊,他一向如此,不过严格意义上讲,他不算是我的朋友,我们只是业务伙伴……合伙人而已,但是他对我相当有用。他是物理学的权威人物。

瑟奇：您太谦虚了，您才是权威。大家都这么认为。

布雷肯里奇：可能只有我不这么认为吧。

瑟奇：人们敬爱您，但是英格尔斯先生，他不是我们的朋友。在我们的心里，他没有一席之地。当今的社会里，你若不与人们为友，便难有作为。

布雷肯里奇：你说得对，不过——

（门铃响了，库蒂斯打开了门。哈维·弗莱明站在门外。他四十有余，身材高瘦，不修边幅。他看起来一点都不像一位"贵客"：很久没有刮胡子了，衣服也没有熨平。他拎着一个破旧的小旅行包在门口站住，闷闷不乐地打量着这间屋子）

库蒂斯：（鞠躬）先生下午好，请进。

弗莱明：（进屋，帽子也没有摘下，忧郁地把门"啪"地关上）比利到了吗？

库蒂斯：他到了，先生。

布雷肯里奇：（堆起满脸的笑容，向弗莱明走来）哎，哈维！欢迎你大驾光临啊。你可以见见——

弗莱明：（不耐烦地朝布雷肯里奇和瑟奇的方向点了点头）你们好。（对库蒂斯说）比利的房间在哪儿？

库蒂斯：这边走,先生。

(弗莱明没有理睬屋里的众人,从右侧的门走了出去)

瑟奇：(愤愤不平地)他这是怎么了啊?

布雷肯里奇：你别管他了,瑟奇,他一向不开心。(朝音乐传来的方向不耐烦地瞅瞅)我想叫托尼不要再弹了。

瑟奇：这个曲子不好听,不适合今天的场合。

布雷肯里奇：你去告诉他别弹了,好吗?

(瑟奇从右侧的门出去,布雷肯里奇继续布置着房间。这时音乐声停止了,瑟奇回到房间,托尼·戈达德跟在他身后。托尼还很年轻,身材高瘦,穿着得体。他有些激动,尽管他竭力掩饰这一点。布雷肯里奇高兴地说)

托尼,你有没有看到钢琴边上的唱机?为什么不去放一张伊冈·里克特的唱片呢?他弹这个曲子弹得挺不错的。

托尼：我放的就是那张唱片。

布雷肯里奇：哦,哦!那怪我。

托尼：我知道你不喜欢听我弹琴。

布雷肯里奇：我吗?托尼,我没有啊。

托尼：不好意思……(既无诚意,也非挑衅)我还没来得及祝你生日快乐呢吧?

布雷肯里奇：不是啊，你刚来的时候就祝福过了，挺好的。怎么了，托尼？我说真的呢！

托尼：唉，我就不该问，越问越糟。我总是这样。

布雷肯里奇：托尼，有什么不开心的事吗？

托尼：没有，没有。（无力地）男主人和女主人都去哪里了？

布雷肯里奇：（一脸堆笑）他们还没有到。

托尼：还没到？

布雷肯里奇：还没。

托尼：奇怪。

布雷肯里奇：怎么了？没什么好奇怪的。道森夫人让我统管一切事情——她是个好人，她想让我开心。

托尼：这难道不是很不寻常吗？——你为什么要在别人家里办自己的生日聚会呢？

布雷肯里奇：哦，因为道森夫妇是我的老朋友了——他们坚持要我用他们的宅子来庆祝生日。

托尼：这个房子可不老，他们好像都没有住过这里一样。

布雷肯里奇：房子是刚建的没错。

史蒂夫·英格尔斯：（在台阶的高处说）而且建得没什

么品位。

（英格尔斯四十岁左右，身材高瘦，总是凶巴巴的，表情难以预测。他看起来有用不尽的能量——然而他的形象和他的性格举止却有着天壤之别：缓慢，懒散，随随便便，漫不经心。他穿着简单的运动服，从台阶上懒洋洋地走下来，布雷肯里奇抬头看着他，尖声说）

布雷肯里奇： 史蒂夫，有必要吗？

英格尔斯： 没必要。他们本可以找个好一点的建筑师。

布雷肯里奇： 我不是这个意思。

英格尔斯： 别太直白，沃尔特。我怎么会不知道你的意思啊？（转身对托尼说）你好，托尼。你也在这儿？这在情理之中。我知道你是来弹琴的，不要钱的那种，是个人过生日都要讲讲排场。

瑟奇：（生硬地）这是布雷肯里奇先生的生日。

英格尔斯： 没错。

瑟奇： 如果你觉得你——

布雷肯里奇： 哎哎，瑟奇，史蒂夫，我们今天别这样好不好？尤其是道森夫妇来了之后，别再对这房子指手画脚。

英格尔斯： 是他们来了之后，还是如果他们来了？

布雷肯里奇： 你说这话什么意思？

英格尔斯： 哦对了，沃尔特，我刚才忘了说，你总是知道我什么意思。

布雷肯里奇：（没有应声，他不耐烦地看了看右侧的门）我想让他们把比利带到我这儿来，他在那边跟哈维干什么？（去按铃）

托尼： 还有谁会来？

布雷肯里奇： 差不多都来了，除了阿德莉安。我已经派车去接海伦了。

瑟奇： 阿德莉安？是阿德莉安·诺兰小姐？

布雷肯里奇： 是的。

（库蒂斯从右侧上来）

库蒂斯： 先生，您刚刚叫我？

布雷肯里奇： 请告诉科琴斯基先生把比利带过来。

库蒂斯： 是，先生。（遵照吩咐去做）

瑟奇： 真的是那个大名鼎鼎的阿德莉安·诺兰小姐吗？

英格尔斯： 世界上只有一个阿德莉安·诺兰小姐，瑟奇，不过你要非加那个形容词，倒也无妨。

瑟奇： 哦，能见到她本人真是荣幸！我在那出剧里看过她——《小妇人》，很不错。我很好奇她在台下是一个什么样的人，她一定很甜美，很可爱——就像秀兰·邓波小姐[1]一样。我第一次看到秀兰·邓波小姐是在莫斯科，那时候我还是个孩子。

英格尔斯：有趣。

瑟奇：史蒂夫，算我求你了行不行。我们知道你不喜欢阿德莉安，但是你能不能忍一会儿？

（哈维·弗莱明从右侧的门走进来，为福来舍·科琴斯基扶着门。福来舍把比利的轮椅推了进来。比利是个十五岁的男孩儿，苍白，瘦小，过分地安静礼貌。福来舍虽然没有举着奖杯进来，但是看起来显然是一个"足球明星"。他年轻、健壮、英俊，只是不太伶俐。他把轮椅推进来的时候，轮椅碰到了门柱）

弗莱明：小心点，你个笨手笨脚的家伙！

比利：没关系的……弗莱明先生。

布雷肯里奇：嗯，比利！休息得怎么样了？

比利：还好，爸爸。

英格尔斯：比尔[2]，你好。

---

[1] 此处瑟奇使用了法语的"小姐"。——译注
[2] 比尔与比利是同一人，比利是比尔的昵称。——译注

比利： 史蒂夫，你好。

福来舍：（转向弗莱明，他花了好久才在人群中找到弗莱明）哎，你刚刚怎么那么跟我讲话？

弗莱明： 什么？

福来舍： 你以为你是老几？

弗莱明： 算了吧你。

布雷肯里奇：（指指瑟奇）比利，你还记得苏琴先生吗？

比利： 你好，苏琴先生。

瑟奇： 下午好，你感觉好些了吗？你看起来脸色不错。

弗莱明： 是啊，他脸色真是不错。

比利： 我还好。

瑟奇： 你好像不太舒服？这个枕头，它没有放对位置。（调了调比利脑袋背后的枕头）好！这样舒服一点吗？

比利： 谢谢。

瑟奇： 我觉得下面的踏板，它应该高一点。（调了调踏板）这样呢？

比利： 谢谢。

瑟奇： 我觉得也许还有一点冷。我给你拿条暖和的毛巾来怎么样？

比利：（轻声说）别管我了，可以吗？

布雷肯里奇：好了，好了！比利只是有点紧张，他路上太累了——对于他来说。

（弗莱明走到餐柜前，给自己倒了一杯威士忌）

比利：（他的眼睛紧盯着弗莱明，低声地恳求道）弗莱明先生，不要。

弗莱明：（看着他，把杯子放下。轻声回答）好吧。

瑟奇：（对布雷肯里奇说，试图不让别人听到）你儿子好可怜，他瘫痪多久了？

布雷肯里奇：嘘。

比利：六年零四个月，苏琴先生。

（尴尬的沉默。福来舍看着大家，突然大笑起来，大声说）

福来舍：呃，我不知道你们怎么想，但是我觉得苏琴先生不该问这个。

弗莱明：闭上你的嘴。

福来舍：呃，我觉得——

（后台传来了刹车的尖锐声音，众人被吓了一跳。有人重重关上了车门，这时听到一个可爱的、沙哑的女声："哇！"）

英格尔斯：（向着声音的方向做出隆重介绍的手势）这就是秀兰·邓波小姐！

(大门被打开了,阿德莉安·诺兰小姐没有按铃就走了进来。她跟《小妇人》里的秀兰·邓波截然不同。她二十八岁,容貌绝佳,却丝毫不在意自己的美貌,举止大大咧咧,时刻都不安宁。她穿着讲究,款式简约,是那种适合女子外出散步的着装风格,一点都不像大名鼎鼎的万人迷。她手拿一个手提箱,像一阵风似的走到布雷肯里奇身边)

阿德莉安: 沃尔特!你个混蛋,怎么有一匹马脱了缰绳在那儿乱跑啊?

布雷肯里奇: 哦,亲爱的!你好——

托尼: (几乎同时)一匹马?

阿德莉安: 一匹马。托尼你好啊,有匹马在路中间撒欢呢,我差点把那小畜生给撞死了,撞了也活该。

布雷肯里奇: 不好意思,亲爱的。可能是谁不小心,我这就命令——

阿德莉安: (完全没有理睬他,转而对弗莱明说)你好啊,哈维。你最近滚到哪里去了?比尔,好久不见,我过来就是为了看你的。哎你好,福来舍。

布雷肯里奇: 亲爱的阿德莉安,我能把你引见给瑟奇·苏琴吗?他是我们的新朋友。

阿德莉安: 苏琴先生,你好。

瑟奇：（鞠躬行礼）很高兴见到你，诺兰小姐。

阿德莉安：（环顾房间）啊，我觉得这个地方真是——（她看到了站在一旁的英格尔斯，于是顿了一下。她草草打量一下他，补充道）史蒂夫，你好。（还没等他回礼，她就朝别的地方转过去了）我觉得这个地方真是——平庸无奇。

布雷肯里奇：你要看看我的房间吗，亲爱的？

阿德莉安：我一会儿就去。（摘下帽子，把它扔在屋子中间，然后指着手提箱对福来舍说）福来舍，麻烦你把我的东西搬走，好吗？你最帅了。（福来舍提着手提箱沿台阶上去了。阿德莉安走到餐柜前，倒了一杯酒）对了，主人呢？

布雷肯里奇：道森夫妇现在还没到。

阿德莉安：没到？这可有点没礼貌。哦，我忘了说，生日快乐。

布雷肯里奇：谢谢你。

阿德莉安：你那个扯淡机器怎么样了？

布雷肯里奇：你说什么怎么样了？

阿德莉安：哦，就是天天在报纸上看到被记者吹得上天入地的发射宇宙辐射的那个玩意儿。

布雷肯里奇：新的报道马上就会出来了。

托尼：阿德莉安，我听说那是个大发明。

阿德莉安： 报纸又去报道了？真是不可思议——布雷肯里奇研究所的那一点小地方总是堆满了记者，不过我们沃尔特厉害就厉害在他总是难觅踪迹，搞得像个发廊的姑娘一样。

英格尔斯： 或者女演员。

阿德莉安： （猛然转向他，然后又转回去，生硬地重复道）或者女演员。

瑟奇： （打破了令人不适的宁静，热情地、相当尊敬地）舞台艺术——那是一种很伟大的艺术。它给饥寒交迫的人们带去快乐，所有的痛苦和不快都可以在几个小时中烟消云散，所以剧院是人道主义的高贵作品。

阿德莉安： （冷冷地看着他，然后对布雷肯里奇讽刺道）恭喜啊，沃尔特。

布雷肯里奇： 什么？

阿德莉安： 你亲爱的朋友不可多得啊，你在哪个鬼地方捡到的？

瑟奇： （尴尬地）诺兰小姐……

阿德莉安： 但是，我亲爱的，没必要搞得自己那么俄罗斯风情吧，我说真的。哦对了，我刚刚那么说，是因为我们都是布雷肯里奇从某个鬼地方捡来的，所以他才能誉满天下。

瑟奇：我不懂你的意思。

阿德莉安：你不懂？大家都知道的，我原来在夜店唱歌。那个地方离一个洗头房只有一步之遥——很小的一步——后来布雷肯里奇发现了我，他建了布雷肯里奇大剧院。托尼现在在学医——他获得了布雷肯里奇奖学金。哈维是靠布雷肯里奇进的鲍维利救济所，拿的也是布雷肯里奇给的救助款——要是没有布雷肯里奇，他根本进不了救济所，就好比他以前找不到工作一样，因为他酗酒成性。哎呀，还好啦，哈维——嘻，其实我有时候也喝两杯。比利的话——

托尼：别再说了，阿德莉安！

阿德莉安：但是我们都成了朋友，现在我们同舟共济，对吗？除了史蒂夫，他是个特殊情况。你跟他的交情越少越好。

布雷肯里奇：我亲爱的阿德莉安，你的幽默我们都领教过了，不过你这回玩得有点过火。

阿德莉安：哦，我只是想让你这位伏尔加河船夫[1]能够

---

[1] 伏尔加河位于俄罗斯西南部，阿德莉安以此讽刺瑟奇的"俄罗斯风情"。——译注

尽快融入进来。他现在加入我们了,对吗?那我们应该在他耳朵上打个标记。

瑟奇: 这一切都听起来很奇怪,你刚刚说的这些,诺兰小姐,不过我觉得都还挺有趣的。

阿德莉安:(嘲讽地)是挺有趣的。

(福来舍走下台阶回来了。)

瑟奇: 布雷肯里奇大剧院的伟大之处在于——它就坐落在肮脏的十四街,为穷人提供福利。这就是艺术应当给大众带来的。我一直在想布雷肯里奇先生是怎么做到的,票价是那么便宜。

英格尔斯: 他没有任何方法做到,你所谓伟大的事情让他每季度亏损好几十万美金,从他腰包里头扣。

瑟奇: 你是说诺兰小姐吗?

英格尔斯: 不是,瑟奇,不是诺兰小姐。我是说那个剧院。其实没有必要像现在这样,但是沃尔特从来不图一分回报。他发现了她,他为她建造了剧院,他让她成了十四街的大明星,他让她声名远扬——所以说,是他造就了她。很令人震惊吧,你看看现在的阿德莉安。

布雷肯里奇: 瞧瞧你说的,史蒂夫!

瑟奇:(对英格尔斯说)你不能理解无私的举动吗?

英格尔斯：不能。

瑟奇：你难道感觉不到无私的幸福吗?

英格尔斯：我从来没有感到过任何幸福,瑟奇。

瑟奇：(对阿德莉安说)我请你原谅,诺兰小姐,我是替那个应该道歉的人说的。

布雷肯里奇：你别在意史蒂夫,瑟奇。他也不是总这么招人嫌。

瑟奇：我们在莫斯科的时候,男人们都不会拿艺术家开玩笑。

布雷肯里奇：哦,别管史蒂夫怎么说,他每天晚上都去看阿德莉安的演出。

阿德莉安：(几乎是尖叫出来)他……干什么?

布雷肯里奇：你不知道?史蒂夫每天晚上都去,每次你演出的时候——虽然我看他不怎么鼓掌,但是你也无所谓的吧;你从来都不缺掌声,对吧?

阿德莉安：(布雷肯里奇说话的时候,她一直看着英格尔斯。此时她依旧看着英格尔斯,问道)沃尔特……他跟谁一起?

布雷肯里奇：嗯?

阿德莉安：他跟谁一起去看我的演出?

布雷肯里奇：你怎么会问英格尔斯"跟谁一起"呢?当然是他自己一个人。

阿德莉安：(对英格尔斯说，声音因愤怒而颤抖)你没有看我演的《小妇人》吧?

英格尔斯：亲爱的，我当然看了。你演得很甜、很羞，尤其是你摆手的那下，像蝴蝶一样。

阿德莉安：史蒂夫，你没有——

英格尔斯：我看了，我看了你演的《彼得潘》。你的腿特别迷人。我看了你演的《贫民窟姑娘》——你因为失业而死，好感人。我还看了你演的《黄票》。

阿德莉安：什么，你还看了那个!

英格尔斯：那是当然。

托尼：阿德莉安，你这么不开心干吗?这些可都是你的大作。

阿德莉安：(就好像没听见托尼的话一样)你为什么去看我的演出?

英格尔斯：亲爱的，这大概有两种解释：要么我是个受虐狂，要么我是在为现在这样的对话积攒谈资。

(他转向了其他地方，对话到此结束，至少对于他来说。一阵沉默，然后福来舍大声说)

福来舍：我不认识你，但我觉得你就是在挑衅。

托尼：（赶在弗莱明要对福来舍动手之前）算了，哈维，总有一天我会替你报仇。

弗莱明：我他妈就不明白为什么比利的家庭教师是这么个蠢蛋！

布雷肯里奇：那我倒要问问，哈维，你为什么要对比利的家庭教师指指点点？

（弗莱明看着他，退后一步，以示自己无话可说）

福来舍：（愤怒地）你刚刚说谁是蠢蛋？说啊？

弗莱明：你。

福来舍：（吃惊地）什么……

比利：爸爸，我可以回房间了吗？

布雷肯里奇：怎么了，比利，我不想让你错过我们的派对，不过如果你想——

比利：（冷冷地）没事了，我不回去了。

（门铃响）

托尼：是不是道森夫妇来了？

布雷肯里奇：（故弄玄虚地）嗯，我觉得道森夫妇是该到了。

（库蒂斯从右侧的门进来，为海伦·布雷肯里奇开门。

她三十六岁，个子很高，金黄色的头发，打扮得完美无瑕。她的完美无法用语言形容，她的样子就好像一个被照顾得十分完美的完美主妇。她带了一个小小的礼物）

海伦：（惊讶地）库蒂斯！你怎么也来了？

库蒂斯：（鞠躬）下午好，女士。

布雷肯里奇：海伦，亲爱的！（吻她的脸颊）你终于来了！你每次出现在我面前，对于我来说都是个惊喜，每次都是——虽然我们结婚十六年了。

海伦：（微笑道）真好，沃尔特，真是太好了。（对大家说）我可以跟你们一块儿说"你好"吗？我又来迟了，我想我是最后一个了。

（众人寒暄。库蒂斯对布雷肯里奇耳语了几句，布雷肯里奇点点头。库蒂斯从右侧的门出去）

海伦：（对比利说）亲爱的，你感觉怎么样？过来的路上累吗？

比利：还好。

海伦：我其实没懂为什么我不能和你一起过来。

布雷肯里奇：（微笑）亲爱的，这自有原因。

海伦：从城里过来真不容易。我都羡慕你了，史蒂夫——你就住在康涅狄格州。你真是不知道假期之前的这个晚上会有多堵，而且我还在书店停了一下——服务很差，连个服务员都没有。(指指她的小礼物，对布雷肯里奇说)我给道森夫人买了本《深影》，我知道道森夫人对书没什么品位，但是她真的很好——办这个聚会。

英格尔斯： 真的很好，海伦，真是太好了。

海伦： 要不是它把你终于从你的实验室里弄出来一趟，还算不上好。你上次参加聚会是多久以前了，史蒂夫？

英格尔斯： 我不太记得了，可能一年吧。

海伦： 可能两年？

英格尔斯： 可能吧。

海伦： 哦，我觉得我不太礼貌，我是不是应该跟女主人打声招呼去？

(没有人搭话，布雷肯里奇向前迈了一步)

布雷肯里奇：(他的声音既欢愉又严肃)海伦，亲爱的，这就是我给你准备的惊喜。你就是女主人。(她困惑地看着他)你说你想在乡下有套房子，所以这套房子现在是你的了。是我给你建的。(她目不转睛地看着他)亲爱的，怎么了？

海伦：(慢慢回过神，有些做作地微笑着)我……我只是……不知道该怎么说……沃尔特。(笑容更大了些)你能够预料到我有多惊喜，对吧？……我还没顾上感谢你呢，我又迟了，我总是慢半拍……（她四下看看，略显无助，然后注意到自己手中的礼物）呃，我觉得这本《深影》得自己看了。它很适合我。

布雷肯里奇： 我今天五十岁了，海伦。五十岁。五十年很久，半个世纪了，但我就是……就是那么虚荣，那么世俗，所以想记录下这个时刻。不是为了我自己——而是为了别人。那么怎样才能在别人的记忆里留下这个时刻呢？这是我的礼物——赠予你。

海伦： 沃尔特……你是什么时候开始建……这个房子的？

布雷肯里奇： 哦，差不多一年以前吧。想想我给你省了多少劲儿吧：跟建筑师和承包商讨价还价的麻烦，还有挑选那些家具、灶台、洁具。为这房子我真是呕心沥血。

海伦： 我能看出来，沃尔特，你一直都替我把事情办好。你对我真好……嗯……我都不知道说什么了……如果我是女主人——

布雷肯里奇： 会有人帮你打理好所有事情的，亲爱的。库蒂斯会守在这里，普德盖夫人在厨房里帮忙，帮你准备晚餐，饮料也会随时备好，连浴室里的肥皂都用不着你担心。我希望你一开门,就看到聚会的人已经来到——客人到齐,烟灰缸摆好。我都安排到了,自然不用劳你大驾。

海伦: 嗯,我觉得……

布雷肯里奇: (转身对比利说)对了,比利,我不会忘记你的。你看到——透过你屋子的窗户——草坪上的那匹马了吗?

比利: 看到了,爸爸。

布雷肯里奇: 那匹马是你的了。那是我送你的礼物。

(有人倒吸了一口气——是阿德莉安)

海伦: (惊愕地叹道)不会吧,沃尔特!

布雷肯里奇: 你们干吗都那么看着我?你们不懂吗?如果比利对那匹马昼思夜想,期望有朝一日能骑上它——他就能更快康复了。这会让他目标明确,心态才会平和。

比利: 你说得对,爸爸。谢谢。

弗莱明: (突然对着布雷肯里奇尖叫起来)你他妈的混蛋!你是个臭流氓,虐待狂!你——

英格尔斯: (抓住他,此时弗莱明向布雷肯里奇挥舞着手臂)好了,哈维。别这样。

布雷肯里奇: (定了一下,温和地说)哈维……(他温和的语气似乎让弗莱明平静了下来)哈维,我很抱歉让你难为情。

弗莱明：（迟疑片刻，尴尬地）对不起，沃尔特……（他猛地转身，走到餐柜前去给自己斟满酒，一口灌下，又斟满。没有人抬眼看他，除了比利）

布雷肯里奇： 没关系，我理解你。我是你的朋友，哈维。我一直是你的朋友。

（沉默）

福来舍： 我觉得弗莱明可能是喝醉了。

（库蒂斯托着一个摆满鸡尾酒的托盘走了进来）

布雷肯里奇：（开心地）我倒觉得是弗莱明先生未卜先知啊——大家都喝一杯吧。

（库蒂斯把酒发给宾客们。来到阿德莉安身边时，他礼貌地停了下来。她陷入了沉思，没有注意到他）

亲爱的阿德莉安……

阿德莉安：（突然回到了现实）什么？（看到库蒂斯）哦……（心不在焉地拿了一杯酒）

布雷肯里奇：（端着酒杯，面向众人，表情严肃）朋友们！今天我不是主角，你们才是主角。对于我来说，重要的不是功名，而是那些我帮助过的人。你们——你们所有人——都见证了我的存在——因为只有帮助别人，一个人才能证明他的存在。这就是为什么我今天请你们来，这也是为什么我现在必须敬你们一杯——是我敬你们——（举杯）——敬我的朋友！（众人干杯，没有人作声）

瑟奇：我也想敬大家一杯，可以吗？

布雷肯里奇：请，瑟奇。

瑟奇：（满腔热情地）这是一个为别人而活的人，这是一个发明了提纯维生素X从而使得新生儿可以茁壮成长的天才，这是一个发明了新型紫外线发射器从而让最底层的穷人也可以沐浴阳光的人，这是一个发明了外科手术用的电锯而拯救了千千万万人生命的人。让我们敬这位全人类的楷模——沃尔特·布雷肯里奇！

英格尔斯：说得好，看起来沃尔特就差发明一个给社工丰胸的设备了。

福来舍：我觉得你这么说可不好。

阿德莉安：（起身）既然我们现在已经完成我们的使命了，我是不是可以回房间了，沃尔特？

布雷肯里奇：可以稍等一下吗，阿德莉安？我还有些话想跟你们说。（对众人）朋友们，我有件事要说，很重要的事，我希望你们是第一个听到这个消息的人。

英格尔斯：你又要献给我们什么？

布雷肯里奇：是的，史蒂夫，我献给你们我最伟大的——也是最后一项发明。（对众人）朋友们！你们一定已经听说过了我的发明，这是我近十年来的研究——刚刚阿德莉安称之为"玩意儿"，听起来真是诱人。关于它有很多的传言——这是无法避免的，相信你们也看到了。这是一个可以捕捉宇宙射线能量的设备。你们可能听说过宇宙射线的巨大能量，科学家一直不懈地寻找驾驭这种能量的方法，而我幸运地发现了这其中的奥妙——当然是多亏了史蒂夫的帮助。我一次次被问到是不是已经完成了这项发明，但是我一次次都拒绝给出一个明确回答。今天我可以宣布：我完成了。这项发明通过了测试，无懈可击。它的潜力是无穷的。（顿了顿，又简要地、几乎是不耐烦地说）无穷的。它也会带来良好的经济前景。（戛然而止）

英格尔斯：然后呢？

布雷肯里奇：朋友们，只要我持有我的发明，保守住它的机密原理，我就不愁没钱可赚，一点不愁，但是我不会把它据为己有，（顿了顿，看看大家，又慢慢说道）明天中午十二点，我会把这项发明赠予全人类。赠予，绝非销售。所有人，每个人，自由使用，不收报酬。这是全人类的福利。（托尼发出了长长的口哨声，福来舍张大了嘴，敬畏地喊道："哇！"）想想如果是你，你会怎么做吧。廉价的能源——取自宇宙空间。这样的能源会点亮贫民窟、棚户区的每个角落，同时，它会让那些贪婪的垄断大公司破产。这是全人类的伟大福音，没有人能够将这项发明据为己有。

阿德莉安：演技不错，沃尔特。你一直是剧院的顶梁柱。

托尼：但是我觉得这确实是个伟大的——

阿德莉安：歌剧。

海伦：所以明天中午十二点到底会发生什么呢，沃尔特？

布雷肯里奇：我邀请了媒体明天中午来我的研究所。我会把我的设计图纸——细致的方案——所有细节，都交给他们——这样就会登上所有的大报小报，传遍五湖四海。

阿德莉安：别忘了登《礼拜日》特辑。

布雷肯里奇：亲爱的阿德莉安，你真的不反对吗？

阿德莉安：我干吗要在乎？

瑟奇：说真的，这真是太伟大了！全世界都应该以此为榜样。几周之前布雷肯里奇先生跟我说起过这个发明，我当时就说:"布雷肯里奇先生,如果你这样做,我会为你骄傲!"

布雷肯里奇:(对英格尔斯说)史蒂夫?

英格尔斯:什么?

布雷肯里奇:你觉得怎么样?

英格尔斯:我吗?我无所谓。

布雷肯里奇:我知道,史蒂夫一定不会赞同我的。史蒂夫……思想比较守旧些。他更愿意独占这项发明,然后赚上一大笔,对吗,史蒂夫?

英格尔斯:(满不在乎地)哦,是啊。我确实想赚钱,按你的话说,我是掉进钱眼里了。我一点也不觉得挣钱有错——如果这钱取之有道而且不是强买强卖。我不喜欢被施舍。当你可能不劳而获——你总是会隐约看到这诱饵背后的一条线,而你就可能是那条吞下诱饵的鱼。我不觉得这是什么伟大的事。

瑟奇:英格尔斯先生,你的想法我不敢恭维!

英格尔斯:闭嘴吧,瑟奇,我烦透你了。

布雷肯里奇:但是,史蒂夫,我希望你理解为什么——

英格尔斯:你解释也没用的,沃尔特。我从来都不能理解你所谓伟大、无私,或者任何类似的东西,但是既然捐的都是你的钱,又不是我的钱,我只是个"合伙人"而已。我失去的东西比起你花掉的钱简直不值一提,所以我不会和你争论什么。

布雷肯里奇: 史蒂夫,我做这些是出于自愿。我是深思熟虑之后才如此决定的。

英格尔斯: 是吗?(起身)我觉得你是很快做的决定,而且这个决定越重要——你就越快决定。(走向台阶)

瑟奇:(带着一点胜利的口吻)是我恳求布雷肯里奇先生这么做的。

英格尔斯:(在台阶上停住,看着他)我早就预料到了。(走到台阶尽头,离开)

海伦:(起身)这么问不太合适——因为我是女主人了——但是晚餐什么时候开始呢,沃尔特?

布雷肯里奇: 七点。

海伦: 我可不可以在我的房子里转转?

布雷肯里奇: 哦当然!我真粗心!让你一直待在这儿——你肯定好奇得要死。

海伦:(对众人)大家一起去转转吧,女主人得让人带着才不至于迷路。

托尼：我带你看看吧，我转过一圈了。地下室里的洗衣房很棒。

海伦：我们先去看看比利的房间好不好？

托尼：好，妈妈。我想回房间了。

（弗莱明和福来舍一同推着比利的轮椅出门，布雷肯里奇打算跟上）

阿德莉安：沃尔特，我有话要跟你说。（布雷肯里奇转身，皱眉）就占用你几分钟。

布雷肯里奇：好的，亲爱的，当然没问题。

（海伦和托尼跟随比利、弗莱明、福来舍出门，瑟奇站住了）

阿德莉安：瑟奇，如果你听到人家说"我有话要跟你说"的时候——一般来说都是要单独说话的意思。

瑟奇：啊，当然！抱歉，诺兰小姐！（鞠躬，出门）

布雷肯里奇：（坐下，指指另一把椅子）亲爱的，你也坐吧？

阿德莉安：（站着，盯着他。迟疑片刻后，她生硬地、毫无感情地说道）沃尔特，我们解除合同吧。

布雷肯里奇：（往后靠靠）你开玩笑的吧，亲爱的。

阿德莉安：求你了，沃尔特，我不想做太多解释了。我不是开玩笑的。

布雷肯里奇：但是我记得我们一年之前就说好了不再论及这个问题的。

阿德莉安：然后我又提了，对吧？我又坚持了一整年，沃尔特，但是我坚持不下去了。

布雷肯里奇：你不开心吗？

阿德莉安：我不想解释太多。

布雷肯里奇：但是我不明白，我——

阿德莉安：沃尔特。我不想重蹈一年前的覆辙。你不要再问我了，让我走吧。

布雷肯里奇：（顿了顿）如果我让你走，你去做什么呢？

阿德莉安：我去年给你看的那出戏。

布雷肯里奇：为商业出品人效力？

阿德莉安：对。

布雷肯里奇：为一个低俗下贱的百老汇商业出品人效力？

阿德莉安：最低俗下贱的，你说得没错。

布雷肯里奇：让我想想。如果我没记错的话，你演的角色是一个讨人厌的年轻姑娘，她只想变得富有，她酗酒、满口脏话——

阿德莉安：（振作精神）瞧瞧她骂人的样子！她可以跟各种各样的男人上床！她那么有野心！她自私自利！她可以放声大笑！她不用处处装淑女——哦，沃尔特！她不用装淑女。

布雷肯里奇：你高估你自己了，亲爱的，你根本演不了这样的角色。

阿德莉安：也许演不了吧，但是我打算试试看。

布雷肯里奇：你不怕搞砸吗？

阿德莉安：也许会搞砸吧，我要试试看。

布雷肯里奇：你也不怕骂声一片？

阿德莉安：不怕。

布雷肯里奇：那观众呢？你的观众们怎么办？（她不作声）那些因为你的演出而敬爱你的人怎么办？

阿德莉安：（她的声音又消沉下去）沃尔特，别提那个了。别提了。

布雷肯里奇：但是你不要忘了，布雷肯里奇大剧院不仅仅供人们娱乐，它的目的不仅仅是满足你的表演欲和我的虚荣心。它承载着社会使命，它给最需要它的人带来快乐，它提供给那些人他们所爱的东西。他们需要你，你给予他们的太多太多。你的职责远远不止一个演员那么简单。你难道不眷恋这一切吗?

阿德莉安: 你他妈的给我闭嘴!(他瞪着她)咱们摊牌吧!这是你自找的!我讨厌这一切!你听到没?我讨厌这一切!一切!你所谓伟大的剧院,伟大的演出,还有下贱、俗烂、垃圾的陈词滥调!全都是些肉麻的废话,肉麻得我的牙齿每天晚上都要没有感觉了!再这样下去,总有一天我会在台词中间尖叫起来,把幕也拽下来!我受不了了,你他妈的去死吧,还有你的观众也去死吧!我受不了了!你明白了吗?我受不了了!

布雷肯里奇: 阿德莉安,孩子,我不能眼睁睁看着你这样堕落下去。

阿德莉安: 听着,沃尔特,我要你听好了……我试着跟你把话说清楚。我不是忘恩负义,我也希望我的观众喜欢我,但这不是我想要的全部。就因为观众喜欢,我去迎合他们的喜好——这不是全部。我会喜欢我未来要做的事情,我对未来有足够的信心,我不会后悔。我觉得我现在做的事情正相反,一个人想有出息,就不能这样,所以我愿意冒险——希望别人会喜欢我。

布雷肯里奇: 你不觉得这样太自私了吗?

阿德莉安：（不假思索地）确实，我觉得我也许就是很自私吧。呼吸也挺自私的——不是吗？你呼吸不是为了别人，而是为了你自己……我只是希望有个机会——为了自己——做一些有趣的、富有挑战的事情——哪怕只是一次。

布雷肯里奇：（哀伤地）我相信你，阿德莉安。我已经尽我所能了。

阿德莉安：我知道，所以我不想伤害你，所以我忍耐了这么久，但是，沃尔特，那个合同——是五年的期限。我不能再忍受五年的煎熬了，我连五天都忍不了了。我觉得我的忍耐达到了极限——当一个人被逼到墙角，逼到最后一刻，那种感觉真的很糟，很可怕。我不能留下来了。

布雷肯里奇：是不是谁教唆你了？史蒂夫？

阿德莉安：史蒂夫？你知道我怎么看他。我什么时候跟他说过话？我什么时候见过他？

布雷肯里奇：（耸耸肩）只是你刚才说的话听起来很像史蒂夫。

阿德莉安：你知道我今天为什么要跟你说这些吗？是因为你刚才宣布的惊人计划。我觉得……你为别人做的事情太多太多，然而……我不能理解，为什么一个献身于全人类的人，却毫不在乎他身边人的感受。

布雷肯里奇：亲爱的，你要尽可能地理解。我这么做是为了你好。我不能看着你毁了自己的事业。

阿德莉安：沃尔特，我真的不能再留下。让我自由吧。

布雷肯里奇：自由——你要它什么用？自由只会伤害你。

阿德莉安：那也好！——如果我不能避免的话，我情愿犯错，情愿失败，情愿孤单，情愿堕落，情愿自私，我只要自由。

布雷肯里奇：（起身）阿德莉安，你不能这样。

阿德莉安：（声音没有任何起伏）沃尔特……你还记不记得……去年夏天……我开车撞上了一棵树？……沃尔特，那根本不是意外事故……

布雷肯里奇：（严肃地）我拒绝理解你说的话，你太不得体了！

阿德莉安：（尖叫道）他妈的！你他妈的是天下最无可救药的混蛋！

英格尔斯：（在台阶顶端出现）你这样会把嗓子喊

坏的，阿德莉安——然后你就该没法演《小妇人》了。

（阿德莉安转身，然后突然停下）

布雷肯里奇：（此时英格尔斯从台阶上缓缓走下来）我猜你很喜欢看我们的戏吧，史蒂夫，所以我走了，我把阿德莉安让给你了。你会发现你们俩有不少共同点的。（离开房间）

英格尔斯：这间屋子的声音效果不错，阿德莉安。当然这也归功于你富有共鸣的声音——还有你的措辞。

阿德莉安：（憎恶地看着他）你给我听好了，我现在要告诉你，我不在乎。如果想跟我耍嘴皮子，我现在给你点颜色看看。

英格尔斯：你继续。

阿德莉安：我知道你怎么看我——你想的是对的。我只是个一无是处的三流演员，从来没有过什么成绩。我比妓女好不到哪儿去——倒不是我没有才华，而是比这更糟：我有才华，但是我出卖了它。吸引我的不是金钱，而是某个人愚蠢的、肮脏的温存——我比妓女还要可悲！

英格尔斯：我觉得你描述得很对。

阿德莉安：对，我就是这样的。我也知道你是什么样的。你是一个漠然、冷血、无情的个人主义者。你只是实验室里的机器而已——是不锈钢做的。你的效率、智慧和恶毒都可以和一辆每小时九十迈的汽车相比，只不过汽车会撞上人，而你不会。你甚至撞上了人还不知道呢。你只知道你每时每刻都在以这样的速度前进着——穿过一座孤岛，一座布满了图表、蓝图、线圈、管子和电池的孤岛。你从未有过人类的情感，你比任何人都坏。我觉得你是我见过的最卑劣的人。过去的几年里，我卑鄙地、全身心地、无法自拔地爱着你。（她停住了，他一动不动地站着，默默看着她。她猛然继续说道）哎！（他毫无反应）你平时不是挺爱接话的吗？（他毫无反应）你不应该——说点什么吗？

英格尔斯：（温柔地、真诚地，这是他第一次如此真诚）阿德莉安……（她惊奇地看着他）我装作没有听到你说的，好不好？我没法回答你。如果你是昨天告诉我——或者后天告诉我——我都会回答你，但是今天不行。

阿德莉安：为什么？

英格尔斯：声波不会在时空中消逝。我们就想象你的声音还没传到我这里来，它后天才能到。那时——如果我还能听到，而且你也还希望我听到的话——我会给你一个答复。

阿德莉安：史蒂夫……这有什么关系吗？

英格尔斯：后天，阿德莉安。可能更早一些，但是如果我后天还没有答复你，那么我永远都不会答复你了。

阿德莉安：史蒂夫，我不能理——

英格尔斯：（从桌上拿起一本杂志，用正常、随意的声音说）你看这期的《世界》杂志了吗？有一篇关于累进所得税的文章挺有意思的。那篇文章主要就是说税收是如何保护老百姓的权益的……当然了，税收是个很复杂的事情。

阿德莉安：（她转身背对着他，肩膀耷拉着，但是她尽她所能谈论他引导的话题，语气尽可能自然——她的声音听起来相当疲乏）你说得对，我从来都不知道所得税申报表或者保险申报表该怎么填。

（海伦、布雷肯里奇、瑟奇和托尼走进房间，从台阶上迈步下来）

英格尔斯：你觉得房子怎么样，海伦？

海伦：（不冷不热地）挺好的。

布雷肯里奇：（自豪地）她觉得我布置得特别周到。

英格尔斯： 果不其然。

布雷肯里奇： 对了，我忘记跟你们说了。趁比利不在，我要告诉你们；这是个惊喜。今天晚上十点，等天完全黑下来，我要给你们展示我的发明。这是我的发明第一次公开示人。我们今晚就当庆祝国庆了，虽然早了一点。我们要放焰火——我把它们都排好了——（用手指指）——就在那边，湖边。我会把它们点燃——从花园里——不用亲手点燃，不用导线，就靠遥控——通过空气把电脉冲传播过去。

托尼： 我可以看看你的设备吗？

布雷肯里奇： 托尼，我的设备你可不能看。明天大家才能看到。不要去找它，你们找不到的，但是你们会第一个看到它的强大功能。（开心地耸耸肩）想想看啊，如果有人给我拍个纪录片，你们会很荣幸地上镜的！

瑟奇： 电影院里会放很多伟人的纪录片。

英格尔斯： 要成为伟人的话，现在沃尔特就差被暗杀了。

海伦： 史蒂夫！

英格尔斯： 他之前有一次差点就被暗杀了——所

以我才这么说。

海伦： 你说他——怎么着？

英格尔斯： 你难道不知道沃尔特有一次差点就没命了吗？差不多一个月以前吧。

海伦： （惊愕地）不会吧！……

英格尔斯： 可不是么！有人想害他，情况非常神秘。

布雷肯里奇： 那可能只是个意外而已。你提那个干吗？

海伦： 快跟我说说，史蒂夫。

英格尔斯： 其实没什么可说的。有一天晚上，沃尔特和瑟奇开车去斯坦福德，路过研究所，于是他们拉我来看这所房子——所谓"道森夫妇"的房子——当时刚刚完工。我们三个人在房子里分散了四处转，然后我突然听到一声枪响——我看到沃尔特捡起他的帽子，上面有个枪眼。那个帽子是新的。

海伦： 天呐！……

英格尔斯： 我们报了警，所有的建筑工人都被搜查了一遍，但是我们没有找到凶手，也没有找到那把枪。

海伦： 这么蹊跷的事！这世上不可能有人与沃尔特为敌！

英格尔斯： 这你可不能保证。

（弗莱明从右侧的门走进房间。他走到餐柜前，倒了一杯酒，站在那里喝了起来，完全无视其他人）

海伦： 后来呢？

英格尔斯： 就差不多是这样……对了，还有一件特别有趣的事情。我在车里面有个包——就是个不起眼的小包，里面是些乱七八糟的东西。我们回到车里的时候，那个包上的锁被撬坏了，但是我包里的那些东西其实谁拿了都没用，而且撬锁的人也没有翻开看，因为里面的东西都原封不动。不过锁确实是被撬了，我们后来也没有弄清是谁干的。

海伦： 沃尔特！你为什么之前都没有跟我讲过？

布雷肯里奇： 亲爱的，原因很显然——我不告诉你就是为了不让你像现在一样担心，而且这些其实也没什么啊，可能就是意外的小插曲，或者是谁搞的恶作剧。我跟库蒂斯说了——我让他谨防任何陌生人进来——但是其实一直都没有人来，也什么都没有发生。

英格尔斯： 我叫沃尔特随身带枪——以防不测——但是他不肯。

海伦： 你确实应该带枪防身啊，沃尔特！

布雷肯里奇： 我带着呢，我有把枪。

英格尔斯： 我才不信。沃尔特特别怕枪。

布雷肯里奇： 胡说。

英格尔斯： 这可是你自己说的。

布雷肯里奇： (指指抽屉)你打开来看。

(英格尔斯拉开抽屉，拿出枪)

英格尔斯： 还真有——少见。(打量着枪)你还挺有防备，这样你就不会遭遇——不测了。

海伦： 快放回去吧！我害怕那玩意儿。

(英格尔斯把枪放回抽屉，把抽屉推了回去)

托尼： 这简直不可思议。布雷肯里奇先生这样的人——怎么会有人——

布雷肯里奇： 我也觉得不可思议。我不懂史蒂夫干吗要提这个事情——尤其是在今天提……嗯，我们去院子里看看，好不好？你还没去院子里看呢，海伦！

海伦： (起身)好的。

(弗莱明又喝掉一杯酒，从右侧出门)

布雷肯里奇： 阿德莉安，亲爱的——你也一起来吗？

阿德莉安： (平淡地)好。

布雷肯里奇：还不开心呢？

阿德莉安：没事了。

布雷肯里奇：我也觉得你应该缓过来了。我刚刚真的没有生你的气，我知道演员的脾气嘛，就像风暴一样，来得快，去得也快。

阿德莉安：嗯。

(她从左侧的双扇玻璃门走出去，布雷肯里奇、瑟奇和托尼紧随其后)

海伦：(在门口停下脚步，转身说)史蒂夫，你来吗？

(史蒂夫没有答话，他站着看着她，然后说)

英格尔斯：海伦……

海伦：怎么了？

英格尔斯：你不幸福，对吗？

海伦：(不太严肃地责备道)史蒂夫！你问的这种问题有什么可回答的吗——这种问题意义何在？

英格尔斯：我只是……出于自卫才这么问。

海伦：出于……自卫？

英格尔斯：是。

海伦：(坚决地)你不觉得我们应该跟大家一起吗？

英格尔斯：不。(她一动不动，盯着他。他过了几秒后说)你知道我要说什么。

海伦: 我不知道……我不知道……(失态地)我不想知道!

英格尔斯: 我爱你,海伦。

海伦: (装作不当回事地)史蒂夫,你说这话,晚了十年吧?我觉得差不多十年。我还以为没有人会再说这样的话了呢,至少……是对我……

布雷肯里奇的声音: (从院子里大喊)海伦!……

英格尔斯: 我十年前就想告诉你。

海伦: 这简直……太蠢了……而且太不可思议了,是吧?你是我丈夫的搭档……然后……然后我是贤妻良母,生活美满……

英格尔斯: 你真的这样觉得吗?

海伦: ……而且你从来都没有注意过我……

英格尔斯: 我知道这都是徒劳的——

海伦: 当然是徒劳的……必须是徒劳的……(讲话声从院子的方向慢慢靠近。英格尔斯突然抱住了她)史蒂夫!……史蒂夫,他们要回来了!他们——

(讲话声更近了。他用一个吻打断了她,她的第一反应是奋力把他推开,紧接着她的身体就没有再反抗。

他用双臂抚过她的后背,抱住她——紧紧地抱住——这时阿德莉安、布雷肯里奇、瑟奇和托尼从院子里回来了。海伦和英格尔斯松开了对方,她不知所措,而他却镇定万分。众人面面相觑,英格尔斯打破了寂静)

英格尔斯: 我一直都很好奇一个人看到这样的场景会作何反应。

瑟奇: (极度愤怒地喘着粗气)这……这……这简直是禽兽!……这简直是不堪入目!……这简直——

布雷肯里奇: (镇静地)好了,瑟奇。别太过激,大家都冷静冷静。我们理智一点。(温柔地对海伦说)我非常抱歉,海伦。我知道,发生这样的事,你比大家都要难过,所以如果可以的话,我会把事情变得容易些。(他注意到阿德莉安,她显得比别人都要震惊)怎么了,阿德莉安?

阿德莉安: (几乎说不出话)我没事……没事……

布雷肯里奇: 史蒂夫,我想我有必要和你单独谈谈。

英格尔斯: 我早就想和你单独谈谈了,沃尔特。

(幕落)

第二场

当天晚上。房间笼罩在半明半暗之中,只有桌子上的一盏台灯亮着。

大幕拉开,布雷肯里奇半躺在椅子上,看起来无精打采、情绪低迷。瑟奇坐在地上的一块垫子上——虽然他离布雷肯里奇还有一段距离,但是他的样子就好像坐在布雷肯里奇边上一样。

瑟奇: 太可怕了,可怕得我要受不了了。我真的要受不了了。

布雷肯里奇: 你还年轻,瑟奇……

瑟奇: 只有年轻人才懂得什么叫贞洁吗?

布雷肯里奇: 可是只有年轻人懂得惩恶扬善……

瑟奇: 晚餐的时候……你……表现得好像什么都没有发生……你太仁慈了。

布雷肯里奇: 还有比利呢。

瑟奇: 那现在呢? 现在你总要做点什么吧?

布雷肯里奇: 不。

瑟奇: 什么?

布雷肯里奇： 瑟奇，我的地位使我不能公开这个事件。老百姓很信任我，我不能让丑闻玷污我的名字，而且，考虑考虑海伦的感受，你觉得我会那么伤害她吗？

瑟奇： 布雷肯里奇夫人她一点都没有考虑你的感受。

布雷肯里奇： （缓缓地说）我现在还不能完全理解。我只是觉得那不像海伦的为人，当然那更不符合史蒂夫的性格。

瑟奇： 你是说英格尔斯先生吗？在我看来他什么事都做得出来。

布雷肯里奇： 我不是那个意思，瑟奇。我当然不会惊讶他做出这么下流的事，只不过以他的智商，他不会露这么大的马脚！

瑟奇： 露马脚？

布雷肯里奇： 如果史蒂夫想和海伦私下幽会的话，他好几年前就可以开始了，我们甚至都不会往那个方面想——如果他不想让我们知道的话。他聪明绝顶，他的智商超乎我们的想象，但是……光天化日之下拥抱接吻——尤其是他知道我们随时可能回来——傻子都不会这么干。这就是我为什么不完全理解他的举动。

瑟奇： 你跟他谈话的时候他说了什么？

布雷肯里奇：（避而不谈）我们谈了……很多很多。

瑟奇：我不能理解在你身上会发生这样的事！这个世界根本不是好人有好报。

布雷肯里奇：啊，瑟奇，我们不应该惦记着回报。我们要为我们身边的人做我们认为应该做的事——善良是我们的回报。（福来舍推着比利从右侧的门进来，弗莱明和海伦紧跟着也走了进来。布雷肯里奇站起身）

比利：爸爸，你叫我过来吗？

布雷肯里奇：是的，比利。没有累着你吧？

比利：没有。

布雷肯里奇：（指着他刚刚坐的椅子，对海伦说）亲爱的，坐吧。就这把椅子还比较舒服一点。（海伦默默坐下。英格尔斯从院子里进来，站在门口）我们干吗要在黑暗中坐着呢？（开灯）你穿得有点少啊，海伦。今天晚上对于这个季节来说相当冷。你不要感冒了。

海伦：不会的。

布雷肯里奇：（把烟盒递给她）要抽烟吗，亲爱的？

海伦：不用了，谢谢。

英格尔斯：（依旧站在门口）你今天晚上特别让人讨厌，沃尔特，比平时要讨厌得多。

布雷肯里奇：你说什么？（阿德莉安走下台阶，她站住了，向下张望着）

英格尔斯：你知道如果我是你的话我会怎么做吗？我会冲着海伦大喊大叫，我会骂她，我甚至会扇她。

布雷肯里奇：那是你。

英格尔斯：你知道如果你这样做会有什么效果吗？她会好受得多。

海伦：求你了，别说了，史蒂夫。

英格尔斯：抱歉，海伦……我十分抱歉。

（沉默。阿德莉安从台阶上走下来，走到最后一级时停下了：她看到英格尔斯在看着她。他们的目光在一瞬间交汇，她赶紧避开，在屋子的角落坐下来）

福来舍：（无奈地看着众人）你们这他妈都是怎么了？

布雷肯里奇：福来舍，比利在的时候不允许你骂人。

福来舍：哎哟，好吧。可我有预感，我也许不知道是怎样的预感，但是我感觉到了一些东西。

瑟奇：我们在莫斯科的时候，这样的事情从来都不会发生。

英格尔斯:（随意地）对了,瑟奇,我今天听说了一件有关你同胞的趣事。关于苏维埃文化联谊社。

瑟奇:（看了看他）然后呢?你听说什么了?

英格尔斯: 据说联邦调查局在追捕他们,他们好像是苏联潜入美国的间谍先锋队。最大的一支先锋队。联邦调查局据说已经捣了他们的老巢,获取了他们的文件。

瑟奇: 什么时候的事?这不可能!

英格尔斯: 就是今天。

瑟奇: 怎么可能!

英格尔斯: 我觉得应该已经有报道了——现在。我是从我在纽约《通讯员报》的老朋友乔·奇斯曼那儿听说的——《通讯员报》是第一个得到消息的媒体——他说下午这则新闻就会上头条。

布雷肯里奇: 我还真不知道你在媒体界还有朋友。

瑟奇: 你有今天的《通讯员报》吗?

英格尔斯: 没有。

瑟奇:（对众人）你们有——

英格尔斯: 你为什么这么感兴趣呢,瑟奇?你对苏维埃文化联谊社了解吗?

瑟奇：我了解吗？我了解得多了！我早就知道他们是间谍了。我在莫斯科的时候就认识他们的头儿，叫马卡洛夫。他是个心狠手辣的人。我在第二号世界大战[1]时从苏联逃出来——这就是我逃亡的原因——像马卡洛夫一样的人，他们背叛了苏联人民。他们有伟大抱负，但是他们的手段太狠毒！他们不相信上帝，他们玷辱了神圣的俄国母亲，他们忘记了友谊，忘记了平等，忘记了——

布雷肯里奇：别说了，瑟奇。

瑟奇：在苏联的时候，我一直想向警方报告我掌握的关于马卡洛夫和苏维埃文化联谊社的情况，但是我不能说，因为只要我张口……（战栗）我的家人——还都在苏联，我的妈妈……还有姐姐。

福来舍：哦，苏琴先生！好可怕啊。

瑟奇：不过现在苏维埃文化联谊社被端了——我很高兴，我非常高兴！……有人有《通讯员报》吗？（众人或摇头或答"没有"）我一定要看看！我从哪里可以买到纽约的报纸？

布雷肯里奇：这附近没有——现在太晚了。

---

[1] 即二战，瑟奇的英语十分蹩脚。——译注

英格尔斯： 斯坦福德有,瑟奇。

瑟奇： 哦,是吗?那我去斯坦福德好了。

布雷肯里奇： 算了,瑟奇!开车去斯坦福德都要好久——一来一回要四十多分钟呢。

瑟奇： 但是我真的想今天晚上就看到报道。

布雷肯里奇： 你会错过……那个惊喜的。

瑟奇： 我相信你会原谅我的,布雷肯里奇先生,对吗?我去去就回。我可以把车开走吗?

布雷肯里奇： 如果你坚持的话,当然可以。

瑟奇： (对英格尔斯说)哪里是最近的买报纸的地方?

英格尔斯： 你沿着公路往斯坦福德开就好,就在你路过的第一家杂货铺——叫劳顿杂货铺,在布雷肯里奇研究所边上的街角。他们那里有各种报纸卖。嗯我想想……(低头看看手表)他们十点钟开始卖最新的本埠新闻版,还有十五分钟,所以你去的时候就已经有了。乔·奇斯曼说这版里会有的。

瑟奇： 多谢。(对布雷肯里奇说)请原谅。

布雷肯里奇： 没事。(瑟奇从左侧出门)

福来舍： (看到没有人讲话)还有,今天晚上为什么没有人去吃晚餐啊?龙虾可好吃了。(远处响起爆炸声,湖的

那边燃起了焰火,夜空被点亮,又瞬间熄灭下去)

布雷肯里奇: 我们的邻居已经在庆祝了。

比利: 我想去看。

布雷肯里奇: 你看到的会比这个壮观得多——过一会儿。

(福来舍把轮椅转向了双扇玻璃门。远处,焰火又一次飞向天空。此时托尼从双扇玻璃门进来)

托尼: 哎,瑟奇那么着急走干吗?我刚刚看他开车出去了。

布雷肯里奇: 他去斯坦福德了,去买份报纸。

英格尔斯: 你没有买今天的《通讯员报》吧,托尼?

托尼:《通讯员报》?没有。(顿了顿)布雷肯里奇,我能跟你说句话吗?就一小会儿。我今天一直在——

布雷肯里奇: 嗯,你要说什么,托尼?什么事?

托尼: 是……是关于比利。我不想——(看看比利)

弗莱明: 关于比利?什么事啊?

布雷肯里奇: 没关系的,不用瞒着。说吧。

托尼: 如果你允许我说的话,我今天早上碰见道尔教授了。

布雷肯里奇: 哦,这样么?你不会是要说——

弗莱明：道尔？比利的医生吗？

托尼：是的，我上大学的时候他教过我。

弗莱明：他跟你说了什么？

布雷肯里奇：托尼，我觉得我们已经说好了——

弗莱明：他跟你说了什么？

托尼：（对布雷肯里奇）他说我必须转告你，恳求你，因为如果我们夏天再不把比利送到蒙特利尔，让哈兰医生给比利做手术的话——比利可能就再也站不起来了。（弗莱明缓缓向前迈了一步，恶狠狠地）

布雷肯里奇：好了，哈维。

弗莱明：（声音古怪、沙哑）你为什么不告诉我？

布雷肯里奇：因为我没必要告诉你。

托尼：弗莱明先生，这是比利最后的机会了。他马上就要十五岁。如果我们再这样等下去，肌肉会萎缩，那就太晚了。道尔教授说——

布雷肯里奇：道尔教授没有提到手术对于比利而言也有可能危及生命吗？

托尼：他提到了。

布雷肯里奇：我觉得这已经不言而喻了吧。

海伦：沃尔特，求你了，我们再好好考虑考虑。道尔说风险并不是太大,我们冒着一个小小的风险就可以……不让比利这样残废下去!

布雷肯里奇: 多小的风险一旦发生都无法挽回——对于比利来说。我宁愿让比利这样下去,也不愿意冒着失去他的风险去手术。

弗莱明:(疯狂地吼着)真是不可理喻,你这个混蛋!我不会这么饶了你的!他妈的,我不会饶了你!我要求做手术,你听到我说的了吗?——我要求你让比利做手术!

布雷肯里奇: 你要求?你算老几?(弗莱明站定盯着他看,他的憔悴好像更加明显了)

英格尔斯:(生硬地)我可以选择不掺和你们的事情吗?(转身从左侧出门)

布雷肯里奇: 哈维,我警告你,如果再发生……这样的事情,我可能会禁止你再见比利。

海伦: 哦,不,沃尔特!

弗莱明: 你……不能那么做,沃尔特!你……你不能。

布雷肯里奇: 你明知道我能。

比利:(他的声音第一次变得如此鲜活——如此绝望)爸爸!你不能那样!(布雷肯里奇转身对着他)求求你了,

爸爸。我什么都不在乎。我不是非要做那个手术。所以你千万不要……弗莱明先生，那个手术真的无所谓。我不在乎。

布雷肯里奇：好的，比利。我很抱歉哈维刚刚打扰到你了。你明白，我做的一切都是为了你好。我不会冒着风险在你身上尝试一种未经测试的新手术。（海伦想插话）所以，海伦，这件事情就这么办。

（弗莱明猛地转身。他走向台阶，随手从餐柜上抓了一个酒瓶，消失在了楼梯的顶端）

福来舍：嗯，我觉得这可不太像生日聚会了！

布雷肯里奇：我们别管那个烦人的哈维了，他总是这样搅浑水。（看看手表）现在我们可以干点开心的事情了。（起身）比利，亲爱的，你要目不转睛地看好那边的湖，你一会儿会看到有意思的东西。（对众人说）大家注意了，我不想让任何人跟着我去。我不想让任何人看到我是如何做到的。我明天才会公开，不过这里是最佳的角度。（他转身走向双扇玻璃门）谁知道呢？也许你们即将看到的是人类有史以来最重要的发明。（出门，向右首走进院子里）

海伦：（好像做了个决定一样，起身向台阶走去，然后

停下脚步对众人补充道)抱歉我失陪一会儿。(从台阶离开)

托尼: 比尔,不好意思。我尽力了。

比利: 没关系……你以后当了医生,我还像……现在这样。我想让你当我的医生。

托尼: (奇怪地、紧张地、苦涩地)我以后当了……医生……

比利: 大家都觉得你会成为一个很好的医生。爸爸经常夸你,还夸你的手。他说你的那双手很适合做医生。

托尼: (看看自己的手)哦……是吗……他这么说的?(转身要走)

福来舍: 哎,你不要看焰火吗?

托尼: 哦,那你坐着你的礼花炮飞上天吧——(从右侧的门离开)

福来舍: (看着他离开的方向,张着嘴)嗯,我觉得他是想说……

阿德莉安: 是的,福来舍,他想说的跟你想的一样。

(后台的右侧传来了琴声,是拉赫玛尼诺夫的G小调前奏曲)

比利: 诺兰小姐,你不要走啊。大家走了。

阿德莉安: 我不会走的,比尔。我们把门打开,再关上

灯,这样我们会看得清楚些。(她关了灯,福来舍把双扇玻璃门推开)

比利: 为什么托尼一直弹这么悲伤的曲子?

阿德莉安: 因为他总是心情不好,比尔。

福来舍: 我能感觉到,大家心情都不好。

比利: 爸爸今天很开心。(一束火苗从湖面上升腾起来,比刚才的焰火要近很多,爆裂成许多闪闪发亮的星星)

福来舍: 快看啊!

比利: 哦!……(每隔一会儿就会继续有焰火升起)

福来舍: (在焰火之间,兴奋地)看啊,比利……看啊……这就是你爸爸的新发明!……相当好用!……那些焰火不用导线引燃……不用亲手点火……就像那样,隔着老远……能想象吗? 就是一种波把它们炸开了花!

阿德莉安: 精确度很高……相当准……如果有人选择了更大的……(突然她倒吸了一口气,几乎是失声尖叫起来)

福来舍: 怎么了?

阿德莉安: (声音很诡异)我……只是想到了一些事情……(她突然慌了神,准备冲出门,面对屋外的一片漆黑,她无奈地停了下来,转身问)沃尔特呢? 他去哪儿了?

福来舍: 我不知道。他不让我们跟着他。

阿德莉安： 史蒂夫在哪里？

福来舍： 不知道，我觉得他出去了。

阿德莉安：（朝院子里大喊）史蒂夫！……史蒂夫！……

福来舍： 他听不见的。这里地方太大了，离院子还远着呢。天这么黑，你谁也看不到。

阿德莉安： 我要——

比利： 快看，诺兰小姐！看！

（焰火组成了字母，在湖面上的天空渐渐成型，一个一个小光点排列开来。字母一个个拼成："天佑……"）

阿德莉安： 我得去找沃尔特！

福来舍： 诺兰小姐！别去！布雷肯里奇先生会生气的！

（阿德莉安冲了出去，消失在了院子里。焰火继续拼成了："天佑美……"[1]然后，最后一个光点展开了，字母抖动了几下，黯淡了下去，一同消失在了夜空里。此时只有黑暗和寂静笼罩）

哎！……出什么问题了？……发生了什么？……（他们等待着。不过什么都没有发生）我觉得可能是那个发明

---

[1] "天佑美国"，"God Bless America"，美国人常用的爱国标语。——译注

出问题了，有些地方坏掉了。可能那个伟大的发明还不太完美……

比利： 可能过一会儿就好了。

福来舍： 也许老式的点焰火的方法还是更好些。(他们继续等着，还是什么都没有发生) 对了，比尔，你说大家今天都怎么了？

比利： 没什么。

福来舍： 我不能理解。你是我见过的最好的人，但是这里有些东西不太对劲，很不对劲。

比利： 算了吧，福来舍。

福来舍： 以你为例吧，那个手术的事。你很想做手术吗？

比利： 我觉得可能是的……我不知道……我不知道很想要一个东西是什么感觉。我一直在尝试着不要有这样或那样的愿望。

福来舍： 比尔，你最想要的东西是什么？

比利： 我吗？……(想了一下) 我觉得……我觉得可能是接一杯水吧。

福来舍： 什么？要我去给你倒杯喝的吗？

比利： 不是，你没有理解，是自己给自己倒一杯水。

（福来舍紧盯着他）你明白我的意思吗？如果我渴了，我不用跟任何人说，我可以自己到厨房，拧开龙头，接一杯水，然后喝掉。不需要任何人，不需要感谢任何人，不需要请任何人帮忙，只需要自己去接。福来舍，你不能理解这对我来说有多么重要——就是不需要任何人。

福来舍： 但是大家想要帮助你。

比利： 福来舍，当——有任何事情发生的时候，无论何时，无论我在做什么……我一个人的时候不能渴，因为我必须得告诉别人我渴。我一个人的时候也不能饿。我根本感觉不到我是一个人，我只是一个总在被帮助的东西……如果我能站起来的话——我会站起来然后告诉他们都去死吧！哦，福来舍，我不会告诉他们的！我只要知道自己能够如此！只要一次就好！

福来舍： 就算那样，你又能如何呢？你说的没什么道理，因为大家只是对你很好——（院子里传来了爆炸声）看！看焰火！（向外看，只有漆黑一片）没有，可能是哑炮。

比利： 人们确实待我不薄，但是这样并不好——这种友好。有的时候我故意惹麻烦，就是为了让人骂我，可是从来都没有人骂我。大家一点都不尊重我，所以大家才不会生气。我不值得他们生气，我好像只是一个需要善待的东西而已。

福来舍：听着，你要喝水吗？要不要我帮你倒？

比利：（低下头，无精打采地）好吧。你帮我倒吧。

福来舍：我觉得光喝水不好吧，要不然给你来一杯热巧克力，再来一点吐司面包？

比利：好。

福来舍：我说了，今天晚上大家什么都没吃。那么好的晚饭都浪费了，这宅子里的人真是疯狂。（转身向门口）要我把灯打开吗？

比利：不用。（福来舍从右侧离开，比利独自坐了一会儿，一动不动。此时英格尔斯从院子里走进来）

英格尔斯：你好，比尔。你自己一个人坐在这儿干吗呢？（把灯打开）焰火放完了吗？

比利：好像出问题了，焰火停了。

英格尔斯：哦？那沃尔特去哪儿了？

比利：可能在修理焰火吧，我猜。他没有回来。（英格尔斯正要上楼）史蒂夫。

英格尔斯：嗯？

比利：史蒂夫，你知道我为什么喜欢你吗？……因为你从来都不对我好。

英格尔斯：但是我很想对你好呀，孩子。

比利：我不是这个意思。你永远也不可能……照着别人的样子对我好。我的意思是，人们把友善当作一种武器……史蒂夫！那是一种很可怕的武器，我觉得比生化毒气还要可怕。它会浸入更深，伤得更痛，而且没有面具可以防护，因为人们觉得只有坏人才需要提防友善。

英格尔斯：比尔，你听我说。这些都不要紧，甚至你的坏腿和轮椅——都不要紧，只要你不让人控制你的思想。你要掌控你自己的思想——让你的思想自由、自主。不要让任何人帮助你——你的思想，你的灵魂。不要让任何人告诉你你应该想什么。不要让任何人觉得你应该感觉到什么。永远不要让任何人把你的灵魂扶上轮椅。只要这样，无论发生什么，就都不会有事的。

比利：你是懂我的，史蒂夫，只有你是懂我的。（福来舍从右侧的门进屋）

福来舍：来吧，比利，吃的给你弄好了。你想在这里吃吗？

比利：我不饿，把我推到房间吧。我累了。

福来舍：他妈的！我忙活了半天——

比利：求你了，福来舍。（福来舍推动了他的轮椅）晚安,史蒂夫。

英格尔斯:晚安,孩子。(福来舍和比利出去了,隔壁传来托尼的声音)

托尼的声音:回去啦,比利?晚安。

比利的声音:晚安。(托尼从右侧进来)

托尼:焰火呢?放完啦?

英格尔斯:可能是吧,比利说焰火出问题了。

托尼:你没有看吗?

英格尔斯:没有。

托尼:我也没看。

(海伦出现在了台阶的顶端。她戴着帽子,穿好了外衣,拎着小手提箱。她停了一下,看了看楼下的两个人,然后坚定地走了下来)

英格尔斯:海伦?你去哪儿?

海伦:回城里。

托尼:现在?

海伦:是的。

英格尔斯:不过海伦——

海伦:不要问我任何问题。我不知道这里还有人。我不想……我不想跟任何人说话。

英格尔斯： 发生了什么?

海伦： 我过后跟你说，史蒂夫。过后再说。我之后再跟你说。如果你愿意的话，明天，城里见。我到时候跟你解释。不要——

（院子里远远地传来了阿德莉安的尖叫声——一声惊恐的悲鸣。所有人都转身朝着双扇玻璃门）

英格尔斯： 阿德莉安在哪儿?

海伦： 我不知道。她——

（英格尔斯冲进了院子，托尼紧跟其后。福来舍从右侧的门闯进来）

福来舍： 刚才那是什么声音?

海伦： 我……不知……道……

福来舍： 诺兰小姐！是诺兰小姐！（库蒂斯从右侧进）

库蒂斯： 夫人！怎么了！

（英格尔斯、托尼和阿德莉安从院子里进屋。英格尔斯搀着阿德莉安，她颤抖着，喘不过气来）

英格尔斯： 好了，好了，放轻松。刚才怎么了?

阿德莉安： 是沃尔特……在外面……院子里……他死了。（沉默，众人都看着她）外面一片漆黑……我什么都看不到……他趴在地上……我拔腿就跑……我觉得他中枪

了……(海伦倒吸一口气,瘫倒在椅子上)

英格尔斯: 你碰任何东西了吗?

阿德莉安: 没有……没有……

英格尔斯: 库蒂斯。

库蒂斯: 先生你有什么指示?

英格尔斯: 你快到案发地点去,站在边上不要动任何东西,也不要让任何人走近。

库蒂斯: 明白了,先生。

阿德莉安: (用手指着)在那儿……左边……沿着小道走……(库蒂斯出门到院子里去)

英格尔斯: 托尼,你把海伦带回房间吧。福来舍,你跟比利在一起。不要告诉他,让他快点睡觉。

福来舍: 好,好的,先生。

(福来舍从右侧出去,托尼扶着海伦上楼,英格尔斯拿起了电话)

阿德莉安: 史蒂夫!你要干什么?

英格尔斯: (对电话说)接线员吗?……

阿德莉安: 史蒂夫!你等等!

英格尔斯: (对电话说)接地方检察官黑斯廷。

阿德莉安: 不要!……等等!……史蒂夫,我——

英格尔斯：(对电话说)喂，格里格？我是史蒂夫·英格尔斯，我在沃尔特·布雷肯里奇的宅子里。布雷肯里奇先生被——(阿德莉安抓住了他的胳膊，他把她推开，没有用很大力气，但是十分坚定)——谋杀了……对……对，我会的……对，那座新房子……(挂电话)

阿德莉安：史蒂夫……你刚刚不让我跟你说话……

英格尔斯：嗯？怎么了？

阿德莉安：(从兜里掏出一条男士手帕，递给他)这个。(他看着手帕上的姓名缩写)这是你的。

英格尔斯：是的。

阿德莉安：我是在长椅上找到的——就在——尸体……边上。

英格尔斯：(看看手帕，又看看她)不错的证据，阿德莉安。(淡定地把手帕装进自己的衣兜)这个证据证明你还爱我——无论发生什么——无论今天下午发生了什么。

阿德莉安：(语气僵硬)只是间接证据而已。

英格尔斯：哦，对啊，不过间接证据就足够了。

(幕落)

Think Twice
Act
II

第二幕

第一场

半小时之后。肖邦《蝴蝶练习曲》的琴声在大幕还未拉开时就响了起来。音色明亮,情绪欢快——跳动的音符轻松愉快。大幕拉开,琴声继续。

台上只史蒂夫·英格尔斯一人,他不耐烦地踱着步,不停地看手表。这时传来了停车的声音,他向外张望,然后走到舞台左侧的门口,把门猛地拉开。他开门的时机把握得相当巧妙,瑟奇正站在门外,还没来得及按门铃。

瑟奇：(愤怒地走进来)你这是搞什么！(他把《通讯员报》从口袋里拿出来，扔给他)《通讯员报》上根本就没有关于苏维埃文化联谊社的消息。连联邦调查局都没有。

英格尔斯：没有吗？

瑟奇：没有！害得我跑那么远，结果空手而归。

英格尔斯：(浏览着报纸上的内容)可能是乔·奇斯曼的内部消息不太准。

瑟奇：人呢？(英格尔斯把报纸塞进兜里，不作声)为什么灯都关着？(英格尔斯站起来看着他，一言不发)这是怎么了？

英格尔斯：瑟奇。

瑟奇：嗯？

英格尔斯：布雷肯里奇先生被人杀了。

瑟奇：(一动不动地站着，然后猛地吸了一口气——听起来好像叹息。声音嘶哑地厉声说)你疯了！……

英格尔斯：(毫无反应)布雷肯里奇先生的尸体就在院子里。

瑟奇：（瘫倒在椅子上，抱着头唏嘘道）我的老天啊！……我的老天啊！……[1]

英格尔斯： 节哀顺变吧，瑟奇。

瑟奇：（突然抬起头，严肃地、令人畏惧地）谁干的？

英格尔斯： 你。或者我。要么就是这房子里的某个人。

瑟奇：（义愤填膺地站起来）我？！

英格尔斯： 好了好了，瑟奇。你问的问题谁都没法回答——鉴于现在的情况，所以我们把这个问题留给格里格·黑斯廷。

瑟奇： 谁？

英格尔斯： 格里格·黑斯廷，地方检察官。他这就到。我相信他会回答你的问题的，他从来没有让人失望过。

瑟奇： 希望他靠点谱，希望……

英格尔斯： 他当然靠谱，就没有他解决不了的案子。他觉得一切凶案都会露出马脚。

---

[1] 此处为俄语。——译注

瑟奇：我希望他能找出那个凶手、魔王，那个彻头彻尾的……

英格尔斯：听我一句忠告，瑟奇。格里格·黑斯廷的案子，可千万不能有侥幸心理。我很了解他，他不会被表面现象迷惑，他明察秋毫，相当聪明。他聪明绝顶。

瑟奇：（愤怒地大声说）你为什么跟我说这些？你看我干吗？你难道认为我……

英格尔斯：我没有那样认为，瑟奇。（托尼从右侧的门走进来）

托尼：（得意洋洋地）警察来了？（看到瑟奇）哦，是你啊，瑟奇，老哥们，老朋友。

瑟奇：（吓了一大跳）你说什么呢？

托尼：你脸色不错，出去兜一圈果然不一样。晚上出去兜风可爽了，开着车迎着风，什么都拦不住你！像飞一样，风驰电掣——多么自由！

瑟奇：（惊愕地）这是怎么了？（朝英格尔斯转过身）哦，我明白了！你们是开玩笑的，你们是开玩笑的……（对托尼说）布雷肯里奇先生他没有死吧？

托尼：（轻声说）他死了，布雷德里奇先生死了，死得像个门钉,像个墓碑,死了。

瑟奇:(对英格尔斯说)他失去理智了!

英格尔斯: 也许是刚刚获得理智。(海伦从台阶上走下来)

海伦: 托尼,你怎么——

瑟奇: 哦,布雷肯里奇夫人!我对这件莫大的不幸表示哀悼——

海伦: 谢谢,瑟奇。(她此时举止异乎寻常地单纯、年轻、自如)你怎么不弹了呀,托尼?刚才的曲子很好听,我从来没听过你弹这样的曲子。

托尼: 你以后还会听到的。你会一直听到的——一直——一直——一直——(英格尔斯从台阶离开)

瑟奇: 布雷肯里奇夫人——

海伦: 我给你买架钢琴吧,托尼。这就给你买。明天就买。

(远处传来迫近的警笛声,瑟奇紧张地抬头张望,其他人却都像没有听见一样)

托尼: 你不会给我买钢琴的!再也不会有人送我什么了!我觉得我可以在金贝尔的店里找个工作,我一定会这样做的。然后我会一周存下来三美元,这样的话，一年我就可以买钢琴了——一架上好的二手琴，我自己的！……不过我挺喜欢你的，海伦。

海伦：是吗，那你自己买好了。

瑟奇：布雷肯里奇夫人！……这到底都是怎么了？

海伦：我们也不知道，瑟奇。

托尼：弄清到底是怎么了又有什么区别呢？

瑟奇：可是，是谁干的啊？

托尼：谁在乎呢？

（门铃响了，托尼打开门，格里高利[1]·黑斯廷走了进来。他四十来岁，高高的个子，温文尔雅，气度不凡，神情镇定。他镇静地走进房间。他说话的声音很小，尽可能地自然、平和——又不过分。他走进来，停下，看着海伦）

黑斯廷：布雷肯里奇女士吗？

海伦：是的。

黑斯廷：（鞠躬道）格里高利·黑斯廷。

海伦：你好，黑斯廷先生。

---

[1] 格里高利与格里格为同一人。——译注

黑斯廷：真的很抱歉，布雷肯里奇夫人，我今天晚上本来应该在这里的。

海伦：我们一定尽全力配合你，黑斯廷先生。如果你要讯问我们——

黑斯廷：不着急。我们首先需要看看现场的——

海伦：（用手指着）在院子里……托尼，你可不可以带——

黑斯廷：不必。不麻烦你了。（从左侧出去）

托尼：一定会很有意思的。

瑟奇：你……你太没有人性了！

托尼：也许吧。（英格尔斯进来，从台阶上迈步向下）

英格尔斯：是格里格·黑斯廷吗？

托尼：是的，是警察。

英格尔斯：他们在哪儿？

托尼：（指着院子）可能在嗅脚印呢，我觉得。

瑟奇：根本就不会有脚印的。他们什么都找不到。情况会十分不利。

英格尔斯：你怎么知道他们什么都找不到？

瑟奇：像这样的事情，通常都是如此。

英格尔斯：说不准。（把《通讯员报》从口袋里掏出来）有人想看这份瑟奇好心给我们捎回来的报纸吗？

托尼：（拿过报纸）《通讯员报》上有没有连环画？我喜欢看连环画。（翻到报纸的娱乐版）但他们没有《孤女安妮》。我的最爱——《孤女安妮》。

海伦：（越过他的肩膀看着报纸）我喜欢《大力水手》。

托尼：哦不！安妮更好，不过《大力水手》也有好看的地方——尤其是故事里有了温比先生之后。温比先生很不错。

海伦：普拉士巴特先生[1]也很好。

托尼：普拉士巴特先生是别的连环画里的。

瑟奇：那可是我开车四五十分钟才买到的！

海伦：哦对了，瑟奇，这里面不是有你想看的报道吗？

瑟奇：本来说是有啊，但是没有！关于苏维埃文化联谊社一个字都没有！

托尼：连《孤女安妮》和《大力水手》都没有。

---

[1] 二十世纪风靡全美的连环画《穆恩·穆林斯》中的重要人物。——译注

（弗莱明走下楼梯，他很镇静，走起路来不紧不慢。他的神态就好像第一次获得了尊严一样。他的衣着依旧破烂，但是他刮了胡子，领带也整齐了些）

弗莱明：史蒂夫，你不需要——以防万一——在研究所安排一个门卫吗？

英格尔斯：不需要，不过我们需要一个工程师。

弗莱明：有经验的那种？

英格尔斯：不，有潜质的那种。

弗莱明：（看着他，低声说）史蒂夫，你简直是一个——

英格尔斯：——冷血的个人主义者。人们总是这样说，可是我都不知道一个个人主义者应该是什么样。到此为止吧。

弗莱明：（庄重地慢慢点头，然后抓起几张报纸）警察就在院子里呢，我猜他们想让我们都待在这儿。

英格尔斯：对，不会太久的。

瑟奇：（走到餐柜前，倒上一杯酒）你也来一杯吗，弗莱明先生？

弗莱明：（缓缓地说道，好像在强调什么）不用了，谢谢。

瑟奇：（灌下一大口烈酒）研究所——现在归谁管？

英格尔斯：归我管。

瑟奇：那……那个发明怎么处理？

英格尔斯：啊，是啊，那个发明。是这样，瑟奇，世界上只有两个人知道那个发明的秘密——我和沃尔特。而沃尔特死了。

瑟奇：他想把这个发明献给全人类。

英格尔斯：他是这么想的，但是现在我只需要无所事事地坐着，就可以赚上一大笔。我才不会献给什么全人类。

瑟奇：你没有尊重一个死者的——

英格尔斯：我从来都不尊重任何东西，瑟奇。

瑟奇：（审慎地）但是如果你现在为布雷肯里奇先生实现梦想的话——那么警察可能就不会怀疑你有动机谋杀他。

英格尔斯：哦，瑟奇！你不会想建议我迷惑警方吧，嗯？（黑斯廷从院子里回来了，表情认真）

黑斯廷：布雷肯里奇夫人……（看到英格尔斯）哦，你好，史蒂夫。

英格尔斯： 你好，格里格。

黑斯廷： 我很高兴你在这儿，这会让我的工作顺利得多。

英格尔斯： 或者困难得多——如果是我杀的人。

黑斯廷： 如果是你杀的人，那我可就难办了，不过我已经发现了一点证据证明应该不是你。（对海伦）布雷肯里奇夫人，每个人可能都需要来按个指纹，麻烦了。

海伦： 没问题，我觉得不会有人反对的。

黑斯廷： 如果可以的话，有劳你让大家到图书室去——我的助手要使用必要的设备。完成之后我需要大家都回到这里。

海伦： 好的。

黑斯廷： 史蒂夫，你可不可以到那里——（指指院子）——检查一下布雷肯里奇操作的电子设备？现在我已经采集了管家的证词，他汇报了关于那个发明和焰火意外中断的情况。我希望你告诉我设备是不是出了任何故障。

英格尔斯： 你会信任我的话吗？

黑斯廷： 我必须得信任你的话，因为你是唯一一个懂行的人。你做检查的时候会有我的手下在边上，不过你还是先去按指纹吧。

英格尔斯： 好的。

（众人从右侧的门离开了房间。海伦是最后一个离开的，她关上灯后出门。舞台此时漆黑一片，空无一人。过了一会儿，右边突然出现了一个身影，我们看不到这个身影是谁。他疾速地拿起报纸，把它们团在一起，跪在壁炉边。他擦着了一根火柴，点燃了报纸。火光中，我们也只能看到他的双手。他待报纸燃到一半时把火吹灭，然后站起身从右侧离开）

（又过了一会儿，海伦和黑斯廷回到了房间，从右侧进门。海伦开灯后，我们可以看到壁炉里残存的报纸）

黑斯廷： 我得提前跟你道歉，布雷德里奇夫人，如果我之后的言行举止有不当之处的话，因为恐怕这是个相当棘手的案子。

海伦： 我可不可以说我希望它越棘手越好？

黑斯廷： 你难道不希望让我找出凶手吗？

海伦： 我应该希望你找出他来，但是……我不希望。

黑斯廷： 这也许意味着你知道他是谁，要么就是——一种更糟糕的情况。

海伦：我不知道他是谁。至于"更糟糕的情况"——我们都会否认自己是凶手，所以我估计我现在竭力辩解也没什么用。(库蒂斯从右侧进来)

库蒂斯：黑斯廷先生，你能不能让尸检医生去照顾一下普德盖夫人那边？

海伦：我的老天爷，库蒂斯！你不会是要说普德盖夫人被——

库蒂斯：哦，不是的，夫人，不过普德盖夫人现在情绪很不稳定。(弗莱明和瑟奇从右侧进来)

黑斯廷：她怎么了？

库蒂斯：她说她拒绝给一个被谋杀的人打工。

黑斯廷：好的，让尸检医生给她点药吧。你安排完就回来。

库蒂斯：是，先生。(从右侧出去)

黑斯廷：(对海伦说)令郎也在这个房间观赏了焰火吗？

海伦：是的，应该是。

黑斯廷：那么恐怕我需要你把他也带过来。

弗莱明：把他叫醒吗？这么晚？(黑斯廷好奇地

看着他)

海伦： 不过没有别的更好的办法，哈维。我们不能有侥幸心理。叫醒他没关系的，我让福来舍把他带下来吧。

弗莱明： 我去吧。(从右侧出去，托尼恰好进来)

黑斯廷： (对海伦说)你知道为什么我觉得这个案子会很棘手吗？因为动机是最关键的因素，动机是任何案子的切入点。我恐怕没有发现这里的人有什么动机。我无法想象谋杀一个像布雷肯里奇一样的人。

海伦： 沃尔特也不能理解。我只希望杀他的人在他死前告诉了他原因。(黑斯廷惊讶地看着她)是啊，我就这么残忍——虽然我之前没有意识到。(阿德莉安从右侧进来，她面色苍白，神情紧张，近乎崩溃)

托尼： 我以前一直不知道按指纹那么简单，你以前知道吗？你不觉得很有趣吗？

阿德莉安： (敷衍地)不觉得。

托尼： (惊讶地)哦……抱歉，阿德莉安……不过我觉得……你现在应该比我们轻松一点。

阿德莉安： (痛心地)哦，你这样认为吗？

海伦： 阿德莉安，要我给你倒杯酒吗？

阿德莉安：（愤恨地看着她，然后，对黑斯廷说）赶紧完事儿吧，好吗？然后我就可以走了。

黑斯廷：我尽我所能，诺兰小姐。（英格尔斯从院子里回来）那个设备怎么样，史蒂夫？

英格尔斯：毫无故障。

黑斯廷：没有任何问题吗？

英格尔斯：没有。

黑斯廷：看起来没有人搞过破坏吗？

英格尔斯：没有。（库蒂斯从右侧进来）

黑斯廷：好，现在我希望大家都坐好，调整到你们觉得最舒服的状态。我不会让速记员记录下任何人的言辞或是举止，我不需要。我们现在放轻松，理智地聊会儿天就好。（对海伦说）所有人都到齐了吗？

海伦：是的，除了比利和他的家庭教师弗莱明先生。

黑斯廷：然后还有几个仆人——管家、厨子，还有厨子的丈夫，也就是司机。没有别人了吗？

海伦：没有了。

黑斯廷：那么——最近的邻居在哪儿？

英格尔斯：最近的一户人家离这儿两英里远。

黑斯廷：好的，那就没有问题了。现在我们开始吧。我从来都不指望在小屋子里进行的隔离讯问，那样只会让你们互相之间钩心斗角。我希望把所有事情放到明面上说。我知道你们没有人想敞开来说，而我的工作又是让你们开口说话，所以我先来做个榜样。我不认为——尽管惯例恰恰如此——我需要隐瞒我所知道的信息。我为什么要隐瞒呢？凶手自己自然心知肚明，而其余人跟我站在一边。所以，下面我要告诉你们目前为止我所掌握的信息。（顿了顿，然后继续）布雷肯里奇先生是中弹身亡的——背部中枪。开枪的位置离他有一段距离——伤口四周没有灼伤的痕迹。尸体离布雷肯里奇先生用来引燃焰火的设备有几步远。布雷肯里奇先生的手表摔坏了，时间停在了十点零四分。尸体倒下的地方只有草和松软的土地，所以手表上面的玻璃不应该像现在这样摔得粉碎，看起来更像是有人踩到过那个手表。凶器在引火设备附近的地面上，库蒂斯经过辨认，认为它是布雷肯里奇先生本人的枪。凶手只开了一枪，枪上留下了明显的指纹。我们很快就会知道指纹是不是属于你们当中的一个。目前为止——我知道的就是这么多。现在我需要——（弗莱明和福来舍从右

侧的门进来,推着比利的轮椅。比利在他的睡袍外面又罩了件睡衣)

海伦: 这就是比利,黑斯廷先生。

黑斯廷: 比利,你好。很抱歉把你叫醒。

海伦: (带着疑问看看弗莱明,他摇了摇头。她朝比利转过身,温柔地)比利,亲爱的,我要告诉你件事,你要冷静,要成熟一点。是你爸爸的事,亲爱的,出了个事故,然后……然后……

比利: 你是说他死了吗?

海伦: 是的,亲爱的。

比利: 你是说他被谋杀了吗?

海伦: 你千万不可以那么说,我们还不知道。我们还在调查事情的真相。

比利: (单纯地)我很高兴他死了。

黑斯廷: (温柔地)你为什么这么说呢,比利?

比利: (单纯地)因为他想让我残疾。

黑斯廷: (连他也无法理解了)比利……你怎么能这么想呢?

比利: 他从最开始就想让我残疾。

黑斯廷: 你是什么意思?

比利：（语调平缓）他想让我残疾，因为残疾人才需要依赖他。如果你致力于帮助别人，就必须要有人需要你的帮助；反之，如果所有人都是独立的，那么那些需要帮助别人的人怎么办呢？

弗莱明：（愤怒地对黑斯廷说）你能不能不提这个了？把你要问他的问题问完，然后他就可以回去了。

黑斯廷：（看着他）你是谁？

弗莱明：哈维·弗莱明。

黑斯廷：（对比利）比利，你为什么那么揣测布雷肯里奇先生？

比利：（以近乎轻蔑的眼神看着他，好像答案过于显而易见一样。敷衍道）比如今天吧。

黑斯廷：今天发生了什么？

比利：他们要他让我去做手术——让我能站起来的最后一根救命稻草。他不准。他不准，即便——（看看弗莱明，住口）

黑斯廷：（温柔地）即便——什么，比利？

比利：没事了。

弗莱明：孩子，说吧。没事的。即便我骂他、威胁他。

黑斯廷：真的吗？（看着他）弗莱明先生，你为什么这么关心比利？

弗莱明：（惊讶地，好像他不需要回答对方就应该知道答案）为什么？因为我是他的父亲。（黑斯廷转身看着海伦）不，不是你想的龌龊勾当。我还以为你知道呢，大家都知道的。比利是我的亲骨肉——我和我妻子的合法后代。我的妻子去世了。五年前，沃尔特收养了比利。（黑斯廷惊愕地看着他，弗莱明认为黑斯廷在责备他，于是愤怒地说）我不用你告诉我我他妈竟然像个笨猪一样地同意他收养我的孩子，我有自知之明，但是我那时不知道，我又怎么可能知道呢？（指指众人）这些人又怎么可能知道在他们身上会发生什么呢？我失业了，我妻子刚刚去世，比利又得了小儿麻痹症。我为了给他治病倾家荡产。我当掉了我的一切——最后我当掉了他，沃尔特要收养他。沃尔特很有钱，沃尔特能够请得起最好的医生，沃尔特待我们不薄。当我看清真相的时候——我开始往那个方面想的时候已经过了两年——已经晚了……晚了……沃尔特拥有了他。

黑斯廷：（慢慢地）我明白了。

弗莱明：不，你没有明白。你知道沃尔特和我是同乡吗？你知道我们原来都身无分文吗？你知道我在学校是尖子生，因此沃尔特恨我吗？你知道人们都说我会成为一个出色的工程师，我也开始为之奋斗，但我恰恰缺少沃尔特那种利用他人的城府吗？你知道他希望我一事无成，希望我永无出头之日吗？你知道他在我失业的时候帮助我——就是因为他知道这样可以让我一直失业，因为他知道我酗酒——自从我妻子去世——我开始虚度光阴——生活变得如此简单……他知道我不会再去工作了，他拿走了我的最后一样东西——他夺走了比利——他让我的生活变得如此简单——如此简单啊！如果你想结果一个人，只消把他所有的负担——和所有的目标——都拿走！……他一直资助我——这些年——我一直接受他的资助。我接受了他的资助！（顿了顿，然后令人胆寒地低声说）听着，沃尔特·布雷肯里奇不是我杀的，但是假如是我杀的——我的余生——将会骄傲地度过。

黑斯廷：（转身对海伦）布雷肯里奇女士。

海伦：（语调毫无起伏）他说的是真的，一点不假。我跟沃尔特一直没法生育，而我一直想要一个孩子。我记得有一次我跟他说——当时我在公园里看着孩子们追逐玩耍——我跟他说我想要一个孩子,在房子里活蹦乱跳……然后他就领养了比利……(沉默)

比利:(对弗莱明)我没想说这些的……爸爸……(对海伦,胆怯地)你还好吗?

海伦:(她的声音几乎听不到)还好,亲爱的……你知道不是我要……(她没有说完)

比利:(对弗莱明)我错了,爸爸……

弗莱明:(把手搭在比利的肩膀上,比利把脸贴上他的胳膊)没事了,比利。现在一切都好了……(沉默)

黑斯廷:我感到很抱歉,弗莱明先生。我甚至希望你没有告诉我这些,因为,你现在有相当合理的动机了。

弗莱明:(坦率地、漠然地)我相信大家都认为我有合理的动机。

托尼:那又怎么样?他又不是唯一的一个。

黑斯廷:不是吗?你叫什么名字?

托尼:托尼·戈达德。

黑斯廷:好,戈达德先生,如果你抛出一个刚才那样的观点,你一般都得——

托尼：——你想说我一般都得解释完吗？不然你觉得我为什么要提起呢？你不用问我问题了，我直接给你解释。我不确定你能不能理解，但是我不在乎。（伸出双手）看我的手。布雷肯里奇先生跟我说，我的手特别适合做外科医生。他告诉我我可以做多少善事，我可以帮助多少受苦受难的人——他给了我上医学院的奖学金。一大笔钱。

黑斯廷：然后呢？

托尼：就是这样。只不过我最恨的就是学医，我希望成为钢琴家。（黑斯廷看了看他，托尼继续平静地、自嘲地说）好吧，就当我是个懦夫。谁不是呢？我很穷——又很孤独。没有人在乎过我，甚至没有人关心我是死是活。我有太多的事情需要打拼——而我根本就不确定我有音乐天赋，一开始的时候一个人怎么可能确定呢？前方的路很长，布满了荆棘——我总是磕得头破血流。然后他告诉我那是个自私的决定，他说我当医生会对人们有更大的贡献，而且他对我特别好，他说的听起来很有道理。

黑斯廷：那么他为什么不资助你上个音乐学院呢？

托尼：（近乎怜悯地看着他，像一个老人看着一个孩子，毫不避讳地、疲乏地）为什么？（不情愿地耸耸肩）黑斯廷先生，如果你想要人们依赖你，就不要让他们感受到快乐。快乐之人必享自由。

黑斯廷： 但是如果你不快乐，为什么不一走了之？是什么迫使你继续如此？

托尼： （用同样智慧而疲乏的声音说）黑斯廷先生，你不知道友善是一个多么可怕的武器。当你面对敌人，你可以与之战斗；但是当你面对朋友，一个温文尔雅、与人为善、满脸微笑的朋友时——你会背叛自我，你会觉得你低人一等，忘恩负义。正是你善良的一面摧毁了你，这是最可怕的……而且你要体悟很久才能明白。我想我也是今天才明白。

黑斯廷： 为什么？

托尼： 我不知道。一切都是这样，房子，马，献给人类的发明……（对众人说）我们当中有一个人是凶手，我不知道是谁，而且出于对他个人的考虑——我也永远不想知道是谁，不过我想让他知道我很感激……十分感激……（沉默）

黑斯廷： （对英格尔斯）史蒂夫？

英格尔斯： （平静地、自然地）我有一切理由厌恶

他。你可以把这视为动机。(黑斯廷看着他)

阿德莉安: 别那么盯着他看了！人们一向都更喜欢盯着我的，不过，我很少扮演这样通情达理的角色。

黑斯廷: 诺兰小姐？你不恨布雷肯里奇先生，对吗？

阿德莉安: 不恨吗？

黑斯廷: 那么——为什么呢？

阿德莉安: 因为他逼着我做他所谓伟大的、有益的工作，而这让我无法忍受。因为他的天分让他可以洞察人的潜力，然后毁掉它。因为他绑架了我——我们签订了五年期的合同。今天我请求他放我走，但是他不肯。我们吵得很凶，你可以问史蒂夫，他听到了我在尖叫。

海伦: 阿德莉安，我很抱歉，我之前不知道这些。

阿德莉安:（看了看她，不作声，又转身对黑斯廷说）你什么时候能让我们走啊？待在沃尔特的房子里已经够糟了，我忍不了太久——尤其是这房子已经是她的了。

黑斯廷: 怎么了，诺兰小姐？

托尼: 阿德莉安，没必要——

阿德莉安: 噢，那又怎么样呢？他迟早都要知道的，我现在告诉他好了。(对黑斯廷说)今天下午，沃尔特和我和大家一起从院子里回来，恰好看到了一出激情戏，相当浪漫的激情戏，是海伦和史蒂夫两个人。还没有男人那么吻过我呢。(对海伦说)你当时没有感觉到史蒂夫的接吻技术很好吗，亲爱的？(海伦一动不动地盯着她，她转身对黑斯廷说)你之前没有听说吗？

黑斯廷：没有。我没听说过这两件有趣的事情。

阿德莉安：两件？

黑斯廷：第一——激情戏。第二——你感到惊诧的竟然是接吻技术。

阿德莉安：那么你现在都听说了。

英格尔斯：阿德莉安，你最好适可而止。

阿德莉安：什么要适可而止？

英格尔斯：你现在正在做的事。

阿德莉安：你并不了解我在做什么。

英格尔斯：哦，我觉得我当然了解。

黑斯廷：对了，我不知道你们当中有没有人注意到，我对这个案子的形势的估计有所偏差。我原本以为大家都不愿开口。

英格尔斯：我注意到了。

黑斯廷：你确实应该注意到的。(对比利说)比利，我不想耽搁你太久，不过你今晚一直在这个房间，对吗？

比利：是的。

黑斯廷：那么我想让你把你记得的事情都告诉我，比如每个人何时出过门。

比利：嗯，我觉得……我觉得史蒂夫是第一个离开的。我们讨论做手术的问题时，他就出去了。

黑斯廷：他去哪儿了？

比利：院子里。

黑斯廷：下一个离开的是谁？

比利：是爸爸。他上楼了。

福来舍：而且他从壁炉上捎了一个酒瓶走。

黑斯廷：你是比利的家庭教师，对吗？

福来舍：是的。福来舍·科琴斯基——斯坦斯洛·科琴斯基。

黑斯廷：你一整晚都和比利在一起吗？

福来舍：是的。

黑斯廷：那下一个是谁？

比利：是布雷肯里奇先生。他去了院子里，他说他不想让任何人跟着他。

黑斯廷：他是什么时候出去的？

福来舍：大约十点钟。

黑斯廷：然后呢？

福来舍：然后布雷肯里奇夫人起身，说了声抱歉，就上了楼。紧接着托尼打趣让我……让我用焰火做一件不可能的事——然后托尼就去了图书室。

比利：再然后我们听到托尼在图书室里弹响了钢琴。

福来舍：然后焰火开始陆续飞上夜空——这个时候只剩下了我们两个和诺兰小姐，不过焰火还是很美的。诺兰小姐说焰火很不错，她还说什么精确度很高之类的——她突然尖叫起来，她想到了些什么，她马上就跑去找布雷肯里奇先生了。

（英格尔斯向前迈了一步）

黑斯廷：啊……你当时想到了什么，诺兰小姐？

阿德莉安：我想到……（看了看英格尔斯，英格尔斯也在看着她）

英格尔斯：（一字一顿地）你当时想到了什么，阿德莉安？

阿德莉安：我想到了……我想到史蒂夫可能会趁着沃尔特不在，就……史蒂夫可能在楼上跟海伦在一起，我要去告诉沃尔特。

黑斯廷：我明白了。然后你做了什么？

阿德莉安：我去了院子里——寻找沃尔特。

黑斯廷：再然后呢？

比利：再然后焰火停了。

黑斯廷：诺兰小姐走后多久焰火就停了？

福来舍：没隔多久，她可能刚刚走出几步远。

黑斯廷：之后呢？

福来舍：我们只好等着，但是什么都没有发生。我们一边聊天，一边——（停住，深吸一口气）哦，我的老天爷！

黑斯廷：怎么了？

福来舍：天啊，我觉得布雷肯里奇先生被杀的时候，我听到了响声！

黑斯廷：什么时间？

福来舍：比利，你记得那个哑炮吗？你记不记得外面传来了爆炸声，我还以为是焰火恢复了呢，但是其实焰火并没有恢复，所以我说那只是个哑炮？

比利：嗯。

库蒂斯：我也听到了，黑斯廷先生，但是外面一直在放焰火，我当时没有在意。

黑斯廷：这就有意思了。你们是在焰火已经停止之后听到的吗？

福来舍：是的，焰火已经停了很久，至少有五分钟吧。

黑斯廷：这之后还发生了什么吗？

比利：就没什么了，史蒂夫从院子里回来，然后我们说了几句话，然后福来舍就把我送回了房间。

黑斯廷：你在这儿的时候没有看到布雷肯里奇夫人和布雷肯里奇先生从楼梯上下来吗？

比利：没有。

黑斯廷：那么，库蒂斯，你这段时间里一直在后厨对吗？

库蒂斯：没错，先生。我在擦拭银器。

黑斯廷：你在后厨能看到从二楼下来的另一个楼梯吗？

库蒂斯：可以，先生。后厨的门开着。

黑斯廷：有人从楼梯上下来吗？

库蒂斯：没有，先生。

黑斯廷：（对弗莱明）那么，我觉得这可以排除你的嫌疑。

弗莱明：（耸耸肩）那可不一定，我的房间里有扇窗户。

黑斯廷：你在你房间里干什么呢？借酒消愁吗？

弗莱明：一醉方休。

黑斯廷：那你呢，布雷肯里奇夫人，你也一直在房间吗？

海伦：是的。

黑斯廷：鉴于我简直无法想象你从窗户跳下来，我认为你的嫌疑也可以排除。

海伦：那可不一定。我的房间外有个阳台，连到院子的台阶使得我的房间恰是近水楼台。

黑斯廷：哦……你在房间里做什么？

海伦：收拾行李。

黑斯廷：什么？

海伦：收拾我的手提箱，我要回纽约。

黑斯廷：今天晚上吗？

海伦：没错。

黑斯廷： 为什么？

海伦： 因为我觉得我不能再在这座房子里待下去了。（黑斯廷看着她，她继续说）你难道不理解吗？我一直想要一套自己的房子，我想要一套袖珍的、摩登的房子，简洁明快，赏心悦目，有落地窗、玻璃砖和雪白的墙面。我希望能配上最新款的冰箱、七彩的洗手池、塑料的地板砖……我希望能为它忙上几个月，自己好好规划……但是我从来都不被允许规划我的生活……（控制住自己的情绪，冷静地）我收拾完毕，下楼，史蒂夫和托尼在楼下。我正要走，就听到阿德莉安的尖叫……然后……（最后她打了个手势，意思是："就是这样"）

黑斯廷： 我懂了……那么，诺兰小姐，你在院子里做了些什么？

阿德莉安： 我在找沃尔特，但是我走错了方向，我是冲着湖走的，结果我在黑暗中迷了路。我绕回来的时候就——看到了他。已经死了。（看了看黑斯廷，补充道）当然了，我也可能是干了别的。

黑斯廷： 你想让我觉得你干了别的吗？

阿德莉安： 我根本不在乎你怎么想。

黑斯廷：好吧，我也许会那么想的——不过事实摆在我们面前，你离开之后，焰火随即停止，这二者挨得太近了。你根本没有时间从这里走到布雷肯里奇先生遇害的地方。我觉得一定是凶手使焰火停止了——或者他干扰了布雷肯里奇先生，从而致使焰火停止，因为设备没有故障。我觉得凶手是在焰火停下的时候到达的现场，或者更早些，但是不可能晚于那个时刻。(对英格尔斯)史蒂夫，你在院子里做了什么？

英格尔斯：我没有不在场证明，格里格。

黑斯廷：没有吗？

英格尔斯：没有。我在院子里散步，我没有看见任何人，也没有任何人看见我。

黑斯廷：那……戈达德先生，你一直在图书室里弹琴吗？

托尼：是啊。

黑斯廷：(对比利和福来舍说)你们听他弹了多久？一直到焰火停止吗？

比利：是的，焰火停的时候他还没弹完。

福来舍：对。

黑斯廷：(对托尼说)那么，你没有嫌疑。

托尼：那可不一定。如果你去看唱机里的唱片，有一张正是拉赫玛尼诺夫的G小调前奏曲。

黑斯廷：（靠在靠背上，厌烦地）到底有没有人不想当凶手啊？

福来舍：哦，我可不想。

瑟奇：简直是胡闹！你们这些人在资助你们的人死后竟然是如此的反应，丧尽天良！

黑斯廷：（好奇地转身看着他，然后对海伦说）这位先生是？

海伦：瑟奇·苏琴先生，我丈夫的一位朋友。

黑斯廷：苏琴先生，我们差点忘记你了。你晚上都在哪儿啊？

瑟奇：我压根就不在这儿。

黑斯廷：你不在这儿？

比利：他说的是对的，我刚才忘记提他了。他比所有人离开得都要早。他去斯坦福德了。

黑斯廷：（饶有兴致地，对瑟奇）你去斯坦福德了？

瑟奇：对，我去买晚报。

黑斯廷：什么报纸？

瑟奇：《通讯员报》。

黑斯廷：你是什么时候出发的？

瑟奇：我不太确定了，我觉得大概是——

英格尔斯：九点三刻。我当时看手表来着，你记得吗？

瑟奇：对，你看表来着。

黑斯廷：你回来是什么时候？

瑟奇：比你来得早几分钟。

黑斯廷：那就是十点半。你的时间把握得很不错，想从这儿到斯坦福德再回来就得花这么长时间。那么我猜你没有在路上停下来过？

瑟奇：没有。

黑斯廷：有人看到你买报纸了吗？

瑟奇：没有，我是在杂货铺买的，报纸在门外的盒子里。我拿了一份，投了五分钱。

黑斯廷：那个店叫什么名字？

瑟奇：叫……叫劳顿。

黑斯廷：你在劳顿杂货铺没有遇上任何人吗？

瑟奇：没有。(他沉思了片刻，惊愕了一瞬，然后突然大笑起来) 哦，有意思！

黑斯廷：怎么？

瑟奇：（高兴地）你看，从这里到劳顿杂货铺之间没有地方卖报纸。

黑斯廷：对，没有。

瑟奇：英格尔斯先生他告诉我，劳顿杂货铺他们到十点才有《通讯员报》的最新一期，所以我到得早了也买不到。我是九点三刻出发的，并且我带着最新的《通讯员报》回来了。因此我不可能在哪里等到十点零四分去杀布雷肯里奇先生。假如是那样的话，我就只有二十六分钟往返斯坦福德，照你说的，这不现实。有意思的是，是英格尔斯先生给我提供了这样的不在场证明。

英格尔斯：这可不是我的本意。

黑斯廷：你买的报纸在哪儿，苏琴先生？

瑟奇：怎么了，就在这儿啊……就在……（四处张望，众人都帮忙翻找）太奇怪了，就应该在这里的。他们还看了呢。

托尼：没错，我看了。我看那上边的连环画了。

黑斯廷：确实是《通讯员报》吗？

托尼：是的。

黑斯廷：还有人看了吗？

英格尔斯：我看了。

海伦：我看了。

弗莱明：我也看了。

黑斯廷：你们有人注意过它是不是最新的一期吗？

英格尔斯：我没注意。（众人摇头）

黑斯廷：苏琴先生没有介意你们看他的报纸吗？他看上去不急于把它拿回来吗？

海伦：怎么了？没有啊。

（英格尔斯、托尼和弗莱明摇头）

黑斯廷：嗯，我想也不会是苏琴先生。

瑟奇：（还在寻找报纸）但是报纸在哪儿？它刚刚还在这儿的。

黑斯廷：有人把报纸拿走了吗？

（众人或答"没有"或摇头）

瑟奇：这简直不可思议！

黑斯廷：哦，我觉得我们会找到的。请坐吧，苏琴先生。那么你有一个无懈可击的不在场证明……除非，就是说，你给你的同伙打了个电话通风报信，他们帮你买了报纸。

瑟奇：什么？！

黑斯廷：有人看到苏琴先生用电话吗？（众人皆否定）那么，劳顿杂货铺就是最近的有电话的地方了。我相信你没有打电话，苏琴先生。我就是那么一说……苏琴先生，你来这里多长时间了？

瑟奇：我第二号世界大战从苏联逃亡出来。

黑斯廷：你认识布雷肯里奇先生多久了？

瑟奇：大概三个月。

黑斯廷：你是做什么工作的？

瑟奇：我在苏联的时候是物理学家，这就是为什么布雷肯里奇对我很感兴趣。现在我没有工作。

黑斯廷：那你靠什么生活？

瑟奇：我每周从难民委员会拿十五美元，这对我而言绰绰有余。

黑斯廷：布雷肯里奇先生没有给你帮助吗？

瑟奇：啊，布雷肯里奇先生多次提出要资助我，但是我不会跟他要钱的。我想要工作，于是布雷肯里奇先生想让我在研究所工作，可是英格尔斯先生不同意。

黑斯廷：哦？（对英格尔斯说）是这样吗，史蒂夫？

英格尔斯：没错。

黑斯廷：你为什么不同意呢？

英格尔斯：这么跟你说吧：我不喜欢那些总是把慈善、公益挂在嘴边的人。

黑斯廷：可是你怎么可以全然不顾布雷肯里奇先生的意愿呢?

英格尔斯：这是我们的合作关系决定的。沃尔特享有利润的四分之三，他全权掌管产品的处置。而我则全权掌管研究所的日常行政人事。

黑斯廷：我明白了……那么，史蒂夫，你一天在研究所里工作多久?

英格尔斯：我不太清楚。大概十二个小时吧，我估计，平均算下来的话。

黑斯廷：我看可能有十六个小时吧——平均的话?

英格尔斯：嗯，有可能。

黑斯廷：布雷肯里奇先生每天在研究所待多久?

英格尔斯：他不是每天都来。

黑斯廷：那要是全年平均下来，每天有多长时间?

英格尔斯：大概一个多小时。

黑斯廷：我知道了……(向后靠靠)这个案子相当有趣。你们当中的每一个人都有可能是凶手。大多数人都有不完全的不在场证明，就是可能性很小，但还是存在可能。

史蒂夫，你的情况就比大家糟一些，你没有不在场证明。另一边——是苏琴先生，他有完全的不在场证明。(顿了顿，继续说)有趣的是：有人故意踩碎了布雷肯里奇先生的手表，他一定是急于证明案发时间十分确凿。那么在那个时刻，有完全不在场证明的就是苏琴先生——他当时正在开车前往斯坦福德。

瑟奇：所以呢？

黑斯廷：我只是把我想的说了出来而已，苏琴先生。

(迪克逊从右侧的门进来，手里拿了一叠纸。他精力充沛，是个干练的年轻人，分分秒秒都不浪费。他朝黑斯廷走了过去，把那叠纸放在他面前的桌子上)

迪克逊：先生，这是厨师和司机的陈述。

黑斯廷：(粗略地浏览了纸上的内容)他们怎么说的？

迪克逊：他们九点就睡了。什么都没有看见，什么都没有听到——只有库蒂斯在后厨，没有睡。

黑斯廷：好的。

迪克逊：(递给他其余的纸，他的声音变得不太自然)然后这里是枪上留下的指纹。这个是另外的一组。

黑斯廷：(一丝不苟地审视着两张指纹卡片，然后把它们正面向下放在桌上。他抬起头，一一地看过屋子里的人，然后缓缓地说)不错,枪上的指纹属于你们当中的一个。(沉默,他转身对迪克逊说)迪克逊。

迪克逊:嗯,长官?

黑斯廷:让弟兄们检查弗莱明先生窗户下方的地面和灌木丛,检查阳台和通往院子的台阶,从唱机里找拉赫玛尼诺夫的G小调前奏曲。你们还要搜查整座房子,把所有的报纸都收集起来,尤其是今天最新版的《通讯员报》。

迪克逊:明白了,先生。(从右侧出去)

瑟奇:(突然站起来)黑斯廷先生!我知道谁是凶手了!(众人都看着他)我知道了!我来告诉你!已经真相大白了你还在耽误工夫!我知道谁是凶手!是英格尔斯!

英格尔斯:瑟奇,我们现在是在美国,所以你如果这么说——你就得有证据。

黑斯廷:那么,苏琴先生,你为什么认为英格尔斯先生是凶手?

瑟奇:英格尔斯先生和布雷肯里奇先生有仇,因为布雷肯里奇先生善良、伟大,而英格尔斯先生冷血、残忍、没有底线。

黑斯廷:你真的这样认为吗?

瑟奇:难道这还不够明显吗?英格尔斯他勾引布雷肯里

奇先生的妻子，布雷肯里奇先生下午正好抓了他们个现行。

黑斯廷：打断一下，苏琴先生，你的思路很有借鉴意义，不错，不过实际上英格尔斯先生和布雷肯里奇先生之间并没有积怨——只是今天下午才发生了摩擦。而就在今晚，布雷肯里奇先生就被谋杀。太巧了吧，有点太巧了，你不觉得吗？如果是英格尔斯先生谋杀了布雷肯里奇先生——你难道不觉得他今天晚上行凶杀人有点太危险了吗？换个角度看，如果是其他人谋杀了布雷肯里奇先生——他选择今天，不是反而更方便把嫌疑推给英格尔斯先生吗？

瑟奇：我还没说完呢！布雷肯里奇先生他想把他的伟大发明献给全人类，而英格尔斯先生想用这个发明大赚一笔。他想除掉布雷肯里奇不是理所应当吗？

黑斯廷：你说得很对，只不过史蒂夫从来不在乎金钱。

瑟奇：你说什么？他刚刚还说挣钱的事儿呢，他大喊大叫着要赚上一笔呢，我都听到了。

黑斯廷：当然，我也听到了。我多次听到史蒂夫那么说，但是他从来不会大喊大叫。

瑟奇：但是如果是那样的话，你也听到了，那么——

黑斯廷：好了，苏琴先生，你不会这么愚蠢吧。有谁不在乎钱吗？你给我举个这样的例子吧。区别在于：如果一个人承认他在乎金钱，他一般会取之有道。这种人不会为金钱而加害别人，他不必铤而走险，但是要小心那些大呼小叫地强调自己视金钱如粪土的人，这种人追求的东西会比金钱还要罪恶。

英格尔斯：谢谢，格里格。

黑斯廷：不要高兴得太早。（把指纹卡片拿起来）看，枪上的指纹是你的。（众人倒吸一口凉气）

阿德莉安：（猛地起身）胡说！不可理喻！你这是污蔑！指纹是史蒂夫的没错，史蒂夫今天刚刚把弄过那把枪！大家都可以作证！

黑斯廷：哦？……你说说看，诺兰小姐。

阿德莉安：是……是今天下午，我们在聊沃尔特害怕枪的事。沃尔特说他不怕，他说他有一把枪，让史蒂夫打开抽屉去看。于是史蒂夫便把枪拿了出来，然后又放了回去，大家都看到了。有人……有人动了歪脑筋……

黑斯廷：嗯，诺兰小姐，我同意。（走到橱柜边，拉开抽屉，向里看，然后关上）嗯，确实是被拿走了……坐吧，诺兰小姐，不用太心急了。电影里面的那些杀手从来不会不戴任何防护用具就徒手抓枪的，所以假如真的是史蒂夫,他一定会想到事先就把指纹擦掉,但是如果凶手另有其人,他们一定会十分乐意枪上有史蒂夫的指纹。顺理成章,对吧?……那么,你们今天谁看到史蒂夫把弄那把枪了?所有人都看到了?

阿德莉安: 所有人——除了比利、福来舍和库蒂斯。

黑斯廷:(点点头)有趣……史蒂夫,你看,这就是为什么我说会有东西排除你的嫌疑。我看到枪上的指纹时就觉得,你不会傻到把它们留在枪上。我也觉得你一定不会把枪扔在那儿,边上就是深深的湖水……同时,我想你不会从背后开枪杀人的。

托尼:(若有所思地倒吸一口气)黑斯廷先生!……我突然想到!

黑斯廷: 嗯?

托尼: 你说瑟奇是不是有可能是苏联间谍?(瑟奇突然深吸气,跳了起来)

黑斯廷:(轻蔑地对托尼摇摇头)怎么,托尼,你难道真的以为我没有想过吗?

瑟奇:(对托尼)你个混球!我?我可是去教堂的人,我可是遭遇过——

黑斯廷: 好了,苏琴,不要太激动。如果你不是间谍的话——你会愤怒，但是如果你是间谍的话——你会表现得更愤怒，所以你愤怒又有什么用呢？

瑟奇：但这是人身攻击！我坚定地相信俄国是圣母的疆土——

黑斯廷：好吧，算了。（对托尼说）你看，戈达德先生，这是可能的，但是我们无法确定。如果苏琴先生确是苏联间谍，他一定会对那个发明下手，但是没有人动过那个设备，而且我觉得苏琴先生特别支持布雷肯里奇先生把发明无偿捐献出去。

瑟奇：当然！我是人道主义者。

黑斯廷：是吗？你也是？

英格尔斯：他岂止"也是"，就是他怂恿沃尔特捐出发明的。

瑟奇：对啊，是我！你怎么知道的？

英格尔斯：我猜的。

黑斯廷：你跟我说说那个发明好在哪儿？我是说，实际应用上。

英格尔斯：哦，廉价能源。比如给贫民区提供照明，或者是给工厂提供能源。

黑斯廷：就这样？

英格尔斯：就这样。

黑斯廷：你看？如果单纯只是这样一个商业发明的话，苏联为什么要急着把它据为己有呢？当然，他们会想要窃取它，但是现在布雷肯里奇先生已经为他们省去了麻烦，他要把发明公开了。苏联一定把他当作最好的朋友看待，因为他们天天都绞尽脑汁要人捐东西嘛。苏联要做的是保护他的安全——至少到明天中午。他们不可能派个间谍来谋杀他的。

瑟奇：黑斯廷先生！

黑斯廷：怎么？

瑟奇：我不是苏联间谍啊！

黑斯廷：嗯，我没说你是。（对众人说）现在的情况是这样，一方面，现在史蒂夫有不止一个，确切地说是两个动机。他没有不在场证明，而且枪上有他的指纹。另一方面，苏琴先生有完全的不在场证明，没有动机。

瑟奇：那你为什么不下结论啊？你还想做什么？你现在有天衣无缝的证据确定是英格尔斯先生了。

黑斯廷：原因很明显，瑟奇——因为证据有点过于天衣无缝了。过于天衣无缝。

瑟奇：那你为什么不让陪审团来决定呢？

黑斯廷： 因为恐怕一般来讲，陪审团跟你想的一样。

（迪克逊从院子里回来，掌心捧着一个塑料纸包着的小物件。他把它交给黑斯廷）

迪克逊： 就在设备边的草地上。

黑斯廷： （把塑料纸剥开，看了看，厌恶地叹道）哦天呐！……一个烟头……我以为凶手都不会犯这种错误了呢。（对迪克逊摆摆手，他出去到院子里。黑斯廷把烟头拿起来，仔细察看）是骆驼牌……刚刚燃到商标处……真巧……（把烟头放下，疲乏地）那么，谁抽骆驼牌的烟啊？

（英格尔斯拿出他的香烟盒，打开给黑斯廷看，黑斯廷看过后点点头）

英格尔斯： 你不觉得惊奇吗？

黑斯廷： 不。（对众人说）还有别人也抽骆驼牌的烟吗？

阿德莉安： 我。

英格尔斯： 你不抽烟，阿德莉安。

阿德莉安： 我抽烟——在舞台上……我最会演戏。

黑斯廷： 我不懂。

英格尔斯： （好像在警告她）阿德莉安……

阿德莉安： （对黑斯廷）不要让他干涉。到底是你负责调查还是他负责？你一直在分析各种细节，我也来分析分析好吗?

黑斯廷：请讲。

阿德莉安：那就从我开始说起。我有两方面动机。我想终止合同。这么跟你形容我有多想吧——我一年前为此试图自杀。如果我连自杀都做得到，我难道不能做到其他可怕的——甚至更激进的事情吗？我今天最后一次请求沃尔特放我走，他拒绝了。只这一点就足够构成动机了，对吗？但是还有别的呢。我爱史蒂夫·英格尔斯，我爱过他好几年。我之所以可以这么坦白——是因为他对我没有一点感觉。今天——我得知他爱着海伦。(看着黑斯廷)啊，我可以说完吗？或者说你会让我说完吗？

英格尔斯：(对阿德莉安)你必须给我闭嘴。

黑斯廷：不要，史蒂夫。我想让她说完。

阿德莉安：那好。你觉得我是不是机灵到谋杀沃尔特，然后陷害史蒂夫？我是不是有可能意识到如果他没有被判有罪，海伦也就不可能跟他在一起了——因为一旦他们结婚，就像是案件真相大白了一样，你觉得呢？这个分析是不是也天衣无缝？

黑斯廷：确实。

英格尔斯：(向前一步)阿德莉安……

阿德莉安：（恶狠狠地）这回是你给我闭嘴！（对黑斯廷说）还有，说到是凶手使得焰火中断——那只是你的猜测。有什么可以证明吗？所以——我的不在场证明跟史蒂夫一样不可信，甚至更弱，因为我是出去找沃尔特的。这些分析不也都没错吗？

黑斯廷：是的，确实，天衣无缝。

英格尔斯：格里格，我实在不敢苟同。

黑斯廷：算了吧，史蒂夫，你这样就有点不太明智了。这跟你有什么关系呢？你怎么能横插一杠呢？（对阿德莉安）诺兰小姐，你有没有注意到，你是所有人当中唯一一个自相矛盾的？

阿德莉安：我怎么自相矛盾了？

黑斯廷：我喜欢你的分析，就是因为它不完美。我不喜欢完美的分析……为什么？嗯，如果史蒂夫是被陷害的，我认为只有两个人有动机来陷害他。苏琴先生，还有你。苏琴先生恨史蒂夫。你爱他——这比恨还要可怕。那么我们说说苏琴先生，如果他企图陷害史蒂夫，他现在的表现就很傻了，他对史蒂夫的攻击显得过于露骨。如果他不傻的话他会怎么做呢？

瑟奇：（声音变了，危险地、嘲弄地）他会装傻。

黑斯廷：（饶有兴趣地看着他，不紧不慢地）一点不错。（轻声地）恭喜你，苏琴先生。你终于开始理解我的思维方式了。你也许是对的，不过如果不傻，还有另一个方法。陷害史蒂夫的人也许会尽力表现得好像他在保护他。

英格尔斯：格里格！

黑斯廷：（他的声音猛然变高了）你们都别动！你有没有发现，诺兰小姐，你刚刚一直在做戏保护史蒂夫？不过，你又交代了那段被抓到现行的激情戏。为什么呢？为了告诉我们你吃醋了？或者为了谴责史蒂夫不顾伦常？

英格尔斯：（威严地，黑斯廷只得停下来）好了，格里格，够了。（他的声音使得所有人都看着他）你想知道我怎么能阻止你吗？很简单。（从兜里拿出一个记事本，扔到桌子上，又拿出一支铅笔。他握着铅笔站在桌边，把笔尖抵在纸上）除非你排除阿德莉安的嫌疑，否则我现在就供认我是凶手。

（阿德莉安一动不动地站着，好像被打昏了一样）

黑斯廷：但是，史蒂夫，你根本不是凶手啊！

英格尔斯：那是你的主张。我只主张她不是凶手。我才不会做戏保护她——尽管她刚刚用那种一眼便可看穿的方法保护我。我不用分析我因为什么动机而作案，你已经帮我分析好了——证据确凿。我就是在要挟你，明白吗？如果我招了，你就不得不让我接受审判，你没有选择。也许你很清楚我不是凶手，但是陪审团可不会想这么多。陪审团会基于最明显的表象下判断。我说清楚了吗？不要怀疑阿德莉安，除非你想在你的探案记录里多上一起未解的疑案——这是为你着想。

阿德莉安：（尖叫声里混杂着恐惧、胜利和释然——世界上最幸福的声音）史蒂夫！（他转身看着她，他们对视着。这个场景比任何爱情场面都要泄露真情。他们对视着，就好像屋子里，乃至全世界只有他们二人……她哽咽地耳语道）史蒂夫……你从来没有像现在一样牺牲自我……你从来都自私自利、个人至上……你不会这么做的，除非……除非——

英格尔斯：（紧张地低声说，声音比告白都要热情）——除非是为了这世上最自私的目的。（她闭上了眼睛，他缓缓地转过身去。一直看着他们的海伦此时低下了头）

黑斯廷：（打破沉默）天呐，人们互相掩护，这叫我如何是好！只要一这样——我就遭殃了。（把记事本扔给英格尔斯）好吧，史蒂夫，把这个放一边吧。你赢了——现在来看。我过后会有几个问题想问你——但是我现在先不问。(对阿德莉安说)诺兰小姐，如果你真的是在保护他的话，你一定是低估了我的智商。你应该知道我不相信史蒂夫是凶手，我一眼就能识破骗局。(对众人说)我先跟设局的那个始作俑者打好招呼，我觉得这位一定是个不折不扣的蠢蛋。他真的觉得我会相信史蒂夫·英格尔斯——以他聪明绝顶、有条不紊、被科学研究训练出来的脑瓜——会把一起命案干得如此漏洞百出？我当然相信史蒂夫有能力谋杀，但是如果他真的去做，就会是有史以来最完美的杀人密谋，不会留下任何把柄。他会制造不在场证明——准得就像精密仪器一样。史蒂夫要是能留下指纹和烟头！……我想抓到筹划这一切的混蛋，然后打烂他的脸。倒不是说这案子怎么样，这简直就是对我的不敬！

托尼： 也是对史蒂夫的不敬。

黑斯廷：（起身）今晚就到此为止吧。我们都去休息，也冷静冷静。我当然不会允许你们出门。我的手下会驻守在这里——他们会守在这间屋子和院子里。我明天一早就回来。我不会问你们谁是杀死布雷肯里奇先生的凶手，我只要得到这个问题的答案就可以了：谁陷害了史蒂夫·英格尔斯？……晚安。（走到院子里，喊道）迪克逊！

（众人纷纷站起身，面面相觑着，英格尔斯转身走上楼梯，阿德莉安——一直看着他——朝他迈了一步。他在楼梯上站住，转身对着她，平静地说）

英格尔斯：我告诉你要等着。声波不会在时空中消逝。阿德莉安，时机未到。（他转身上楼，留下她目送他的背影）

（幕落）

第二场

次日清晨,房间里熠熠生辉。窗外万里无云,阳光倾泻进来。

海伦和弗莱明在桌边坐着,谈得很投机。谈话很严肃,但是他们的语气单纯、平和、自然。

弗莱明: 我们是坐船去还是坐火车去?

海伦: 坐飞机是不是更好? 比利会更方便一点,他会喜欢的。

弗莱明: 我们是不是应该提前约哈兰医生?

海伦: 我觉得是,我今天就给他打电话。

弗莱明: 打长途吗?

海伦: 嗯,对啊。怎么了?

弗莱明: 海伦……手术什么的——会不会很贵?

海伦: 我们不用担心钱的问题。

弗莱明: 不,我们必须担心。

海伦: (看着他)哦对,不好意思,老毛病不好改。

弗莱明: 我觉得——

（阿德莉安从台阶上走下来。她走得很飘逸，好像脚都没有碰到地面。她穿着简洁明快的夏装，似乎要跟屋子里的阳光媲美。她的举止十分愉悦，毫不拖沓）

阿德莉安： 早上好。

弗莱明：（开心地）早上好，阿德莉安。

海伦：（稍强调地）早上好。

阿德莉安： 黑斯廷先生来了吗？

弗莱明： 没有。

阿德莉安：（翻了翻烟盒）还有骆驼烟吗？我想开始抽烟了。骆驼烟实在是好东西，上帝保佑普天下的骆驼烟烟头！（找到了一支，点燃）

弗莱明： 你之前可不是这样的，阿德莉安。睡得怎么样？

阿德莉安：（走到双扇玻璃门边）我没睡。我不理解人为什么要睡觉，不睡觉反而感觉更爽，而且为什么会有人想在睡觉上浪费宝贵的生命呢——哪怕只是一分一秒？

弗莱明： 你怎么了，阿德莉安？

阿德莉安： 没什么。（指指院子）今天是七月四号了。（走到院子里）

海伦：（看着她的背影，然后强迫自己回到原来的话题）我们去蒙特利尔的时候——

弗莱明：海伦，我在想的是：我可能得用你的钱给比利做手术。人接受别人的帮助，这理所应当，但是不要给我钱，你要借我钱，别忘了收利息。这才是真正的人道主义。

海伦：好的，哈维，我会这样做的。

弗莱明：（低声说）谢谢。

海伦：然后我们一定会按照法律流程让比利变回原来的"比利·弗莱明"……不过你不会不让我去看他吧？

弗莱明：（幸福地笑着，摇了摇头。然后，突然想到了糟糕的事情）海伦，还有件事。有可能他们会认为我们当中……有……

海伦：是，我们当中有个人是凶手。

弗莱明：嗯……我们这样约定吧……如果凶手是我们当中的一个……另一个人会带比利去蒙特利尔？

海伦：好，哈维。如果不是，我们一起带他去。

（英格尔斯走进房间，走下楼梯）

英格尔斯：早上好。

海伦： 早上好，史蒂夫。

弗莱明：（看着他们二人）比利起床了吗？

英格尔斯： 不知道，我没下楼。

弗莱明： 我去看看他起没起床吧。（从右侧出去）

英格尔斯：（转身朝海伦）海伦。

海伦：（静静地）嗯。

英格尔斯： 海伦，你会嫁给我吗？

海伦：（看着他，战栗着，慢慢摇摇头）不会，史蒂夫。

英格尔斯： 你是觉得我害怕了吗？

海伦： 不，但是如果我回答"会"，你会生气。你从来都不生气，除非人们说你好。（他正要张口）不，史蒂夫。你不爱我。也许你觉得你爱我，也许你不知道你真正爱谁。我觉得你现在知道了，至少我现在知道了。如果你不想伤害我，史蒂夫，那你就需要承认这一切。因为，这样，我就知道你的心里没有我。

英格尔斯：（低声说）对不起，海伦。

海伦：（缓缓点点头，不情愿地轻声说）而且，你应该注意到，我没有说过我爱你。

英格尔斯： 我注意到的可不是这个。

海伦：哦，你是说那个吗？你一定要原谅我，只是那一时而已。无论怎么样，你很吸引人，而且……而且，就像阿德莉安说的那样，你接吻的技术很棒。

英格尔斯：海伦，我是故意的。

海伦：（平静地，高昂着头，直勾勾地看着他）不，史蒂夫，不。我曾经想跟你告白，但是我现在请求你忘记。不，我不爱你。我从来都没有爱过你。我只是这几年认识你而已——我只是常常见你——我只是忍不住看你——我只是倾听你的声音……但是我不爱你。

英格尔斯：海伦……

海伦：除了这些之外，史蒂夫，你都必须忘记。

（她转身走上台阶，此时门铃响了，她停住脚步。英格尔斯打开门，黑斯廷走了进来）

黑斯廷：早上好。

海伦：早上好，黑斯廷先生。

英格尔斯：你好，格里格。

黑斯廷：（对英格尔斯说）你总是第一个露面。那么，我就第一个跟你谈话好了。（对海伦说）抱歉，布雷肯里奇夫人，这个案子把我的策略都打乱了。我得放弃我之前的观念，跟几个人私下聊聊。

海伦： 好的，没问题。我先上楼，你随时找我。（上楼）

黑斯廷：（坐下）这他妈的是什么鬼案子，搞得我今天早上都吃不下早饭。

英格尔斯： 哦，我吃早饭了。我吃了炒鸡蛋、熏肉、草莓、咖啡，还有……

黑斯廷： 好了，好了。说这些都是没有用的，无论你是不是凶手，你都会吃这些。说实话，你是凶手吗？

英格尔斯： 你觉得呢？

黑斯廷： 你知道的，但是情况就他妈是这样，史蒂夫，如果我破不了案，你就会上法庭，被丢给洪水猛兽，陪审团的洪水猛兽。

英格尔斯： 我可不像个烈士。

黑斯廷： 不像，但是你像个杀手。

英格尔斯： 确实。

（迪克逊从右侧进来，抱着一大摞报纸，还有一张唱片）

迪克逊： 早上好，先生。这些给你。（把那堆东西放在桌上）

黑斯廷： 灌木丛和阳台呢？

迪克逊：都没有任何异样。枝条没有折断，地上没有脚印，什么都没有。(拾起唱片)拉赫玛尼诺夫的G小调前奏曲，没错。这些是报纸。

黑斯廷：(翻看报纸，停在了其中一份上)《红色工人报》是谁看的？

迪克逊：普德盖夫人。

黑斯廷：(翻到报纸的最底下)没有《通讯员报》？

迪克逊：没有《通讯员报》。

黑斯廷：他妈的，迪克逊，我们必须得找到它——或者证明它不存在！

英格尔斯：但是它明明存在，我看见了。

黑斯廷：这就是最混蛋的地方！你们都看到了。我可不相信那个苏联来的小耗子有胆量用另一期来冒充，而且那个不在场证明听起来就像是有意编造的。迪克逊，你要去搜查垃圾桶，焚烧炉，所有地方！

迪克逊：我们都找过了。

黑斯廷：再找一遍。

迪克逊：是，先生。(从右侧出去)

黑斯廷：史蒂夫，你别再他妈假装绅士了，快告诉我这些人里谁有动机陷害你！

英格尔斯：如果你愿意相信我的话——我相信你愿意——没有人。

黑斯廷：没有人？

英格尔斯：我当然不会为瑟奇的清白打包票，但是我确实找不出他谋杀沃尔特的原因。

黑斯廷：嗯，我坚信他是凶手。看看这作案的手段，粗制滥造，漏洞百出。我都不敢相信是别人设的局，还想能全身而退。所有的细节都仿佛写着"瑟奇"的名字。那个愚蠢的、不可理喻的苏联榆木脑袋，好像想用傲慢击败我的智慧一样。

英格尔斯：但是你需要找到证据。

黑斯廷：没错，可我找不到。好吧，那其他人呢？托尼·戈达德呢？他好像没什么理由陷害你。弗莱明？有可能，出于对你的畏惧。嗜酒成性的人都很脆弱。

英格尔斯：我担保绝不是弗莱明。

黑斯廷：那布雷肯里奇夫人？没有理由。诺兰小姐？……不许再把你的记事本拿出来了。史蒂夫，你这回不能拒绝回答，我一定要问个明白。你爱上阿德莉安·诺兰了，对吗？

英格尔斯：爱得无法自拔、遍体鳞伤、全心全意。

我爱她很久了。

黑斯廷："遍体鳞伤"怎么讲？——她不是也爱你么？

英格尔斯：因为我们都不相信大家会接受我们的感情……你为什么要问这个？

黑斯廷：因为——那么我想知道你干吗和布雷肯里奇夫人搞暧昧？

英格尔斯：（耸耸肩）可能是一时兴起吧。我可能绝望了，因为我不相信我能得到我爱的女人。

黑斯廷：你这一时兴起的时机挑得不错。

英格尔斯：嗯，是吗？

黑斯廷：（起身）好吧，我觉得我可能要找弗莱明聊聊了。

英格尔斯：你们会谈很久吗？

黑斯廷：应该不会。（瑟奇从右侧进来，黑斯廷转身朝向楼梯）啊，早上好，尊敬的苏联人民委员。

瑟奇：（生硬地）这不好笑。

黑斯廷：确实。本来挺好笑的。（上楼）

瑟奇：（看到报纸，赶紧过去翻看）啊，报纸。他们找到《通讯员报》了吗？

英格尔斯： 没有。

瑟奇： 不可思议！这太不可思议了！

英格尔斯： 不用担心。他们一定会找到的——只要他们找到了……你就没什么可担心的了。可是我呢？

瑟奇：（饶有兴致地）你很担心吗？

英格尔斯： 如果你是我，你不也一样吗？格里格可以用各种花哨的推理拿最不可能的分析当玩笑，但是陪审团可不信这些，他们会相信我就是凶手，他们没什么良心。

瑟奇：（尽可能有说服力地）你说得对，我也觉得陪审团它一定会判你有罪，你没什么机会了。

英格尔斯： 哦，我也许还有一个机会，但是我需要钱。

瑟奇：（聚精会神地）钱？

英格尔斯： 很多很多钱，我得聘一个好律师。

瑟奇： 嗯，你需要一个好律师，很贵。

英格尔斯： 非常贵。

瑟奇： 你的案子不好办。

英格尔斯： 非常不好办。

瑟奇： 你确定你会上法庭吗？

英格尔斯：看起来是的。

瑟奇：而且……你没有足够的钱？

英格尔斯：哦，我觉得我能凑够吧，不过我确实挣得不多，不像沃尔特。我挣的钱都补贴研究所的日用了。哦，我觉得我可以用研究所的名义募点钱，不过那又有什么用呢？即便我被裁决无罪，我也会破产。

瑟奇：像你这种人一定很讨厌这样子——破产。

英格尔斯：是的。

瑟奇：对了，你认为你的个人利益——个人利益是至高无上的，对吗？

英格尔斯：正是。

瑟奇：（匆匆看了看四周，趴在桌子上，凑近英格尔斯，语气低沉、生硬、紧张，语速很快——跟原来的瑟奇明显不同了。他的英语显得不那么蹩脚了，尽管还是有口音）听着，不开玩笑，也不能犹豫，我们没那时间，保命要紧。五十万美元——给你——你把发明转让给我。

英格尔斯：（吹了声口哨）怎么，瑟奇，你现在一周挣十五美元，这可够你——

瑟奇：闭嘴吧，你知道，你一直都知道，我知道你知道。这对你没什么意义,不是吗?现在你不需要展现你的聪明才智,生存还是灭亡,你必须马上决定。

英格尔斯: 好吧,看起来你抓到我的把柄了?

瑟奇: 当然,所以你不必告诉我你多有良心,多忠诚。我们都懂。

英格尔斯: 我们一直都懂。(咯咯笑了起来)献给全人类,瑟奇,嗯?给贫民窟提供照明,然后赶走那些垄断大公司?

瑟奇: 我们没时间再开玩笑了,你说是不是?

英格尔斯: 你就这样兜里装着五十万美元?

瑟奇: 我给你写张支票。

英格尔斯: 那我怎么知道我一定能提到钱?

瑟奇: 你看到这是谁的账户你就会知道。除去这一点,你就得担点风险,因为我现在就要拿到图纸。

英格尔斯: 现在?

瑟奇: 你进了监狱我可就拿不到了,不是吗?(从抽屉里拿出纸笔,丢在桌子上)现在,就画在这纸上。画完你才能拿到支票。

英格尔斯: 你难道不怕我拿到支票吗?我可以拿支票作为证据控告你。

瑟奇：你昨天就有证据，但是你没有拿出来，你救了我。为什么？

英格尔斯：我觉得你知道是为什么。

瑟奇：嗯，你昨天说了一句话——你一说完我就知道我抓住你的把柄了。

英格尔斯：我知道，但是格里格·黑斯廷没有意识到。

瑟奇：他忽略了很多东西。你和我，我们都知道谁是凶手。

英格尔斯：我觉得是我们当中的一个。

瑟奇：是阿德莉安·诺兰。

英格尔斯：是吗？

瑟奇：天呐，够明显的了，不是吗？但是我们不在乎谁是凶手，你不在乎，我也不在乎。事实摆在那里。

英格尔斯：嗯。

瑟奇：成交吗？

英格尔斯：我现在别无选择，对吧？我觉得我过一段时间会缓过来的，但是这样让我良心不安啊——做这样卑鄙的事。

瑟奇：你很快就会忘记这个的。

英格尔斯： 对……把支票写给我吧。

（瑟奇从兜里掏出钢笔和支票簿，在英格尔斯对面坐下，把支票填好，给英格尔斯看，但没有让他碰。英格尔斯看了一眼，念道）

"苏维埃文化联谊社"。神奇！真巧。

瑟奇：（轻蔑地）如果我是你，我一点都不会觉得好笑。

英格尔斯： 那可不是我的问题，这只说明你缺乏幽默感。

瑟奇： 你很招人讨厌。

英格尔斯： 我以为你早就发现了。（伸手去拿支票）

瑟奇：（拿着支票的手缩了回来，把支票放在桌上，又把白纸推给英格尔斯）画吧。快画。

英格尔斯： 你这么着急干吗？我干这么丢脸的事，你还不能让我体面点吗？

瑟奇： 闭嘴！现在就画！

英格尔斯：（拿起铅笔）好吧，图纸嘛。（若有所思地用笔杆敲着下巴）瑟奇，你有没有想过生活是多么神奇？有许许多多事情我们还不能理解。

瑟奇： 快画啊，混蛋！

英格尔斯：好吧。(趴在纸上，摆好姿势，抬起头)当我们有事情无法理解的时候，我们就会犯错。

瑟奇：闭嘴！画！

英格尔斯：什么？哦，图纸啊。宇宙射线是从外太空飞来的小粒子，它们撞向地球，它们的电荷是——(抬头)比如，我们现在还不知道一个月以前沃尔特差点被子弹打到的事情是怎么回事，对吗？(瑟奇看了看他，英格尔斯和他对视着)我还画吗？

瑟奇：那是怎么回事？

英格尔斯：你没有遇到同样有趣的事吗，瑟奇？

瑟奇：那是怎么回事？

英格尔斯：我以为你知道我其实已经知道真相了呢。比如，我知道你的计划——现在已经实现了。干得相当漂亮，万无一失，每一步都按部就班。比你上一次干得要漂亮，只不过有些晚了。晚了一个月。(瑟奇猛地站了起来)我很抱歉，我知道你想得到图纸。宇宙射线，一旦汇成一束……我不得不说，瑟奇，你的枪法还有待练习，你倒更适合小偷小摸——准确地说是撬开包上的锁，不过你应该翻包看看的，这样就不那么容易被看穿了。

瑟奇：你知道……

英格尔斯：当然，瑟奇。如果你那枪打中，枪就会在我的包里。然后你会证明你在枪击之后没有时间去撬锁。你想得很好，但是太容易被看穿了。

瑟奇：你无法证明你所说的。

英格尔斯：对，我无法证明，不过就算枪在我的包里被发现，也不能证明什么。不能。我也许会因此上法庭，然后一个能告诉你图纸的秘密的人就死了，另一个人也深陷窘境。可惜你枪法不准啊。你还是更会揣度人心。把发明献给全人类这种想法更管用一些。

瑟奇：你无法证明——

英格尔斯：对，我什么都无法证明，而且，瑟奇，我也不认为这次是你干的，但是你不觉得，有人替你做了你想做的事，这很有趣吗？

瑟奇：我不在乎你怎么想，我也不在乎你知道什么。我的目的达到了。

英格尔斯：嗯，达到了。

瑟奇：那就画啊，他妈的！

英格尔斯：好吧。

（楼上传来开门的声音，瑟奇赶紧转过身。英格尔

斯的右手往桌子上一拍，用手掌摁住支票，黑斯廷从楼梯上走了下来）

黑斯廷：（注意到了英格尔斯的手，轻声说）我没有打搅你们吧，嗯？

（瑟奇站在桌边，试图掩盖自己的焦虑，但是他的焦虑暴露无遗。英格尔斯丝毫没有忙乱）

英格尔斯：没有，没有。

黑斯廷：我觉得你们两个正促膝长谈呢。

英格尔斯：我们正商量一起去看杂耍，我们用读心术交流。我们的读心术都很好，可我觉得我的要更炉火纯青一些。

黑斯廷：（看到英格尔斯的手还摁在桌子上，模仿他的声音说道）你的手很逗，史蒂夫。看过手相吗？

英格尔斯：我不相信那个。

黑斯廷：（掏出一根烟）借个火，史蒂夫。（英格尔斯把手插进兜里，掏出打火机，点着，递给黑斯廷——都只用了左手）我还不知道你是左撇子呢。

英格尔斯：我不是，我只是很全能。

黑斯廷：算了吧，史蒂夫，你还折磨那个蠢蛋干吗？把手拿开吧。

英格尔斯：不过瑟奇很喜欢这样呢。（把手拿开，瑟奇想抢走支票，但是被黑斯廷一把拦住，把支票拿走）

黑斯廷：（照支票念）"收款人：史蒂夫·英格尔斯……"哦，哦，哦，我晚来一分钟，你可就是半个百万富翁啦，史蒂夫。

英格尔斯：是啊，你这么早来干吗？

瑟奇：（以他最高的声音尖叫着，转向英格尔斯）你是个混蛋！你算计我！

黑斯廷：（故作惊奇地）怎么回事？

瑟奇：（对英格尔斯说）你骗人！你背叛了我！你根本就没想把发明卖给我！你没有半点诚信和道德！

英格尔斯：你就不该相信我的。

（海伦和托尼快步从楼梯上走下来）

海伦：（忧心忡忡地）怎么了？

黑斯廷：没什么，瑟奇开了张五十万美元的支票。

（海伦吓得倒吸一口凉气，托尼跟着她下了楼）

瑟奇：（抗拒地朝英格尔斯和黑斯廷大吼）什么？你们能怎样？你们能说明什么？

（弗莱明从右侧冲进来，在门口停住脚步）

黑斯廷：（鄙夷地）瑟奇，比如说，我们可以证明你诈骗了难民委员会每周十五美元的救助款。我们也可以证明，我认为其他人没有动机是对的。

托尼：（遗憾地）哦，我多么希望不是瑟奇，真讨厌，这样一来，我以后都得感谢瑟奇了。

（阿德莉安从院子里进来，迪克逊过了一会儿也跟了过来）

瑟奇：我有什么动机？你们能说明什么？我只不过是从凶手那儿买了个发明，他需要钱——就这样。那是个商业发明而已。难道不是吗，英格尔斯先生？

英格尔斯：对。

黑斯廷：他妈的，我们还没找到那张报纸呢！

瑟奇：现在你明白了，黑斯廷先生？证明我没去斯坦福德啊！证明给我看啊！我不在乎你找没找到那张报纸！你亲爱的朋友们都发誓他们看到了！

黑斯廷：但是他们不知道是哪一期。

瑟奇：你说得很对！他们不知道，但他们又怎么知道那不是最新一期呢？证明啊！

弗莱明：（徒劳地在房间里翻找着，癫狂地）我们该不会要把这房子翻个底朝天就为了找张破纸吧！（托

尼也开始跟他一起找)

瑟奇：你快点证明我说谎了啊！给我整个陪审团吧，混蛋的美国陪审团，然后他们会听到这个伟大的天才家伙——（指指英格尔斯）——当时就独自在院子里，还在枪上留下了指纹！

（就在瑟奇说话的时候，英格尔斯掏出了烟盒，拿出一支烟，从桌上的火柴盒里拿出火柴，点着香烟，把火柴头扔进壁炉里。阿德莉安一直看着他，现在她盯着火柴，突然尖叫起来。她弯腰把壁炉里的灰烬熄灭，搜出一团残余的报纸）

阿德莉安：史蒂夫！快看！（从跪着的姿势站起来，手里拿着那团报纸。黑斯廷把报纸从她手里拿走，寻找头版。他直直地站着，然后抬起头看着众人，静静地、释然地）

黑斯廷：是昨天《通讯员报》的早报。

（沉默。瑟奇冲向报纸）

瑟奇：你在骗人！

黑斯廷：（把他推开）哦不，你不要这样！

（迪克逊走到瑟奇身边。黑斯廷把头版头条递过去给瑟奇看，保持了安全的距离）

你自己看。不许碰。

瑟奇：这不是那份报纸！这不是同一份！我买的就是最新一期！我非常确定！我买的时候还特意看了呢！我想买的就是最新一期！

黑斯廷：（摇摇头）瑟奇，这说明我对于一个不在场证明堪称天衣无缝的人还是判断正确了。

瑟奇：谁把报纸扔到壁炉里的？是谁把它烧成这样的？不是我干的！（转向英格尔斯）是他！就是他！我把报纸给他了！我回来之后就把报纸给他了！然后他把报纸调了包！他把报纸放进壁炉，然后——

黑斯廷：——然后销毁了证据，而这个证据会证明他的清白？算了吧，瑟奇，你觉得我会相信你吗？

瑟奇：但我不是——

黑斯廷：你就是凶手，只是你的手法太糟糕了，从头到尾都很糟。你销毁报纸的时候太仓促了，还没烧完就被打断，所以你把它藏在那儿，寄希望于过后再销毁，但你没能办到——我的手下一整夜都守在这里……我简直和你一样不动脑子。你知道我昨天为什么相信你的不在场证明吗？因为我不相信你有胆量做到这些。你可能可以从背后开枪打死一个人，但是冒着风险把报纸拿给所有人看——然后拿自己的性命去赌他们注意不到报纸是哪一期——这种勇气你可没有。我大概就是这么想的。我十分抱歉。

瑟奇： 但是你不能说明我就是凶手！你不能证明这张报纸就是我买的！

黑斯廷： 那你要找到证据驳斥我。

瑟奇： 你不能这样就认定我有罪！

黑斯廷： 我觉得我有很大的机会可以成功。

瑟奇：（脸上第一次浮现出恐惧）你是要——

黑斯廷： 我要你给陪审团好好解释解释。

瑟奇：（尖声说）不！你不能这样做！听我说！我是无辜的，但是我一上法庭，我就一定会死，你明白吗？不是你的陪审会把我怎么样！我的主子会杀了我！好吧！我承认我是个苏联间谍！他们绝不能容忍一个间谍被送上法庭！他们会杀了我——我的主子！你理解了吗？即便我被认定无罪，我也会被判死刑！（掏出一把枪）不许动！

（瑟奇猛地转身，从双扇玻璃门冲出去。迪克逊紧跟着他跑了出去，也掏出枪。他们在院子中跑远了，黑斯廷也跟了上去。响起了两声枪响。过了一会儿，黑斯

廷迈着沉重的脚步走了回来)

黑斯廷：就这样吧。

海伦：他死了？

黑斯廷：死了。(补充道)也许这是最好的方式吧，为我们省去了冗长乏味的审判。案子可以了结了，我感到很欣慰——我为你们感到很欣慰。(对海伦说)我希望，布雷肯里奇夫人，你能继续住在这儿。请原谅我们，你乔迁的第一天就——

海伦：我以后会继续住在这里的——也许——以后会的，不过今年夏天我不会住在这儿，我要把这房子卖了，哈维和我要去蒙特利尔。

托尼：我要去金贝尔的店里工作。

(黑斯廷对海伦鞠了一躬，海伦与托尼一同上了楼，弗莱明从右侧的门出去)

黑斯廷：(走到左侧的门口，转身对英格尔斯)我说过了，史蒂夫，一切凶案都会露出马脚。

英格尔斯：(还站在壁炉边)是的，格里格。

(黑斯廷从左侧离开，英格尔斯转身看着阿德莉安)

阿德莉安：现在你打算怎么办，史蒂夫？

英格尔斯：我要向你求婚，(她向前迈了一步)但是在你答复我之前，我有话想跟你说。昨天你看着壁炉，突然想到了什么——当时你想到的其实不是我和海伦，对吗？

阿德莉安：对。

英格尔斯：我知道你想到了什么。嗯，我知道谁是凶手，我要告诉你。听我说，等我说完，不要打断我。

（灯光全部熄灭。聚光灯照亮了舞台的中央。我们什么都看不到，只能看到聚光灯下有两个男人：沃尔特·布雷肯里奇和史蒂夫·英格尔斯。布雷肯里奇正操作着电子控制板上的操纵杆。英格尔斯站在他身边，不紧不慢、平静地轻声说着，好像在毫无感情地叙述一个坚定的决定）

英格尔斯：如果明天中午，沃尔特，你把发明公布出去了——那么，后天，苏联、德国，以及各国的独裁者，世界的糟粕和人渣，就都拥有了有史以来最可怕的军事武器。

布雷肯里奇：你又要讲你的那些了？我以为我们下午已经说好了。

英格尔斯：今天下午，沃尔特，我请求过你。我从来没有求过任何人，但是现在我请求你。

布雷肯里奇：你打扰我放焰火了，算了吧，史蒂夫。你说的我都不关心。

英格尔斯：不，你不关心的是事情的后果。你们这些所谓人道主义者都是如此。你只看到贫民窟不再陷入黑暗，农场也不再缺少能源，但是你没有看到，同一样发明、同一个善举，会让死亡降临，让军火库火光冲天，让大城市一片火海。

布雷肯里奇：战争不是我的事，我看得更远。如果人类将获得永远的幸福，一两代人的牺牲又算得了什么呢？

英格尔斯：所以，在这样危急存亡的关头，当你的祖国需要独享这个发明的秘密，掌握这种武器的时候，你却把它献给了所有人，任何人。

布雷肯里奇：我不会厚此薄彼，而且我的祖国也享有同等的机会。

英格尔斯：享有同等的被毁灭的机会吗？你想有这样的结果吗？你永远也不会理解的，你不在乎你的祖国，你不在乎你的朋友，你不在乎你的财产，你不在乎你自己。你怯懦到不知道应当保护你所拥有的东西，自豪地、合情合理地、毫不掩饰地保护它，让它为你带来利益。你可能都没有意识到你是个这样的懦夫。

布雷肯里奇： 我不想跟你讨论这些。

英格尔斯： 你不在乎全人类，沃尔特。如果你在乎的话，你就会意识到，当你把它献给全人类的时候，你也把它献给了人类的宿敌。

布雷肯里奇： 你总是不相信人类。你狭隘的爱国主义已经过时了。如果你觉得我的决定将带来无法挽回的灾难的话，你为什么不去跟政府联手呢？

英格尔斯： 政府里有太多瑟奇·苏琴的同伙——现在，我必须制止你。

布雷肯里奇： 你？你什么都做不了。你只是一个合伙人而已。

英格尔斯： 是的，沃尔特，我就是一个合伙人而已。十六年前，我们开始合作，一同创办了布雷肯里奇研究所。那时我还很年轻，我不会为人类着想，也不在乎我自己的名声。我情愿为你卖命，即便是我的发明，我也冠以你的名字——它们都是我的发明，沃尔特，我自己的，它们都是，可是外人都不知道。我只知道埋头工作，你懂得怎么处理人际关系，可我不懂。我答应了你想要的一切——只是为了继续做我喜欢的工作。你说我很自私,而你——你博爱,你总是伸出援助之手。我很有自知之明,我是个自私自利的个人主义者,我为全人类发明了维生素X提纯器、紫外线发射器、电锯,还有——(指着身边的设备)——这个。但是人们都视你为恩人,其实你毁掉了我的所有发明。我很清楚你给世界带来了什么,而我给了你施加这些影响的工具,我让你有能力做到这一切,我对这一切负有责任,我成就了你——现在我要毁灭你。(布雷肯里奇瞥了他一眼,回过神,从设备上抽回双手,伸进兜里)你要找什么?这个吗?(从兜里掏出枪,给布雷肯里奇看,又放了回去)不许动,沃尔特。

布雷肯里奇:(声音沙哑而坚定)你疯了吗?你难道是要杀了我吗?房子里可全是人。

英格尔斯: 正是,沃尔特。

布雷肯里奇: 你知道你要为此付出沉重代价吗?

英格尔斯: 不知道。

布雷肯里奇: 你觉得你能逃过惩罚吗?(英格尔斯点了一支烟,不作声)少来这些把戏!回答我!

英格尔斯: 我已经在回答你了。(指指烟卷)看看这支烟,沃尔特。这支烟燃尽,你的生命也会终结。燃到商标的时候,我会把它扔在草地里,它就会在你尸体的旁边。枪也会留在这儿——上面有我的指纹。我的手帕会在那边的长椅上。我会踩碎你的手表，确定作案的时间。我也没有不在场证明。这是最漏洞百出的谋杀案，也是最天衣无缝的。

布雷肯里奇：（开始恐惧）你……你不要……

英格尔斯：我还没说完呢，我会让你的朋友瑟奇·苏琴来当替死鬼。他曾经密谋做跟我现在要做的同样的事，那就让他得到惩罚吧。我要陷害我自己，这意味着我陷害了他，让一切看起来好像是他陷害了我。我会给他制造不在场证明——然后我再揭穿他。现在他正在斯坦福德买报纸，但是这无法证明他的清白，因为现在我的房间里，就放着上一期《通讯员报》。你听明白了吗，沃尔特？

布雷肯里奇：（声音沙哑得几乎听不见）你……你个混蛋，恶魔！

英格尔斯：你也许很好奇我为什么今天会公然和海伦接吻。我是想给我自己制造一个可信的动机，或者说让瑟奇有动机陷害我。我不能让黑斯廷猜到我真正的意图。我真是没想到海伦会演得那么好，我没想到，早知道我就不那么做了。这是我唯一后悔的地方。

布雷肯里奇：我……我不会饶了你的……

英格尔斯： 我最大的风险就在于，我不能让黑斯廷想到我发明的本质。如果他猜到了——他就会想到我是凶手，但是我必须冒那个风险。(看了看烟头)你的时辰到了。(扔掉烟头，烟头滚落到一边)

布雷肯里奇： (彻底慌乱了)不要！你不要这样！不要！你不能这样做！(企图逃走)

英格尔斯： (掏出枪)我告诉你不许动。(布雷肯里奇停住脚步)不许动，沃尔特。长痛不如短痛。如果你乱跑——反而对我有利。我枪法很准——没有人相信我会从背后开枪。(这是真正的史蒂夫·英格尔斯——坚定、英气焕发——他是发明家，是冒险家，是天才——他的声音十分响亮，枪口正指着布雷肯里奇)沃尔特！我不会允许你像对待你的朋友们一样对待全世界。我们会与伤害我们的人奋战到底，但是那些表面上没有伤害我们的人是最难对付的！这是我为别人做的唯一一件事情——也是任何人唯一能为别人做的事情。我让人们自由，给予人们失败的权利，给予人们奋斗的权利，给予人们冒险的权利。可这就是自由，沃尔特，自由！别忘了，明天就是独立日！

(布雷肯里奇转身就跑，消失在了黑暗中。英格尔斯一动不动，不紧不慢地举起枪，扣下扳机)

(聚光灯熄灭,整个舞台陷入黑暗)

(当灯光再次亮起,英格尔斯坐在椅子上,他的故事讲完了。阿德莉安站在他面前,呆若木鸡)

英格尔斯: 我告诉你这些,是因为我想让你知道我是无悔的。如果我有机会去过有意义的生活——我会毫不犹豫地以生命为交换,但是沃尔特不会,瑟奇也不会。(起身,看着她)阿德莉安,再跟我说一遍你说过的话吧——如果你还想让我听到的话。

阿德莉安: (面对着他,高昂着头)不,史蒂夫,我不会再重复那些话。我说过,我曾难以被谅解地爱过你好几年,但是我现在不能再那样说。我想说的是,我爱你——我很自豪我爱你——我爱你,永远……永远……永远……

(他一动不动,只是缓缓低下头,倾听着他的辩护词)

(幕落)

"你觉得,"安·兰德在我看完剧本后对我说,"除了男主角之外,我会让其他角色承载故事的主要情节吗?"